初級が終わったら始めよう

新日本語
敬語運用表達

金子広幸 著

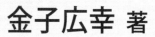
智慧筆
MyVOICE®

大新書局　印行

はじめに

　敬語は生活や仕事でよく使うので大切だとわかっている。でも、習ったのに使えない―そんな人のために、この本はできました。

　1課と2課は、敬語の基本です。ここで、尊敬語と謙譲語の大切な文型をしっかり覚えましょう。3課から18課では、日常生活や、まわりの人との関係づくり、そしてビジネス場面に必要な敬語を勉強します。

　6ページにある「この本の使い方」をよく読んで、CD音声を使って、トレーニングを重ねてください。敬語だけではなく、友達と話すときの言い方も練習できるようになっています。社会参加のために、相手に合わせて会話のスタイルを選ぶことが必要です。

　この本が、皆さんの日本語でのコミュニケーションをさらに楽しく、役立つものにしてくれることを、また、日本語の社会への入り口になってくれることを祈っています。

2014年2月

金子広幸

※この本のCD音声は、大新書局のホームページ（www.dahhsin.com.tw）よりダウンロードできます。

ビジネス場面

社会参加

生活の場面

敬語の基本

1課〜2課　　　3課〜18課

初級終わり

序言

　　許多人知道敬語在生活或工作中經常使用，並且非常重要，但是雖然學過，卻不會應用。我為擁有同樣想法的朋友們編輯了這本書。

　　第 1 課和第 2 課是敬語的基礎。請大家透過這兩課牢牢記住尊敬語和謙讓語的重點句型。從第 3 課到第 18 課，學習在日常生活中、與周圍的人相處時、以及在商務場景中所需要的敬語。

　　請仔細閱讀第 6 頁中的「本書的使用方法」，利用 CD 音檔反覆練習。這樣不僅能練習敬語，也能練習和朋友交談時的表達方式。為了更加地融入日本社會，有必要根據談話對象選擇適當的會話形式。

　　希望透過過本書，有利於幫助大家能夠更加愉快地應用日語進行交流，成為進入日語社會環境的入門書籍。

2014 年 2 月
金子廣幸

※ 本書 CD 音檔請至大新書局官網（www.dahhsin.com.tw）下載。

Introduction

　　If you know the importance of using honorific words proficiently in your personal life and at work, but you have trouble doing so even though you've studied the subject, then this book is for you.

　　Sections 1 and 2 provide the basics of honorific words. Correctly memorize the key sentence patterns here for honorific and humble words. In Sections 3 through 18 you will study the honorific words you need for daily life, for forming relationships with the people around you and for use in a business setting.

　　Carefully read "How to Use This Book" on page 6, use the CD sound files and repeat the training exercises. This will give you the opportunity to practice how to speak with friends in addition to using honorific words. In order to be a part of society, you need to select the conversation style that suits your speaking partner.

　　I hope this book helps you to get more enjoyment out of communicating in Japanese and opens the door for you to the society of the Japanese language.

February 2014
Hiroyuki Kaneko

※The CD sound files of this book can be downloaded free from Dahhsin's website (www.dahhsin.com.tw).

もくじ 目録 Table of Contents

この本の使い方

本書的使用方法
How to Use This Book

この本は、全部で18課あります。敬語が使われる場面をイメージしながら、文型表現をバランスよく学習することができます。

1課は訪問の場面、2課はあいさつの場面ですが、敬語の基本的な文型がまとめられています。敬語に自信のない人は、必ず1課と2課から始めてください。3課から18課は、順番通りに進めなくてもいいです。すぐに学習したい課、興味のある課から始めることができます。翻訳がついていますから、独習もできます。

本書共分為18課。可以透過想像使用敬語的各種場景，全面學習不同的句型表現。

第1課是訪問的場景，第2課是問候的場景，這兩課總結了敬語的基本句型。對敬語沒有自信的人，請務必從第1課和第2課開始學習。
第3課到第18課，可不必按照順序，從想要立即學習或感興趣的一課開始學習。每課均附有譯文，也可以用於自學。

This book has a total of 18 sections. It will enable you to conduct a well-balanced study of sentence pattern expressions as you imagine the settings in which honorific words are used. Section 1 is about making a visit and Section 2 is about greetings. These contain basic sentence patterns for honorific words. If you are not confident about honorific words, then please make sure to start with Sections 1 and 2. For Sections 3 through 18, you do not have to proceed through them in order. You can start with the sections you want to study soon or that interest you. There are translations so you can even study on your own.

 ## できますか？

会話の登場人物たちは、敬語の言い方がわからなくて困っています。同じ気持ちになって、よく観察しましょう。

在會話場景中出場的不同人物，因為不會說敬語而困擾。請抱著同樣的心情，仔細觀察。

The people who appear in the conversations have trouble because they do not understand how to use honorific words. Empathize with them and observe them closely.

 ## 敬語で言ってみましょう

敬語を上手に使いこなすためには、文法や文型、表現を勉強しなければなりません。ここには、その説明と例文が載っています。難しい説明には翻訳がついています。

想熟練地說敬語，必須認真學習文法、句型和表達方式。在此有其說明及例句。有難度的說明之處則附有譯文。

In order to use honorific words proficiently, you must study grammar, sentence patterns and expressions. Their explanations and example sentences are printed here. Difficult explanations are accompanied by translations.

練習しましょう
れんしゅう

CD音声を聞きながら、基本的な練習をします。うまく言えるまで、何度も練習しましょう。
おんせい　き　　　　　きほんてき　れんしゅう　　　　　　　　い　　　　　　なんど　れんしゅう

①まず、文字を見ながら聞いてください。
もじ　み　　　き

②慣れたら、CD音声を一時停止して、リピートしてください。
な　　　　　おんせい　いちじていし

③さらに慣れたら、続きを聞く前に、想像して言ってみてください。言ってから、聞いて確認し
な　　　　つづ　き　まえ　そうぞう　い　　　　　　　　　い　　　　　き　かくにん
てください。

④最後まで止めないで、聞きながら一緒に言ってください。
さいご　と　　　　　き　　　　　いっしょ　い

⑤そのあとも何度も聞きながら、イントネーションやタイミングなどを把握しましょう。
なんど　き　　　　　　　　　　　　　　　　　　　　　はあく

一邊聽CD音檔一邊進行基本練習。反覆練習至熟練為止吧。
①首先請邊看文字邊聽CD音檔。
②熟練之後，請暫停CD音檔並複述。
③更加熟練之後，在繼續往下聽之前，先想像內容試著說說看，然後再聽CD音檔，確認說得是否正確。
④一邊聽CD音檔一邊跟著說，中間不要停頓。
⑤多聽幾次，掌握語調和節奏等等吧。

Do basic practice as you listen to the CD sound files. Keep practicing as along as it takes to get good at speaking.
① First, listen as you read the text.
② When you become accustomed to it, pause the CD sound files and repeat.
③ When you become more accustomed to it, imagine the next part and try to say it before you hear it. After you say it, listen to check.
④ Listen all the way through without stopping and speak along as you listen.
⑤ Keep listening again and again afterward to understand the intonation, timing and so on.

 ## これでOK！

会話の登場人物たちは、敬語を上手に使って、コミュニケーションをしています。CD音声を聞
かいわ　とうじょうじんぶつ　　　けいご　じょうず　つか　　　　　　　　　　　　　　　　　　　　　　おんせい　き
いて、何度も練習しましょう。
なんど　れんしゅう

會話中的出場人物適當地使用敬語進行交流。邊聽CD音檔邊反覆練習。

The people who appear in the conversations communicate while using honorific words proficiently. Listen to the CD sound files and practice over and over again.

 ## チェックしましょう

この課で勉強した敬語の文型表現を確認します。
か　べんきょう　けいご　ぶんけいひょうげん　かくにん

確認於該課學習的敬語句型表達方式。

Check over the sentence pattern expressions for honorific words you studied in this section.

スタイルを変えてみましょう

「練習しましょう」と同じように、CD音声を聞きながら練習をします。「敬語スタイル」「ですますスタイル」「友達スタイル」のスイッチが自在にできるようになりましょう。

與「練習しましょう」一樣，邊聽CD音檔邊練習。直到可以轉換為「敬語形式」、「ですます形式」或「朋友形式」為止。

Practice as you listen to the CD sound files, as in "練習しましょう". Try to attain a full command over the switch between the "honorific style", "desu-masu style" and "casual style".

やってみましょう

「話してみましょう」と「書いてみましょう」があります。「話してみましょう」では、ロールプレイをしたり、スピーチをしたりします。「書いてみましょう」では、メールを書く練習をします。

包括「話してみましょう」和「書いてみましょう」兩部分。在「話してみましょう」中‧練習角色扮演或演講。在「書いてみましょう」中練習寫電子郵件。

Here you will find "話してみましょう" and "書いてみましょう". In "話してみましょう" you will do role-playing and speeches. In "書いてみましょう" you will practice writing emails.

語彙タンク

その課に出てきた、やや難しい語彙（日本語能力試験N3レベル以上）を抜き出し、翻訳をつけました。学習の助けにしてください。

選出該課較難的詞彙（日本語能力試験N3以上程度），並附有譯文，可輔助學習。

This is a selection of somewhat difficult vocabulary (Japanese-Language Proficiency Test (JLPT) Level N3 or higher) from the section with translations written according to the context in which the words are used in the reading. Use them to help you study.

● 改訂にあたって

この本は、2006年に出版された『初級が終わったら始めよう　にほんご敬語トレーニング』の改訂新版です。改訂にあたっては、初級終了レベルをより意識して、学習負担を和らげること、最近の敬語使用実態をふまえつつ、日本社会に参加する学習者の姿を思い描きながら項目を整理することの2つをポイントに据えました。
基本構成はそのままに、場面と会話内容の見直し、文型表現の整理、説明の簡略化と2か国語訳の補充、メールタスクの追加などを行いました。

この本の主な登場人物
ほん　おも　とうじょう　じん　ぶつ

本書的主要出場人物
Main Characters in the Book

ユン・ソヨン
留学生、レストランの
りゅうがくせい
アルバイト店員
てんいん

アジア映画の
えいが
山田さん
やまだ

田中課長
たなかかちょう

取引先の
とりひきさき
人たち
ひと

日本
にほん
ムービーの
上司
じょうし

アレックス・スミス
日本ムービーの社員
にほん　　　　　しゃいん

東洋映画の加藤さん
とうようえいが　　かとう

金子部長
かねこぶちょう

各課の学習内容

各課的學習内容
Study Content of Sections

課	場面	敬語のポイント・文型・表現	例
1	訪問する	訪問のときの特別な言い方	ごめんください。／お邪魔します。
		「お／ご〜ください」【尊敬語の文型】	お入りください。／お上がりください。
		「つまらないものですが……」	
		「お／ご〜になります」【尊敬語の文型】	お書きになります／お読みになります
		【尊敬語の特別な形】	召し上がります／なさいます
		【かんたん尊敬語】	読まれます／出られます／到着されます
2	簡単にあいさつする	よく使われるあいさつ	お先に失礼します。／お気をつけて。
		「お／ご〜します」【謙譲語の文型】	お持ちします／ご説明します
		【謙譲語の特別な形】	拝見します／お目にかかります
		尊敬語と謙譲語のポイント	
3	誘う	声をかける	ちょっとよろしいでしょうか。
		予定を聞く	何かご予定がありますか。／ご都合はいかがでしょうか。
		誘う	先生にもご出席いただけないかと思いまして……。
		「ご遠慮なく」	ご遠慮なく。／お気遣いなく。
		「〜ております」	楽しみにしております。／動物について研究しております。
4	お願いする	呼びかける	あの、ちょっとよろしいでしょうか。
		「(実は)〜のですが」前置きを言う	実は使い方がよくわからないのですが……。
		「〜いただけませんか」お願いを言う	この予告編の DVD を 1 枚お送りいただけませんか。
		続けてお願いを言う	日本語訳をつけていただけないかと思いまして。
		ていねいさを変えるには呼びかけのことば文末の表現	よかったら、／よろしかったら、説明してくれない？／説明してくれませんか。／説明していただけませんか。
5	断る	「〜はちょっと……」	すみません、今はちょっと……。
		断る	今、ロビーでお客様が待っていらっしゃるので……。／今夜は友人と会う約束がありまして……。
		謝る	お役に立てなくて、申し訳ありません。／せっかくお誘いくださいましたのに、すみません。
		いい関係を続けることを伝える	今回は伺えないんですが、また今度お誘いください。
6	申し出る	「お／ご〜(いた)しましょうか」	お荷物をお持ちしましょうか。
		「〜(さ)せていただきます」	会議の日は昼食を用意させていただきます。
		「〜(さ)せてください」	今度の仕事は私に担当させてください。

7	おわび する	謝る あやま	申し訳ありません（でした）。／大変失礼いたしました。 もう わけ たいへんしつれい
		ミスを報告する ほうこく	実は、お約束の時間に伺えなくなってしまったんです。 じつ やくそく じかん うかが
		反省の気持ちを伝える はんせい きも つた	二度とこのようなミスをしないように、注意いたします。 にど ちゅうい
		おわびを言われたら い	いえいえ、あまりお気になさらないでください。 き
8	意見を 言う いけん い	意見を募る いけん つの	これについてはどう思われますか。 おも
		賛成か反対かを一言で言う さんせい はんたい ひとこと い	いいと思います。／うーん。それはちょっと……。 おも
		意見を言い始める いけん い はじ	ちょっと、よろしいでしょうか。
		自分の意見を言う じぶん いけん い	予算がもっとかかってしまうのではないでしょうか。／時 よさん じ 間がかかるので、1か月前から準備したらどうかと思いま かん げつまえ じゅんび おも すが。／それよりももっと簡単に準備できる発表内容に変 かんたん じゅんび はっぴょうないよう か えたほうがいいと思います。 おも
		意見を受ける いけん う	いいことだと思いますが／それもそうですが おも
		意見の理由を言う いけん りゆう い	中華料理がいいのではないでしょうか。というのは、料理 ちゅうかりょうり りょうり の数も多いですし、人数が急に増えても大丈夫ですので かず おお にんずう きゅう ふ だいじょうぶ ……
9	予約を 受ける よやく う	「～でございます」	はい、佐藤でございます。 さとう
		「承ります」 うけたまわ	ご予約、承っております。 よやく うけたまわ
		「～でいらっしゃいます」	失礼ですが、田中様でいらっしゃいますか。 しつれい たなかさま
		「お／ご～になれます」	
		「お／ご～いただけます」	この建物の中で、WiFiがお使いいただけます。 たてもの なか ワイファイ つか
		「～になさいますか」	お料理はどのコースになさいますか。 りょうり
		「～（さ）せていただきます」	ご注文を確認させていただきます。 ちゅうもん かくにん
10	サービス の敬語 けいご	「お／ご～になりましたら」	お決まりになりましたら、お呼びください。 き よ
		「お／ご～くださいませ」	お一人1枚ずつお取りくださいませ。 ひとり まい と
		短くした敬語の形 みじか けいご かたち	お決まりでしたら、／お並びの方／お持ちですか。 き なら かた も
		サービスでよく使われる表現 つか ひょうげん	お待たせしました。／かしこまりました。 ま
		「けっこうです」	A：ご注文は以上でよろしいでしょうか。 ちゅうもん いじょう B：はい、けっこうです。 A：お酒、もう少しいかがですか。 さけ すこ B：いえ、もうけっこうです。
11	相談を 受ける そうだん う	希望や好みを聞く きぼう この き	どのようなものがお好きですか。 す
		提案する・勧める ていあん すす	ビールを召し上がるなら、銀座ホールなどはいかがでしょ め あ ぎんざ うか。
		「ご存知ですか」―「存じており ぞんじ ぞん ます」「存じ上げております」 ぞん あ	A：来週の食事会ですが、場所はご存じですか。 らいしゅう しょくじかい ばしょ ぞん B：はい、存じております。 ぞん A：アスク商事の高橋部長をご存じですか。 しょうじ たかはしぶちょう ぞん B：はい、存じ上げております。 ぞん あ
		「ご～です」	ご心配ですか。 しんぱい
12	スピーチ をする	スピーチを始める はじ	本日は、日本の漫画文化についてお話しします。 ほんじつ にほん まんがぶんか はな
		聞いている人たちに問いかける き ひと と	皆様、葛飾北斎をご存じですか。 みなさま かつしかほくさい ぞん
		説明する せつめい	北斎の「北斎漫画」は、日本の漫画文化の原点だと考えら ほくさい ほくさいまんが にほん まんがぶんか げんてん かんが れております。
		スピーチを終える お	以上、日本の漫画文化についてお話ししました。／ご清聴 いじょう にほん まんがぶんか はな せいちょう ありがとうございます。
		スピーチでよく使うことば つか	ですから、／ご存じのように ぞん

13	面接を 受ける	「～てまいりました」	高校生のときから日本語の勉強をしてまいりました。
		「～ております N」	私が研究しておりますテーマは、日本語の敬語についてです。
		「～次第です」	御社のビジネスは、私の研究テーマと重なっていると思い、大変興味深く感じた次第です。
		面接でよく使う改まった言い方	大変／どのような／役に立てたらと考えております
		面接の自己紹介	
		面接のときに気をつけたいこと	
14	電話の 敬語	「はい、[名前/会社名]でございます」	はい、日本ムービーでございます。
		「いつもお世話になっております」	
		「[会社名]の[名前]と申しますが、[名前]様/役職、いらっしゃいますか」	東洋映画の木村と申しますが、橋本部長、いらっしゃいますか。
		「[名前]はただいま～中でございまして……」	橋本はただいま会議に参加しておりまして……。
		電話でよく使う言い方	ただいま席を外しておりまして……。／折り返し電話させましょうか。
15	インタビューをする	「～中/ところ、ありがとうございます」	お忙しい中、わざわざありがとうございます。
		相手の話をくり返す	A：先週、京都に行ったんです。 B：あ、京都にいらっしゃったんですか。
		相手の話を広げる	A：よくアジアに旅行に出かけるんです。 B：どちらに出かけられるんですか。
		相手の質問に答える	A：どのような映画がお好きですか。 B：日本のアニメが好きです。
		確認したいとき	今、何とおっしゃいましたか。／と、おっしゃいますと……。
16	報告を する	順を追って報告する	まず／以上／次に／最後に
		聞いたことを話す	このヘアスタイルは、日本の江戸時代のものを参考になさったとのことです。
		見せる	こちらの写真をご覧ください。
		感想を言う	この林さんのやり方はとてもユニークだと思いました。
		報告を終えて質問を受ける	以上で報告を終わります。／ご質問がおありでしたらどうぞ。
17	司会の 敬語	「皆さんお集まりですので」	
		「そろそろ始めたいと思います」	
		「私、本日の司会を務めますアレックスと申します」	
		司会の表現	大きな拍手でお迎えください。／今後のご活躍とご健康を祈って、乾杯をしたいと思います。
18	メールの 敬語	メールの基本的なスタイル	
		情報欄を作る	
		メールでよく使われる表現	さて、懇親会の件ですが、／ご検討いただきますようお願いいたします。／以上、ご案内申し上げます。

第1章

だい　　しょう

敬語への入り口

けい　ご　　　　　　い　　ぐち

敬語入門

Getting Started with Honorific Words

どうして敬語がある？

為什麼需要敬語？　Why do honorific words exist?

日本には身分制度があって、生まれたときの身分は、一生変えることができませんでした。敬語は、初めは身分制度を支えることばとして使われていました。しかし、1860年代後半に始まった明治維新で、この身分制度がだんだん変わりました。

今では、人間関係の親疎（どのくらい親しいか）や社会的立場（年齢や社会での地位や経験がどのくらい違うか）によって、敬語が使われるようになりました。

日本很早以前就有身分階級制度，與生俱來的身分一輩子也無法改變。敬語最初是為支撐身分階級制度而使用的。但是從1860年代後期開始的明治維新以後，這種身分階級制度逐漸產生了變化。

如今，敬語逐漸用於表達人際關係的親疏程度（關係有多親近）及社會地位的差異（年齡、社會地位或經驗等差距有多少）的場合。

Japan used to have a caste system. For their entire lives, people could not change the caste they were born into. Honorific words were first used as words to support this system. However, the caste system gradually changed with the beginning of the Meiji Restoration in the late-1860s.

Now, honorific words have come to be used according to the degree of intimacy (familiarity) between people or social standing (the degree of difference in age, or in position or experience in society).

敬語を使うと、コミュニケーションがうまく行きます。それは、相手への配慮や社会的立場の尊重を、文法や語彙ではっきり表すことができるからです。ただし、反対に正しく使えないと、相手を配慮していないと誤解される可能性があるとも言えます。

使用敬語，能順利地進行交流。這是因為可以透過文法或詞彙明確地表達重視對方及尊重其社會地位。但是，如果使用不當的話，反而有可能讓對方產生不受重視的誤解。

Using honorific words facilitates communication. That is because it lets us clearly express, with grammar and vocabulary, consideration for others and respect for social position. However, if instead you use it incorrectly, then there is the possibility that the other person will misunderstand that you are not being considerate.

「敬語があると人間関係が遠くなってしまう」という人もいます。でも、敬語は、相手への配慮と尊敬をわかりやすく表現できる、とても便利な道具です。また、会話のスタイルは「敬語スタイル」だけではなくて、「ですますスタイル」や「友達スタイル」もあります（p.18）。これらを上手に使い分けることができれば、相手への親しみを表し、友達だと思っていることを、ことばの中に含めて、伝えることができます。

雖然也有人說「正是因為有敬語反而使人際關係疏遠」。但是，敬語是一種向對方表達重視及尊敬的方式，是非常實用的交流技巧。而且在會話形式中不僅有「敬語スタイル」（敬語形式），還有「ですますスタイル」（ですます形式）以及「友達スタイル」（朋友形式）（p.18）。如果能恰當地使用這些不同形式，就能夠在用詞之中向對方表達親近之情或友誼。

Some people also say, "Because of honorific words our relationships with people become more distant." But honorific words are a very convenient tool that let you clearly express consideration and respect toward others. And, in addition to the "敬語スタイル" (honorific style) way of conversing there are also the "ですますスタイル" (the style using です (desu) and ます (masu) verb endings) and the "友達スタイル" (casual style) (p. 18). If you can use these properly, then you will be able to express friendliness to others and convey that you think of someone as a friend through your choice of words.

敬語の世界へようこそ！　これからいっしょに学びましょう。
けいご　せかい　　　　　　　　　　　　　　　　　まな

 どんなとき？　だれに？　　何時用？ 對誰用？　When? To whom?

 T-01

「どうぞ、おかけください」

「おかけください」は「かけてください」の尊敬語です。
そんけいご
「電話をかけるんですか」と思うかもしれませんね。でも
でんわ　　　　　　　　　　おも
「いすに座る」ことを「いすにかける」と言います。
すわ　　　　　　　　　　　　　い

尊敬語　尊敬語　Honorific word
そんけいご

▶ p.23　1課「お/ご ～ください」
か

「1,000円おあずかりします」
えん

「おあずかりします」は「あずかります」の謙譲語
けんじょうご
です。

謙譲語　謙譲語　Humble word
けんじょうご

▶ p.34　2課「お/ご ～ します」
か

「どちらまで行かれますか」
い

「行かれます」は「行きます」の尊敬語です。
い　　　　　　　　い　　　　そんけいご

▶ p.24　1課 かんたん尊敬語
か　　　　　　　そんけいご

「ご注文はお決まりですか」
ちゅうもん　き

「ご（注文）」はていねい語です。「お決まりですか」
ちゅうもん　　　　　　　　　き
は「決まっていますか」の意味の尊敬語です。
き　　　　　　　　　いみ　そんけいご

▶ p.95　10課 短くした敬語の形
か　みじか　けいご　かたち

敬語は一対一で話すとき以外にも、ときどき、大勢の人に対して使われるときもあります。特に敬語の対象がなくても、尊敬語や謙譲語をていねい語のように使って、ことば全体の雰囲気をていねいにすることがあります。

敬語除了一對一說話時使用以外，還時常用於面對眾人說話的場合。即使面對的不是特別需要使用敬語的對象，但如果能將尊敬語或謙讓語當作禮貌語使用的話，就能使話語整體的氣氛顯得較為鄭重。

In addition to when you talk to someone one-on-one, honorific words are also sometimes used when talking to a crowd of people. Particularly when the honorific words do not address any specific people, honorific words and humble words are used to speak politely and make the mood of everything you are saying polite.

「まもなく一番線に湘南新宿ライン、平塚行きがまいります。黄色い線の内側にお下がりください」

この「まいります」は、「私たちの会社が運行している電車が、お客さんがいる場所に行きます」の意味で、使っています。

這個「まいります」表達的意思是「我們公司運行的電車將前往乘客們所在的場所」。

This " まいります " is used to mean, "The train our company is operating will go to the place where you are."

「本日もさくらデパートにご来店いただきまして、まことにありがとうございます。お客様にご案内申し上げます。ただいま７階におきまして、九州、秋の特別展を開催中でございます。どうぞご来場ください」

「本日」＝「今日」／「来店する」＝「店に来る」

「まことに」＝「本当に」

「ご案内申し上げます」＝「知らせます」

「ただいま」＝「今」／「～におきまして」＝「～で」

「～でございます」＝「～です」

「来場する」＝「会場に来る」

〈手紙の最初のあいさつで〉「だんだん寒くなってまいりました」

このように手紙に書くこともありますが、これも誰かに敬語を使っているというわけではなくて、読んでいる人に印象がよくなるようにしているのです。

寫信時有時候也可以使用這樣的形式，這並不是針對某人使用敬語，而是為了給讀者帶來較好的印象。

Letters are also written like this, but this is not to use honorific words for somebody, but rather to give the reader a good impression.

私たちはいろいろなところで敬語を聞いたり見たりしていますね。

敬語のグループ
けいご

敬語的種類　Honorific Word Groups

大きく分けると、敬語は3つのグループがあります。この本では、「尊敬語」と「謙譲語」と「て
おお　　わ　　　　　けいご　　　　　　　　　　　　　　　　　　　　　　ほん　　　　　　そんけいご　　　　　　　けんじょうご
いねい語」というグループを使っています。
ご　　　　　　　　　　　　　　　　つか

敬語 けいご	尊敬語 そんけいご グループ	相手のすることに使う。相手を高めて、直接的に敬意を表す。 あいて　　　　　　つか　あいて　　たか　　　ちょくせつてき　　けいい　　あらわ 用於敘述對方的行為。透過提高對方直接表示敬意。 Use when referring to actions performed by the listener. This raises the position of the listener and directly expresses respect.
		例）「お / ご〜になります」「いらっしゃいます」 れい 　　「書かれる」など 　　　か
	謙譲語 けんじょうご グループ	自分がすることに使う。自分を低めて、間接的に敬意を表す。 じぶん　　　　　　つか　じぶん　ひく　　　　かんせつてき　　けいい　　あらわ 用於敘述自己的行為。透過降低自己間接表示敬意。 Use when referring to actions performed by yourself. This lowers your position and indirectly expresses respect.
		例）「お / ご〜します」「拝見します」など れい　　　　　　　　　　　　　　　　はいけん
	ていねい語 グループ	ことば全体の雰囲気をていねいにする。文全体が、聞いてい ぜんたい　ふんいき　　　　　　　　　ぶんぜんたい　　き る人にとってていねいに聞こえるようにする。 ひと　　　　　　　　　　　　き 使話語整體的氣氛顯得鄭重。使話語整體讓聽者聽起來覺得鄭重。 This makes all your speech seem polite. It makes everything you say sound polite to the listener.
		例）「です」「ます」「〜でございます」 れい 　　「お手紙」「ご連絡」など 　　　てがみ　　れんらく

※最近、謙譲語を2つに分けて5つのグループにする考え方（文化庁文化審議会答申2006
　さいきん　けんじょうご　　　　　わ　　　　　　　　　　　　　かんが　かた　ぶんかちょうぶんかしんぎかいとうしん
　『敬語の指針』）もありますが、この本では3つのグループを使います。
　けいご　ししん　　　　　　　　　　　　　　ほん　　　　　　　　　　　　つか

目上の人に話すときには「あした」「友達」と言わないで、「あす」「友人」と言ったりすること
めうえ　ひと　はな　　　　　　　　　　　　　ともだち　　い　　　　　　　　　　　　　　ゆうじん　　い
もあります。これを、この本では「改まった言い方」と呼びます。
　　　　　　　　　　　ほん　　あらた　　　　い　かた　　よ

有時對長輩或上司說話時不說「あした」、「友達」，而說「あす」、「友人」。這種說法在本書中叫作「改まった言い方」（正式的說法）。
　　　　　　　　　　　　　　　　　　ともだち　　　　　　　　　　　　ゆうじん　　　　　　　　　　　　　　　　あらた　　　い　かた
There are times when you will not say " あした " or 友達 to a higher-ranking person, but say " あす " and " 友人 " instead. In this book, this is
　　　　　　　　　　　　　　　　　　　　　　　　　　　ともだち　　　　　　　　　　　　　　　　　　　　ゆうじん
called " 改まった言い方 " (formal speech).
　　　　あらた　　い　かた

◇ 会話のスタイル
かいわ

會話的形式　Conversation Style

次の会話を、敬語に注意して読んでみましょう。
つぎ　かいわ　　　けいご　ちゅうい　　よ

A：あの、申し訳ありませんが、水曜日にクラスを休んでしまいましたので、プリントを
　　もう　わけ　　　　　　　すいようび　　　　　　やす
　コピーさせていただけませんか。

B：ええ、いいですよ。あとでコピーしてお渡ししますね。
　　　　　　　　　　　　　　　　わた

A：ありがとうございます。

A：あの、すみませんが、水曜日にクラスを休んでしまったから、プリントをコピーさせ
　　　　　　　　　　　すいようび　　　　　　やす
　てもらえませんか。

B：ええ、いいですよ。あとでコピーして渡しますね。
　　　　　　　　　　　　　　　わた

A：ありがとうございます。

A：ねえ、悪いけど、水曜日にクラスを休んじゃったから、プリント、コピーさせてもら
　　　　わる　　　すいようび　　　　　　やす
　えない？

B：うん、いいよ。あとでコピーして渡すね。
　　　　　　　　　　　　　　わた

A：ありがとう。

この本では、
　　ほん
一番上を「敬語スタイル」、
いちばんうえ　けいご
真ん中を「ですますスタイル」、
ま　なか
一番下を「友達スタイル」と言います。
いちばんした　ともだち　　い
同じ意味の会話でも、人間関係に合わせてスタイルを変えると、表現が豊かになります。
おな　いみ　かいわ　　　　にんげんかんけい　あ　　　　　　　　　　か　　　　ひょうげん　ゆた

在本書中，
最上面的說法是「敬語スタイル」（敬語形式），
　　　　　　けいご
中間的說法是「ですますスタイル」（ですます形式），
最下面的說法是「友達スタイル」（朋友形式）。
　　　　　　ともだち
即使是相同含義的會話，如果能改為與人際關係相符的說法，就能使表現更為豐富

In this book,
the "敬語スタイル" (honorific style) is at the top,
　　けいご
the "ですますスタイル" (desu-masu style) is in the middle and
the "友達スタイル" (casual style) is on the bottom.
　　ともだち
Even if the subject of the conversation is the same, changing styles according to your relationships with people will make your expressions richer.

▶ p.161 だんだん敬語をとる
けいご

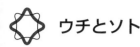 # ウチとソト　　　　　内部與外部　Inside and Outside

日本語の敬語で、大切なルールがあります。「ソト」の人に「ウチ」の人のことを話すときは、
にほん ご けい ご　　　たいせつ　　　　　　　　　　　　　　　　　　ひと　　　　　　　ひと　　　　　はな
尊敬語を使いません。ウチの人は、家族や、同じ会社の人、同じグループの人です。
そんけい ご　つか　　　　　　　　　　ひと　　かぞく　　　おな　かいしゃ ひと　おな　　　　　　　　ひと

日語的敬語中有一個重要的規則。在對「ソト」的人（外部的人）談到「ウチ」的人（內部的人）時，不使用尊敬語。內部的人是指
家屬、公司同事或同一個團體的人。

There is an important rule for Japanese honorific words: you do not use honorific words when speaking about " ウチ " の人 (insiders) to " ソト " の人 (outsiders). Insiders are family members, co-workers and people in the same group as you.

〈取引先の人との電話〉
とりひきさき　ひと　　でん わ
　　　取引先：金子部長、いらっしゃいますか。
　　　とりひきさき　かね こ ぶちょう
アレックス：金子はただいま会議に出ております。3時に終わる予定ですので、そのころご連
　　　　　　　かね こ　　　　　　　かい ぎ　で　　　　　　　　じ　お　　よ てい　　　　　　　　　　　　　れん
　　　　　　　絡させます。
　　　　　　　らく

金子部長はただいま会議に出ていらっしゃいます。✖
かね こ ぶちょう　　　　　　　かい ぎ　で

3時に終わる予定ですので、そのころお電話していただきます。✖
じ　お　よ てい　　　　　　　　　　　　でん わ

▶ p.124 14課 電話の敬語
　　　　　　　　でん わ　けい ご

〈家族の呼び方〉
かぞく　よ　かた
A：お父様はお元気でいらっしゃいますか。
　　とうさま　　げん き
B：はい、父は元気でおります。
　　　　　ちち　げん き

A：こちら新宿区役所ですが、お母様、いらっしゃいますか。
　　　　　しんじゅく く やくしょ　　　　　　　かあさま
B：母は出かけております。
　　はは　で

第2章
だい しょう

場面別敬語
ば めん べっ けい ご

トレーニング

不同場景的敬語練習

Honorific Word Training by Setting

訪問する
ほう　もん

訪問　Making a visit

できますか？

アレックスさんは、上司の金子部長のうちへ行きます。日本人のうちへ行くのは初めてです。
　　　　　　　じょうし　かねこ　ぶちょう　　　　　　　い　　　　にほん　じん　　　　　　　い　　　　はじ

艾力克斯去上司金子經理家，這是他第一次去日本人的家裡作客。　　Alex goes to the home of his boss, Department Manager Kaneko. It is his first time to go to a Japanese person's home.

アレックス：あのー、すみませーん。

　金子の妻：はーい。あ、アレックスさんですね。はじめまして。
　かねこ　つま

アレックス：アレックスです。はじめまして。

　金子の妻：主人がいつもお世話になっております。
　かねこ　つま　しゅじん　　　　　　せわ

アレックス：はい。どうも。

　金子の妻：え？　どうぞお上がりください。
　かねこ　つま　　　　　　　あ

　金子部長：あ、いらっしゃい。アレックスくん。
　かねこ　ぶちょう

アレックス：あの、これは有名なデパートで買ったクッキーです。食べてください。
　　　　　　　　　　　　　ゆうめい　　　　　か　　　　　　　　　　　た

　金子の妻：え……ありがとうございます。どうぞおかけください。
　かねこ　つま

アレックス：電話をかけますか。
　　　　　　　でんわ

　金子部長：え？
　かねこ　ぶちょう

アレックス：すごい！　全部奥さんが作りましたか。
　　　　　　　　　　　ぜんぶ　おく　　　つく

　金子の妻：ええ。アレックスさんがいらっしゃるっ
　かねこ　つま
　　　　　　て聞いていたから、たくさん料理を作り
　　　　　　　き　　　　　　　　　　　りょうり　つく
　　　　　　ましたよ。遠慮しないで召し上がってく
　　　　　　　　　　　えんりょ　　　　　め　あ
　　　　　　ださい。

アレックス：あ、はい。遠慮しません。
　　　　　　　　　　　えんりょ

　金子の妻：ええ？　ふ.ふ.ふ。
　かねこ　つま

は〜ぁ

アレックスさんは笑われてしまって、ちょっと恥ずかしかったです。
　　　　　　　　わら　　　　　　　　　　　　は

艾力克斯被大家笑了，而感到有點不好意思了。　　Alex was laughed at and he was a little embarrassed.

敬語で言ってみましょう
けい ご い

1 **訪問のときの特別な言い方** 訪問時的特殊說法　Special expressions when making a visit
ほうもん とくべつ い かた

〈玄関で〉　　　　　　ごめんください。／すみません。
げんかん

〈部屋に入るとき〉　お邪魔します。／失礼します。／失礼いたします。
へや はい じゃ ま しつれい しつれい

〈部屋を出るとき〉　失礼します。／失礼いたします。
へや で しつれい しつれい

2 **「お／ご～ください」**

☞「～てください」のていねいな言い方。尊敬語の文型。
い かた そんけいご ぶんけい

Ⅰグループ・Ⅱグループの動詞 → お［Vます］ください
どうし

（部屋の中に）どうぞお入りください。
へや なか はい

（くつをぬいで玄関から）お上がりください。
げんかん あ

（ソファに）おかけください。

日本語でお話しください。
にほんご はな

Ⅲグループの動詞 → ご［漢字のことば］ください
どうし かんじ

（電車が来ますから）ご注意ください。
でんしゃ き ちゅうい

3 **「つまらないものですが……」** 區區薄禮，不成敬意……　This is nothing special...

A：あの、これ、つまらないものですが……。

B：ごていねいに恐れ入ります。
おそ い

A：お口に合いますかどうか。
くち あ

☞気軽にあげるときは、「おいしいので買ってきました」などと言ってもいいです。
きがる か

比較隨意時也可說「おいしいので買ってきました」等。　You can say something like "おいしいので買ってきました" when
か
you offer something in a friendly manner.

4 **「お～になります」**

☞「～ます」のていねいな言い方。尊敬語の文型。
い かた そんけいご ぶんけい

この教科書は鈴木先生がお書きになりました。
きょうかしょ すず せんせい か

社長、今朝の新聞をお読みになりましたか。
しゃちょう けさ しんぶん よ

☞Ⅰグループ・Ⅱグループの動詞に使います。
どうし つか

特別な形があるときは、この形は使いません。　▶ p.24 尊敬語の特別な形
とくべつ かたち かたち つか そんけいご とくべつ かたち

有特殊形時不用這種說法。　Do not use this form when there is a special form.

5 尊敬語の特別な形 尊敬語的特殊形 Special forms of honorific words

食べます → お食べになります ✕ → 召し上がります

します → おしになります ✕ → なさいます

見ます → お見になります ✕ → ご覧になります

▶ p.174 付録 敬語動詞の表

6 かんたん尊敬語

☞ 「お／ご～になります」よりていねいではありませんが、気軽に敬語で話したいとき使います。

雖然沒有「お／ご ～ になります」禮貌，但是在比較隨意的交談中當作敬語使用。 These are not more polite than "お／ご ～ になります", but you can use them when you want to use honorific words in a friendly manner.

課長、今朝の新聞、読まれましたか。
部長も会議に出られますか。
先生は明日何時に到着されますか。

Ⅰグループ	書きます → 書かれます 読みます → 読まれます
Ⅱグループ	出ます → 出られます
Ⅲグループ	します → されます 来ます → 来られます

☞ 受身形と同じ形ですが、文脈を取れば判別できます。

雖然和被動形相同，但透過前後文便可以判別。 The verbs are conjugated as with the passive form, but you can differentiate their meanings if you understand the context.

みんなの前で、先生が（新しい学生を）紹介されました。
みんなの前で、新しい先生が（校長先生に）紹介されました。

☞ かんたん尊敬語には「～てください」の形はありません。

簡單的尊敬語中沒有「～てください」的說法。 There is no "～てください" form for simple honorific words.

英語で話されてください。 ✕ → 英語でお話しください。
こちらを見られてください。 ✕ → こちらをご覧ください。

練習しましょう
れんしゅう

▶答えは p.184
こた

全部最後まで聞いてから、言う練習を始めてください。
ぜんぶ さい ご き い れんしゅう はじ

請全部聽完以後再開始練習會話。　　Listen all the way to the end, then begin to practice speaking.

T-02

1 ていねいにお願いしてみましょう。
ねが

例) 入る ⇨ お入りください。
れい はい　　　 はい

1) 使う ⇨ おつかいください
つか

2) 上がる ⇨ おあがりください
あ

3) ソファにかける ⇨ ソファにおかけください

4) 日本語で話す ⇨ 日本語をお話しください
にほん ご はな

5) 説明する ⇨ 説明ください
せつめい

6) 紹介する ⇨ 紹介ください
しょうかい　　　　　 しょうかい

T-03

2 尊敬の表現を使って言ってみましょう。
そんけい ひょうげん つか い

例) 今朝の新聞（を）読んだ？ ⇨ 今朝の新聞をお読みになりましたか。
れい けさ しんぶん よ　　　　 けさ しんぶん よ

1) コーヒー（を）飲む？ ⇨
の

2) 新幹線の時間（を）調べた？ ⇨
しんかんせん じ かん しら

3) どんな音楽（を）聞く？ ⇨
おんがく き
┗ どのような

4) 明日誰に会う？ ⇨
あした だれ あ
┗ 明日どなた
あす

5) 日本の習慣についてどう思う？ ⇨
にほん しゅうかん おも
┗ どのように

③ 尊敬語の特別な形を使って言ってみましょう。
そんけいご とくべつ かたち つか い

例）食べる？ ⇨ 召し上がりますか。
れい た め あ

1）見る？ ⇨ ご なんに なります
み

2）いる？ ⇨

3）明日行く？ ⇨
あした い
　　 ↳ 明日
　　　 あす

④ 知って（い）る？ ⇨
し

5）寝た？ ⇨
ね

6）食事した？ ⇨
しょくじ
　　 ↳ お食事
　　　 しょくじ

④ かんたん尊敬語を使って言ってみましょう。
そんけいご つか い

例）使います ⇨ 使われます
れい つか つか

1）買います ⇨
か

2）飲みます ⇨
の

3）来ます ⇨
き

4）説明します ⇨
せつめい

5）出張します ⇨
しゅっちょう

⑤ かんたん尊敬語を使って言ってみましょう。
そんけいご つか い

例）新しい本を買った・先生が ⇨ 先生が新しい本を買われました。
れい あたら ほん か せんせい せんせい あたら ほん か

1）このパソコンを使った・先生が ⇨
つか せんせい

2）新宿でお酒を飲んだ・部長は ⇨
しんじゅく さけ の ぶちょう

3）今夜7時に来る・先生は ⇨
こんや じ く せんせい

4）新しいプロジェクトについて説明する・社長が ⇨
あたら せつめい しゃちょう

5）昨日から上海に出張した・社長は ⇨
きのう シャンハイ しゅっちょう しゃちょう
　　 ↳ 昨日
　　　 さくじつ

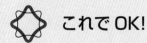 これでOK!

T-07

アレックス：ごめんください。

金子の妻：あ、アレックスさんですね。はじめまして。金子の妻です。
（かねこ　つま）

アレックス：はじめまして、アレックスです。

金子の妻：夫がいつもお世話になっております。どうぞお上がりください。
（かねこ　つま）（おっと）（せわ）（あ）

アレックス：お邪魔します。
（じゃま）

金子部長：やあ、アレックスくん、いらっしゃい。
（かねこ　ぶちょう）

アレックス：金子部長、こんにちは。
（かねこ　ぶちょう）

金子の妻：どうぞおかけください。
（かねこ　つま）

アレックス：ありがとうございます。失礼します。あの、これ、つまらないも
（しつれい）
のですが。どうぞお受け取りください。
（う）（と）

金子の妻：ごていねいにありがとうございます。今日は、たくさん料理を作
（かねこ　つま）（きょう）（りょうり）（つく）
りましたから、遠慮なさらないで召し上がってくださいね。
（えんりょ）（め　あ）

アレックス：ありがとうございます。いただきます……奥さんがお作りになっ
（おく）（つく）
たんですか。このお寿司、すごくおいしいですね。
（すし）

金子の妻：そうですか。気に入ってもらえてよかったです。アレックスさん
（かねこ　つま）（き　い）
も料理をされますか。
（りょうり）

アレックス：はい、します。お弁当も作っています。
（べんとう）（つく）

金子の妻：ええ!? お弁当も作られるの？
（かねこ　つま）（べんとう）（つく）

アレックスさんは、金子部長のうちで楽しく過ごすことができました。
（かねこ　ぶちょう）（たの）（す）

チェックしましょう

▶答えは p.184

1 尊敬語をひらがなで書きましょう。

行きます・来ます・います	①
言います	②
見ます	③
飲みます・食べます	④
知っています	⑤
思います	⑥
します	⑦ なさいます
くれます	⑧
会います	⑨
聞きます	⑩
あります	おありになります／あります＊
寝ます	⑪
着ます	⑫
住んでいます	⑬
持ちます	⑭
死にました	⑮
～です	⑯ でいらっしゃいます

＊「あります」の尊敬語は「おありになります」ですが、「あります」でもいいし、本当は謙譲語の「ございます」を使っている人もいます。

雖然「あります」的尊敬語是「おありになります」，但也可以說「あります」，而實際上也有人使用謙譲語的「ございます」。
The honorific word for "あります" is "おありになります", but "あります" is fine and actually some people use the humble word "ございます".

2

1）A：もう8時ですね。
じ

そろそろ【a. 失礼ます　b. 失礼いたします　c. 失礼です】。
しつれい　　　　しつれい　　　　　　しつれい

B：またいらっしゃってください。

2）A：【① a. ごめんなさい　b. ごめんください　c. ごめんしてください】！

B：あ、アレックスさん、いらっしゃい。はじめまして。金子の妻です。
かねこ　つま

A：はじめまして。アレックスです。

いつも【② a. お世話になっております　b. お世話しております】。
せわ　　　　　　　　　　　　せわ

B：どうぞ

【③ a. お上がりしてください　b. お上がってください　c. お上がりください】。
あ　　　　　　　　　　あ　　　　　　　　　あ

A：ありがとうございます。失礼します。
しつれい

あの、【④ これ、つまらないいものですが　　　　　　　　　　　　　　　】。

B：まあ、ごていねいに恐れ入ります。
おそ　い

△ お恐れ入ります。　　△ お世話になっております。

3）昼食を準備いたしました。どうぞ【　　　　　　　　　　　　　】。
ちゅうしょく じゅんび

4）ご意見がありましたら、どうぞ【言います ➡ おっしゃてください　　　　　】。
いけん　　　　　　　　　　　　　　い

5）金曜日の晩に、うちでパーティーをします。
きんようび ばん

先生もどうぞ【来ます ➡ いらっしゃてください。　　　　】。
せんせい　　　き

6）これから寒くなりますので、どうぞお体を大事に【します ➡ なさってください　】。
さむ　　　　　　　　　　　　　からだ だいじ

7）A：今朝の新聞をもう【① お読になりました／ごらんに　】か。
けさ しんぶん　　　　　　　　　　　　　　　　なりました

B：いや、まだ読んでない。
よ

A：こちらです。どうぞ【② お読みください　　　　　】。

8）毎晩だいたい何時に【お帰りになりますか　　　　　】か。
まいばん　　　なんじ

お休になりますか

スタイルを変えてみましょう

T-08

▶答えは p.184

ＣＤ音声を聞いて、はじめに敬語スタイルで言ってください。その次に友達スタイルで言ってください。全部最後まで聞いてから、言う練習を始めてください。

先聽CD音檔用敬語形式說，然後再用朋友形式說。請全部聽完以後再開始練習會話。　Listen to the CD sound files and then start by speaking in the honorific way. Next, speak casually. Begin to practice speaking after you have listened all the way to the end.

例) テニスをしますか。

⇨ テニスをなさいますか。

⇨ テニス（を）する？

0:14 1) 日本語は毎日勉強しますか。

⇨ 日本語は

⇨ 日本語、

0:30 2) さしみを食べますか。

⇨ さしみを

⇨ さしみ、

0:43 3) コーヒーを飲みますか。

⇨ コーヒーを

⇨ コーヒー、

0:56 4) 学生のとき、どんな本を読みましたか。

⇨ 学生のとき、どのような本を

⇨ 学生のとき、どんな本、

1:13 5) 昨日どこへ行きましたか。

⇨ 昨日どちらへ

⇨ 昨日どこ

やってみましょう
T-09

►答えは p.185
こた

1　話してみましょう
はな
　A　日本に住んでいる外国人　►ロールカード p.168
　　　にほん　す　　　　　がいこくじん
　B　近所に住んでいる人　►ロールカード p.171
　　　きんじょ　す　　　　ひと

2　話してみましょう
はな
　A　部下　►ロールカード p.168
　　　ぶか
　B　上司　►ロールカード p.171
　　　じょうし

語彙タンク
ごい

p.22
（家に）上がる＝（家に）入る
　いえ　あ　　　いえ　はい
（いすに）かける＝（いすに）座る
　　　　　　　　　　　　　すわ

p.23
ソファ　沙發　sofa
恐れ入ります＝すみません
おそ　い
口に合う　合口味　to be palatable
くち　あ

p.24
到着する＝着く
とうちゃく　つ

p.26
プロジェクト　計畫　project
上海　上海　Shanghai
シャンハイ

p.27
受け取る　接受　to receive
う　と
気に入る　喜歡　to like
き　い
弁当　便當　bento (a meal served in a portable covered tray)
べんとう

p.29
そろそろ　快～了　It's about time to...
昼食＝昼ご飯
ちゅうしょく　ひる　はん

p.30
昨日＝昨日
さくじつ　きのう

31

簡単にあいさつする

簡單地問候　Simple Greetings

◇ できますか？

朝、会社や学校で人と会ったとき、どんなあいさつをしますか。

早上在公司或學校見到別人時該怎麼問候？　How do you greet people when you meet them at work or school in the morning?

金子部長：おはよう。

アレックス：あ、おはようございます。部長、疲れていますか。昨日は何時に帰りましたか。

金子部長：え？　あ、終電だったよ。今日の加藤さんとの打ち合わせが、昨日、急に決まったんだって。だから資料を準備しないとならなかったんだ。

アレックス：大変ですね。疲れますから、もっと早く帰ったほうがいいですよ。

金子部長：うん。

アレックス：部長は忙しいですから、私が手伝ってあげましょうか。資料を印刷してあげましょうか。

金子部長：いや、いいよ。大丈夫だ。

アレックスさんは、金子部長を手伝うことができませんでした。

艾力克斯沒有幫上金子經理的忙。　Alex was unable to help Department Manager Kaneko.

敬語で言ってみましょう
けい ご い

1　よく使われるあいさつ
つか

	ですますスタイル／敬語スタイル けい ご	友達スタイル ともだち
朝 あさ	おはようございます。	おはよう。
会社から かいしゃ 帰るとき かえ	A：それでは、お先に失礼します。 さき しつれい ／失礼いたします。 しつれい B：お疲れ様です。 つか さま	A：じゃ、お先に！ さき B：お疲れ様。 つか さま
お礼 れい	A：ありがとうございます。 B：こちらこそ。／いいえ。 ／どういたしまして。	A：ありがとう。 B：ううん。／大丈夫だよ。 だいじょう ぶ
天気 てん き	A：いいお天気ですね。／暑いですね。 てん き あつ ／（雨が）よく降りますね。 あめ ふ B：そうですね。	A：いい天気だね。／暑いね。 てん き あつ ／よく降るね。 ふ B：そうだね。
別れるとき わか	A：失礼します。／失礼いたします。 しつれい しつれい B：お気をつけて。 き ／それではまた（明日お目にかかり あす め ます）。	A：じゃあね。 B：気をつけてね。 き ／じゃ、また（明日）。 あした

✎ 目上の人に「おはよう」と言われて、つられて「おはよう」と言わないようにしましょう。
めうえ ひと い い

　長輩、上司對自己說「おはよう」時，注意不要也順著回應說「おはよう」。　　Try not to be tempted to say "おはよう" when a superior says "おはよう" to you.

✎ 普通形に「ね」や「よ」をつけて言うと、友達スタイルになるので、気をつけましょう。
ふ つうけい い ともだち き

　在普通形後加上「ね」或「よ」時，是朋友之間說話的語氣，須加注意。　　Be careful about adding "ね" or "よ" to the regular form, as that turns the expression into casual speech.

〈課長が新しいネクタイをしているのを見て〉
か ちょう あたら み
　ああ、いい~~ネクタイだね。~~ → ああ、いいネクタイですね。

2 「お / ご ～ します」　✎ 謙譲語の文型。

Ⅰグループ・Ⅱグループの動詞 → お［Ｖます］します

〈荷物が多くて困っている社長を見て〉（私が社長の荷物を）お持ちします。

我來（幫總經理）拿東西。　I will hold those things for you, Company President.

Ⅲグループの動詞 → ご［漢字のことば］します

〈新しいパソコンの使い方がわからない先生に〉（私が）ご説明します。

（我來）說明。　I will explain.

✎ 上司に向かって「～てあげます」は使えません。

對上司不能用「～てあげます」。　You can not use "～てあげます" when speaking to a superior.

✎ 謙譲語を使えば、誰が動作をするかわかるので、「私が」は省略されることが多いです。

用謙譲語，就可以知道誰是動作的主體，所以往往省略「私が」。　If you use a humble word, it is understood who will perform the action, so "私が" is often omitted.

3　**謙譲語の特別な形**　謙讓語的特殊形　Special forms of humble words

〈取引先の人に〉（私が）メールを拝見しました。

（我）拜讀了電子郵件。　I saw the email.

駅前で偶然先生にお目にかかりました。

在車站前偶然遇見了老師。　I happened to see the teacher outside the station.

▶p.174 付録 敬語動詞の表

4　**尊敬語と謙譲語のポイント**　尊敬語及謙譲語的要點　Key Points about Honorific and Humble Words

	尊敬語 Honorific words　尊敬語	謙譲語 Humble words　謙譲語
文型	お［Ｖます］になります　ご［Ｎ］になります お［Ｖます］ください　ご［Ｎ］ください	お［Ｖます］します ご［Ｎ］します
かんたん 尊敬語	Ⅰ　書きます → 書かれます Ⅱ　教えます → 教えられます Ⅲ　します → されます　来ます → 来られます	
特別な形	召し上がります、ご覧になります　など	いただきます、 拝見します　など

練習しましょう
れんしゅう

▶答えは p.185
こた

全部最後まで聞いてから、言う練習を始めてください。
ぜん ぶ さい ご　　　　き　　　　　　　　　い れんしゅう　はじ

請全部聽完以後再開始練習會話。　　Listen all the way to the end, then begin to practice speaking.

T-10

1　謙譲語で言ってみましょう。
　　けんじょうご　い

例）手伝います ➡ お手伝いします。
れい　て つだ　　　　　て つだ

例）先生からペンをもらいました ➡ 先生からペンをいただきました。
れい　せんせい　　　　　　　　　　　　　　　せんせい

1）社長のかばんを持ちます ➡
　　しゃちょう　　　　　　も

2）明日も ここに 来ます ➡
　　あす　　　　　　き
　　　　　　　└ こちら　└ 特別な形
　　　　　　　　　　　　　とくべつ かたち

3）使い方について 説明します ➡
　　つか かた　　　　　せつめい

4）先生に国のおみやげを あげます ➡
　　せんせい くに　　　　　　　　　　
　　　　　　　　　　　　└ 特別な形
　　　　　　　　　　　　　とくべつ かたち

5）先生に 会いました ➡
　　せんせい　あ
　　　　　　└ 特別な形
　　　　　　　とくべつ かたち

6）田中さんに 会って、新しい契約について 話しました ➡
　　た なか　　あ　　　　あたら　けいやく　　　　　　はな
　　　　　　　　└ 特別な形
　　　　　　　　　とくべつ かたち

T-11

2　困っている人を見ました。謙譲語で声をかけてみましょう。
　　こま　　　　　ひと み　　　　　　けんじょうご こえ

例）〈荷物が多くて大変そうな人に〉
れい　に もつ おお たいへん　　ひと
　　持ちます ➡ あのー、よろしかったら、お持ちしましょうか。
　　も　　　　　　　　　　　　　　　　　　も

1）〈忙しそうな人に〉
　　いそが　　　　ひと
　　手伝います ➡ あのー、よろしかったら、
　　て つだ

2）〈コピーの使い方がわからない人に〉
　　　　　　つか かた　　　　　　ひと
　　説明します ➡ あのー、よろしかったら、使い方を
　　せつめい　　　　　　　　　　　　　　　　つか かた

3）〈かさがなくて困っている人に〉
　　　　　　　　　こま　　　　　ひと
　　貸します ➡ あのー、よろしかったら、私のを
　　か　　　　　　　　　　　　　　　　わたし

4）〈駅までの行き方がわからない人に〉
　　えき　　　い かた　　　　　　　ひと
　　行き方を教えます ➡
　　い かた おし

5）〈パーティーのあと、雨が降り出して、玄関で困っている人に〉
　　　　　　　　　　　あめ ふ だ　　　げんかん こま　　　　　ひと
　　車で送ります ➡
　　くるま おく

これで OK! T-12

金子部長：おはよう。

アレックス：あ、おはようございます……部長、お疲れですね。昨日は何時に
　　　　　　お帰りになりましたか。

金子部長：え？　あ、終電だったよ。今日の加藤さんとの打ち合わせが、
　　　　　　昨日急に決まったんだって*。だから資料を準備しないとならな
　　　　　　かったんだ。

アレックス：大変ですね……あのー、よろしかったらお手伝いします。資料を
　　　　　　まとめて印刷いたしましょうか。

金子部長：あ、じゃあ、あとで資料を渡すから、よろしく。

アレックス：はい！

金子部長：ありがとう。助かるよ。

アレックスさんは、金子部長にあいさつをして、しっかり話すことができました。

艾力克斯學會了向金子經理問候及正確交談的方式。　　Alex properly greeted and talked with Department Manager Kaneko.

＊友達スタイルでは、人から聞いた話を他の人に話すとき、「～って」を使います。

在朋友關係之間，把聽到的事情告訴別人時說「～って」。　　When speaking casually, use "～って" when speaking to a person about something you heard from another person.

今日のパーティー、あの人、来ないって。（＝来ないそうです）

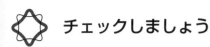

チェックしましょう

▶答えは p.185
こた

1　謙譲語をひらがなで書きましょう。
けんじょうご　　　　　　か

行きます・来ます い　　き	①
います	②
言います い	③ （アレックス・スミスと）　　（意見を）いけん
見ます み	④
飲みます・食べます の　　　　た	⑤
知っています し	⑥ （今日会議があることを）きょうかいぎ　　（金子部長を）かねこぶちょう
～と思います おも	⑦ （～と）
します	⑧
あげます	⑨
もらいます	⑩
会います あ	⑪ おあいします ／
聞きます き	⑫ おききします ／
あります	⑬
持ちます も	⑭
～です*	⑮

＊自分のことを言うとき、「です」を「でございます」に代えて謙譲語のように使います。
じぶん　　　　　　　　　　　　　　　　　　　　　　　　　　か　　けんじょうご　　　　　　つか

説自己的事情時，應使用「でございます」的謙讓語形式來代替「です」。　When speaking about yourself, replace "です" with "でございます" to try and speak with humble words.

東洋映画のスミスでございます。
とうようえいが

2 メールの文を敬語にしましょう。

来週の東京へのご出張のことですが、空港までお迎えに
【①行きます⇨　　　　　　　　　　】ので、【②到着する⇨　　　　　　　　　　】
時間を【③知らせてください⇨　　　　　　　　　　】。
空港で資料を【④渡します⇨　　　　　　　　　　】ので、
車の中で【⑤見てください⇨　　　　　　　　　　】。
ご昼食のあと、会議の場所まで【⑥送ります⇨　　　　　　　　　　】。
どうぞよろしく【⑦お願いします⇨　　　　　　　　　　】。

3

1）新しいパソコンの使い方について、私から
　　【a. 説明なさいます　b. ご説明いたします　c. ご説明になります】。

2）お送りくださったメールは、私が
　　【a. 拝見しました　b. ご覧になりました　c. お読みになりました】。

3）駅の前で先生に
　　【a. お会いになりました　b. お会いしました　c. 会われました】。

4）忙しそうですね。
　　【a. お手伝ってましょうか　b. お手伝いになりましょうか　c. お手伝いしましょうか】。

5）〈あなたの国の有名な観光地で、写真を撮ろうとしている日本人を見て〉
　　【a. お撮ってしますか　b. お撮りしましょうか　c. お撮りになりましょうか】。

スタイルを変えてみましょう

T-13

▶答えは p.186
こた

CD音声を聞いて、はじめに敬語スタイルで言ってください。その次に友達スタイルで言ってく
おんせい き けい ご い つぎ ともだち い
ださい。全部最後まで聞いてから、言う練習を始めてください。
ぜん ぶ さい ご き い れんしゅう はじ

先聴CD音檔用敬語形式説，然後再用朋友形式説。請全部聴完以後再開始練習會話。　Listen to the CD sound files and then start by speaking in the honorific way. Next, speak casually. Begin to practice speaking after you have listened all the way to the end.

例) 手伝いましょうか。
れい てつだ
⇨ お手伝いしましょうか。
てつだ
⇨ 手伝おうか。
てつだ

0:13 1) かさを貸しましょうか。
か
⇨ かさを
⇨ かさ、

0:25 2) この書類を翻訳しましょうか。
しょるい ほんやく
⇨ この書類を
しょるい
⇨ この書類、
しょるい

0:40 3) スケジュールをメールで送りましょうか。
おく
⇨ スケジュールを
⇨ スケジュール、

0:56 4) 先週、先生のうちに行きました。
せんしゅう せんせい い
⇨ 先週、先生のお宅に
せんしゅう せんせい たく
⇨ 先週、
せんしゅう

1:12 5) 昨日、小林先生に会いました。
きのう こばやしせんせい あ
⇨ 昨日、　　　　　　　　　↳お目に…
さくじつ め
⇨ 昨日、
きのう

やってみましょう T-14

▶答えは p.186

話してみましょう
- A　部下　▶ロールカード p.168
- B　上司　▶ロールカード p.171

語彙タンク

p.32

終電＝一日の最後の電車

打ち合わせ　洽商、碰面　meeting

取引先　往來客戸　client / customer

p.35

契約　契約　contract

p.36

お疲れですか＝「疲れていますか」の尊敬語

まとめて～する　一併～、一起～　to do (something) all at once / altogether

助かる　幫了大忙　to be of help

p.38

到着する＝着く

昼食＝昼ご飯

観光地　觀光地　sightseeing spot

p.39

翻訳する　翻譯、筆譯　to translate

カバーをおかけしますか

本屋で本を買うとき、レジで、店員さんが「カバーをおかけしますか」と言いますね。カバーというのは本を包む紙のことです。本来、謙譲語は「お手伝いします」「ご説明します」など直接相手に対してする動作に使います。でも、もう少し遠いところで、「（あなたの）写真をお撮りします」という謙譲語の表現もありますから、「（お客さんの買った本に）カバーをおかけします」と言うこともあるんですね。

在書店買書 到收銀台結帳時 店員常說「カバーをおかけしますか」。「カバー」是指書套。本來謙讓語用於「お手伝いします」「ご説明します」等直接向對方做的行為。不過，在有一定距離的情況下也有「（あなたの）写真をお撮りします」（我來幫您拍照）這種謙讓語的表達方式，所以也可以說成「（お客さんの買った本に）カバーをおかけします」（我來幫您購買的書包上書套）。

When you buy a book at a book store, the clerk will say, "カバーをおかけしますか". A カバー (cover) is a piece of paper to wrap a book. Normally, humble words are used for actions done directly to the listener (in grammar terms, the listener is the direct object), such as "お手伝いします" and "ご説明します". But there are also expressions with humble words such as "（あなたの）写真をお撮りします" (I'll take your picture) when the direct object is not the listener, so Japanese people also say "（お客さんの買った本に）カバーをおかけします" (I'll cover the book you bought).

③ 誘う
さそ

邁請　Offering an Invitation

　できますか？

　アレックスさんが働いている会社で、再来週の日曜日に送別会をすることになりました。
　　　　　　　　はたら　　　かいしゃ　　　さらいしゅう　にちようび　　そうべつかい
アレックスさんは金子部長を誘います。
　　　　　　　　かねこ　ぶちょう　さそ

艾力克斯工作的公司，下下個星期天要舉行送別會。艾力克斯要邀請金子經理參加。　The company for which Alex works is going to hold a going away party for an employee on Sunday the week after next. Alex is going to invite Department Manager Kaneko.

アレックス：部長、ちょっと。
　　　　　　ぶちょう

　金子部長：何？
　かねこ ぶちょう　なに

アレックス：再来週の日曜日は、ひまですか。
　　　　　　さらいしゅう　にちようび

　金子部長：日曜日……どうして？　何かあるの？
　かねこ ぶちょう　にちようび　　　　　　　　なに

アレックス：もうすぐ海外に転勤する人がいるから、送別会をしようと思っているんです。
　　　　　　　　　　かいがい　てんきん　ひと　　　　　　そうべつかい　　　　　　　おも

　　　　　　部長も来たいですか。
　　　　　　ぶちょう　き

　金子部長：え……。
　かねこ ぶちょう

アレックス：忙しいですか。
　　　　　　いそが

　金子部長：いや……考えておくよ。
　かねこ ぶちょう　　　かんが

アレックス：そうですか。もしいらっしゃりたいなら、ご遠慮なさらないでください。
　　　　　　　　　　　　　　　　　　　　　　　　えんりょ

　金子部長：……。
　かねこ ぶちょう

アレックス：では……楽しみにしています。また連絡し
　　　　　　　　　たの　　　　　　　　　　れんらく

　　　　　　ます。返事をよろしくお願いします。
　　　　　　　へんじ　　　　　　ねが

来たい？

金子部長は少し怒ってしまったようです。
かねこ ぶちょう　すこ　おこ

金子經理好像有點生氣了。　Department Manager Kaneko seems to have gotten a little angry.

敬語で言ってみましょう
　　　　けい　ご　　い

1　声をかける　打招呼　Address someone
　　　こえ

部長、すみません。
ぶちょう

今、よろしいですか。　／　ちょっとよろしいでしょうか。
いま

今、お時間いただけますか。
いま　　じかん

2　予定を聞く　打聽對方的行程　Ask about someone's plans
　　　よてい　　き

日曜日は、何かご予定がありますか。
にちようび　　なに　　よてい

来週の火曜日、小林さんのご都合はいかがでしょうか。
らいしゅう　かようび　こばやし　　　　つごう

3　誘う　邀請　Offer an invitation
　　さそ

部長にもぜひ来ていただきたいんですが…。　　☞強く誘うときはこの表現を使います。
ぶちょう　　　き　　　　　　　　　　　　　　　つよ　さそ　　　　　　ひょうげん　つか

部長にもご出席いただけないかと思いまして。
ぶちょう　　しゅっせき　　　　　　　おも

☞「～まして」は「～ます」のて形。「～ので」と同じ意味。書くときは使いません。
　　　　　　　　　　　　　　けい　　　　　おな　いみ　か　　　　　つか

よろしかったら、部長もいらっしゃいませんか。
　　　　　　　ぶちょう

よろしければ、部長もいかがでしょうか。
　　　　　　　ぶちょう

もしご都合がよろしければ、部長もいかがかと思いまして…。
　　　つごう　　　　　　　　ぶちょう　　　　　　　おも

4　「ご遠慮なく」　「お／ご～なく」＝「～ないでください」
　　　えんりょ

「ご心配なく」「ご遠慮なく」「お気遣いなく」「おかまいなく」など　「ご心配なくてね」✖
　しんぱい　　　えんりょ　　　きづか　　　　　　　　　　　　　　しんぱい

A：私もパーティーに行っていいでしょうか。
　　わたし　　　　　　い

B：もちろん。どうぞご遠慮なく。
　　　　　　　　　えんりょ

A：飲み物などを買っていきましょうか。
　　の　もの　　　　か

B：いえいえ。私が用意しますから、お気遣いなく。
　　　　　　わたし　ようい　　　　　　きづか

☞すべての動詞には使えないので注意！　「お書きなく」✖「お話しなく」✖
　　　　　どうし　　つか　　　　　ちゅうい　　　か　　　　　　はな

5　「～ております」

☞「～ております」＝「～ています」の謙譲語。
　　　　　　　　　　　　　　　けんじょうご

お返事をお待ちしております。
　へんじ　　ま

当日お会いできるのを楽しみにしております。
とうじつ　あ　　　　　　たの

大学で日本映画を研究しております。
だいがく　にほんえいが　けんきゅう

練習しましょう

▶答えは p.186

全部最後まで聞いてから、言う練習を始めてください。

T-15

1　「～でしょうか」を使ってていねいに言ってみましょう。

例）コーヒーは好きですか。
　　　↳お好き
　　⇨ コーヒーはお好きでしょうか。

1）明日は忙しいですか。
　　　↳お忙しい
　　⇨

2）いつがいいですか。
　　　↳よろしい
　　⇨

3）都合はどうですか。
　　　↳ご都合 ↳いかが
　　⇨

T-16

2　「～ていただきたいんですが」を使って言ってみましょう。

例）先生にも来てもらう
　　⇨ 先生にも来ていただきたいんですが……。

1）ぜひ、パーティーに出席してもらう
　　⇨

2）先生にも、ぜひ参加してもらう
　　⇨

T-17

3　「～もいかがかと思いまして」を使って言ってみましょう。

例）パーティー、先生
　　⇨ パーティー、先生もいかがかと思いまして……。

1）今度のコンサート、山田課長
　　⇨

2）この映画、ご一緒に佐藤さん
　　⇨

3）来月の社員旅行、大山さんの奥さん
　　⇨

4）社長はいつも日本酒ですが、たまにはワイン
　　⇨

これでOK!　

T-18

アレックス：部長、ちょっとよろしいでしょうか。

金子部長：何？

アレックス：再来週の日曜日、何かご予定がありますか。

金子部長：日曜日……どうして？　何かあるの？

アレックス：もうすぐ海外に転勤する人がいるので、送別会をしようと思っているんです。部長もご一緒にいかがかと思いまして……。

金子部長：おお、いいね！　行きたいな。
お菓子か何か買っていったほうがいい？

アレックス：いえいえ、お気遣いなく。では、またご連絡します。楽しみにしております。

アレックスさんは、金子部長を上手に誘うことができました。

艾力克斯學會了如何恰到好處地邀請金子經理。　　Alex did a good job inviting Department Manager Kaneko.

 **チェックしましょう** ▶答えは p.187

1）A：私の結婚式に

　　出席して【a. いただきませんか　b. いただけませんか　c. いただいてませんか】。

　B：え、本当ですか。ぜひ。

2）A：山田さんたちに飲み会に誘われたんですが、一緒に行きませんか。

　B：え、私も行ってもいいんでしょうか。

　A：もちろん、どうぞ【a. ごえんりょなく　b. おえんりょなく　c. おきづかいなく】。

3）よろしかったら、土曜日のパーティーに

　　【a. おいでいただきたいと思いまして　b. おいでなさいませんかと思いまして

　　c. おいでいただけませんかと思って】。

4）社長、それでは午後2時に空港で

　　【a. お待ちしております　b. お待っております　c. お待ちになっています】。

5）来週の先生のご都合は

　　【a. いかがでしょうか　b. いかがにしますか　c. どういらっしゃいますか】。

 スタイルを変えてみましょう

T-19

▶答えは p.187

全部最後まで聞いてから、言う練習を始めてください。

　　例）田中さんも来てください。

　　　⇨ よろしかったら田中さんもいかがかと思いまして……。いらっしゃいませんか。

　　　⇨ よかったら田中さんもどう？　来ない？

0:20　1）展覧会、田中さんも見に来てください。

　　　⇨

　　　⇨

0:42　2）コンサートのチケットが2枚あるから、田中さんも一緒に行ってください。

　　　⇨　　　　　　　　↳ので

　　　⇨

1:09　3）この研究会はとてもおもしろそうだから、田中さんも一緒に参加してください。

　　　⇨　　　　　　　　↳なので

　　　⇨

やってみましょう

T-20

►答えは p.187
こた

友達の歓迎会に、先生を誘います。
ともだち かんげいかい せんせい さそ
邀請老師參加為朋友舉辦的歡迎會。　Invite your teacher to a welcome party for a friend.

1 話してみましょう
はな
A 日本語学校の学生　►ロールカード p.168
にほん ご がっこう がくせい
B 日本語学校の先生　►ロールカード p.171
にほん ご がっこう せんせい

2 メールを書いてみましょう
か

木村先生
き むらせんせい

こんにちは。ユンです。

今日は、お誘いしたいことがあってメールをいたします。
きょう さそ
実は、再来週、国から友人が来日することになったので、
じつ さらいしゅう くに ゆうじん らいにち
私のうちで歓迎会をしようと思っています。
わたし かんげいかい おも

① ＿＿＿＿＿＿＿＿＿＿＿＿＿＿＿＿＿＿＿＿＿＿。　◄先生を誘う
せんせい さそ
② ＿＿＿＿＿＿＿＿＿＿＿＿＿＿＿＿＿＿＿＿＿＿。　◄先生の予定を聞く
せんせい よ てい き
③ ＿＿＿＿＿＿＿＿＿＿＿＿＿＿＿＿＿＿＿＿＿＿。　◄返事を待っていると伝える
へん じ ま つた

ユン

来ていただきたいんですが……。✖
き
ご出席いただけないかと思いまして。✖
しゅっせき おも

書きことばでは使いません。
か つか

p.42

海外＝（日本にとっての）外国
かいがい　　　　　にほん　　　　　　がいこく

転勤する　調職　to transfer
てんきん

p.43

気遣う　擔心　to bother / trouble with
きづか

かまう　介意　to mind

当日＝その日
とうじつ　　　ひ

楽しみにする　期待　to look forward to
たの

p.44

参加する　参加　to join / participate
さんか

p.47

実は　其實　in fact / actually
じつ

友人＝友達
ゆうじん　ともだち

来日する＝日本に来る
らいにち　　　にほん　　く

お時間ございますか

「ございます」は謙譲語です。でも、この「ございます」を使って、相手に対して「お時間ございますか」と聞く人が増えています。これについて簡単な調査をしてみました。日本語が母語の160人に「目上の人に『お時間ございますか』と聞くことについてどう思いますか」と質問したら、性別・年代に関係なく、半数以上が「抵抗がない」と答えました。

今、「ございます」の謙譲語の意味はあまり意識されていないのかもしれません。

「ございます」是謙讓語。不過，使用「ございます」詢問對方「お時間ございますか」（您有時間嗎？）的人越來越多了。對此我們做了一項簡單的調查。向160位以日語為母語的人詢問「你覺得詢問長輩或上司時使用『お時間ございますか』的說法如何呢？」，結論是無論性別或年齡，半數以上的人都回答說「不覺得彆扭」。

也許是現在人們比較少意識到謙讓語「ございます」的涵義了吧。

"ございます" is a humble word that means です. But more people are using this "ございます" to ask others "お時間ございますか" (Do you have time?). A simple survey on this subject was conducted. When 160 native speakers of Japanese were asked, "What do you think about asking a higher-ranking person, 'お時間ございますか'?", over half, regardless of gender or age, answered, "I'm not against it."

Perhaps people nowadays are not very aware of what the humble word "ございます" means.

お願いする

請求　Making a Request

　できますか？

　アレックスさんは、今日は取引先のアジア映画の山田さんのところに来て、新しい映画の予告編について話しています。

第一次業務商談，好像就惹客戶山田小姐生氣了。　This was Alex's first business meeting with a client, and Ms. Yamada seems to have gotten

艾力克斯今天來到客戶山田小姐的亞洲電影公司拜訪，商談有關新電影預告片的事宜。　Today Alex is visiting Ms. Yamada from Asia Movies, a client, to discuss a preview for a new movie.

山田：初めまして。山田です。

アレックス：どうぞよろしくお願いいたします。

山田：えー……以上が映画の説明なんですが、いかがでしょうか。日本ムービーさんで扱っていただけませんか。

アレックス：いいと思います。あのー、ちょっといいですか。僕の会社でみんなで見たいんで、この韓国映画の予告編のDVDを送ってくれませんか。でも、韓国語の字幕しかありませんから、日本語の翻訳があるともっと便利ですね。えーと、それから英語の……。

山田：ちょ、ちょっと、待ってください！

アレックス：あ……すみません。

　初めての商談でしたが、相手の山田さんは怒ってしまったようです。

敬語で言ってみましょう
けい ご い

1 呼びかける 打招呼 Address someone
よ

あの、ちょっとよろしいでしょうか。

今、お忙しいでしょうか。
いま いそが

お時間いただいてもよろしいでしょうか。
じ かん

2 「(実は)～のですが」 前置きを言う 開場白 Preface a statement
じつ まえ お い

持ち帰ってわが社の者と検討したいのですが。
も かえ しゃ もの けんとう

実は使い方がよくわからないのですが……。
じつ つか かた

3 「～いただけませんか」 お願いを言う 請求的說法 State a request
ねが

この予告編の DVD を 1 枚お送りいただけませんか。
よ こくへん まい おく

Ⅰ・Ⅱグループの動詞 → ［Ⅴて］いただけませんか / お［Ⅴ~~ます~~］いただけませんか
どうし

Ⅲグループの動詞 → ［Ⅴて］ていただけませんか / ご［漢字のことば］いただけませんか
どうし かんじ

☜「～て」より「お / ご～」のほうがよりていねいです。

「お / ご～」比「～て」更鄭重。 " お / ご～ " is more polite than " ～て ".

4 続けてお願いを言う 繼續請求的說法 Reiterate a request
つづ ねが い

日本語訳をつけていただけないかと思いまして。
に ほん ご やく おも

日本語訳をつけていただけるとありがたいんですが。
に ほん ご やく

☜「思いまして」のあとに、「お願いを受けてくれますか」のニュアンスがあります。
おも ねが う

「思いまして」後還有「您能接受我的請求嗎？」的語氣。 The nuance of the phrase following "思いまして" is "Can you accept
おも おも
this request?".

5 ていねいさを変えるには To change the level of politeness 改變禮貌的程度
か

☜日本語では相手やシチュエーションによって、「呼びかけのことば」や「文末の表現」を変えて、てい
に ほん ご あいて よ ぶんまつ ひょうげん か
ねいさを変えます。
か

在日語中可依據對方及情況，透過改變「招呼的用語」或「句末的表現」來改變禮貌的程度。 In Japanese you can alter the level
of politeness by changing the words to address someone or the end-of-sentence expressions in accordance to whom you are speaking to
or the situation.

呼びかけのことば 打招呼的用語　Words to address someone	友達 スタイル	ですます スタイル	敬語 スタイル
ねえ、／あのね、	○	×	×
あのー、	○	○	○
悪いんだけど、／悪いけど、	○	×	×
よかったら、	○	○	○
すみませんが、	×	○	○
よろしかったら、	×	×	○
申し訳ありませんが、／恐縮ですが、 ／恐れ入りますが、	×	×	○

文末の表現 句末的表現　End-of-sentence expressions	友達 スタイル	ですます スタイル	敬語 スタイル
～て（よ／ね）。	○	×	×
～てくれない？	○	×	×
～てくれませんか。	×	○	×
～てもらえませんか。	×	○	×
～いただけませんか。	×	○	○
～いただけませんでしょうか。	×	○	○
～いただきたいんですが……。	×	○	○
～いただけないかと思いまして……。	×	×	○
～いただけるとありがたいんですが……。	×	×	○

✎「～てください」はお願いより「指示のニュアンス」があるので注意しましょう。

「～てください」在請求的語氣之外還有「命令的語氣」，須加注意。　Be aware that "～てください" sounds more like an order or instruction than a request.

練習しましょう

▶答えは p.187

全部最後まで聞いてから、言う練習を始めてください。

T-21

1 「すみませんが、～ていただけませんか」を使って言ってみましょう。

例) ちょっと説明します ⇨ すみませんが、ちょっと説明していただけませんか。

1) もう一度ゆっくりおっしゃいます ⇨

2) 使い方を教えます ⇨

3) 明日もう一度いらっしゃいます ⇨

4) 一つ送ります ⇨

5) コピーをとります ⇨

T-22

2 「大変申し訳ないんですが、～ていただけるとありがたいんですが……」を使って
言ってみましょう。

例) 英語の翻訳をつけます ⇨ 大変申し訳ないんですが、英語の翻訳をつけていただけ
るとありがたいんですが……。

1) もう一度初めから説明します ⇨

2) 1時間くらいここで待ちます ⇨
　　　　　　　　　　└→ ほど

3) 直接書類を届けます ⇨

4) 商品のサンプルを準備します ⇨

5) スライドができるパソコンを用意します ⇨

✍ 本当に頼みにくいことを、ていねいにお願いするときに使います。

用於難以開口而禮貌地請求的場合。　Use this when you politely make a request for something that is really difficult to
ask for.

T-23

3 「あのー、～てもよろしいでしょうか」を使って言ってみましょう。

例) ちょっとお願いします ⇨ あのー、ちょっとお願いしてもよろしいでしょうか。

1) ここに座ります ⇨

2) 今話します ⇨

3) この仕事を明日にします ⇨
　　　　　　　　└→明日

4) 明日そちらに伺います ⇨

5) 今ご相談します ⇨

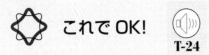

これでOK! T-24

山田：えー……以上が映画の説明なんですが、いかがでしょうか。日本ムービーさんで扱っていただけませんか。

アレックス：はい。それでは、さっそく検討いたします。んー……ちょっとよろしいでしょうか。

山田：はい。何でしょうか。

アレックス：えー、わが社の者と検討したいのですが、この予告編のDVDを1枚お送りいただけませんか。

山田：はい。1枚でよろしいでしょうか。

アレックス：ええ。それから恐縮ですが、この韓国の映画には、韓国語の字幕しかありませんので、日本語の翻訳をつけていただけないかと思いまして……。

山田：あ、はい。承知いたしました。

アレックスさんは山田さんに、ていねいにお願いをすることができました。

艾力克斯學會了如何禮貌地請求山田小姐。　Alex was able to make a polite request to Ms. Yamada.

チェックしましょう　　　　　　　　▶答えは p.188
こた

1）目上の人にお願いしましょう。
めうえ ひと ねが
　A：あのー、今【①　　　　　　　　　　　　　　　　　　　】。
　　　　　　いま
　B：いいですよ。何ですか。
　　　　　　　なん
　A：【② a.それは　b.実は　c.実には】昨日、日本人の友達のご両親から食べ物を　送っ
　　　　　　　　じつ　　　　じつ　　きのう　にほんじん ともだち りょうしん た もの おく
　　てもらったんですが、食べ方がわからないんですよ。食べ方の説明を一緒に読んで【③
　　　　　　　　　　　　た かた　　　　　　　　　　　　た かた せつめい いっしょ よ
　　a.いただけませんか　b.いただきませんか　c.いただいていませんか】。
　B：ええ、いいですよ。

2）あなたは授業のプリントを忘れました。クラスの友達に頼みましょう。
　　　　　じゅぎょう　　　　　わす　　　　　　　　　ともだち たの
　A：【①　　　　　　　　　　　　　　　　】？
　B：いいよ。何？
　　　　　なに
　A：【② a.すみませんが　b.よろしかったら　c.悪いけど】、昨日の授業のプリント、
　　　　　　　　　　　　　　　　　　　わる　　きのう じゅぎょう
　　【③　　　　　　　　　　　　　　　　】？
　B：うん、いいよ。はい、これ。どうぞ。

 スタイルを変えてみましょう　　▶答えは p.188
か　　　　　　　　T-25　　こた

全部最後まで聞いてから、言う練習を始めてください。
ぜんぶさいご き い れんしゅう はじ

　例）会議の記録を見せる
　れい かいぎ きろく み
　　⇒申し訳ないんですが、会議の記録を見せていただけませんか。
　　もう わけ　　　　　かいぎ きろく み
　　⇒すみませんが、会議の記録を見せてもらえませんか。
　　　　　　　　　かいぎ きろく み
　　⇒悪いけど、会議の記録を見せてもらえない？
　　わる　　　　かいぎ きろく み

👂0:25　1）書類をチェックする　　　👂0:47　2）翻訳を手伝う
　　　　　しょるい　　　　　　　　　　　ほんやく てつだ
　　　⇒　　　　　　　　　　　　　　　⇒
　　　⇒　　　　　　　　　　　　　　　⇒
　　　⇒　　　　　　　　　　　　　　　⇒

1:08　3）スライドを操作する
そうさ
⇒
⇒
⇒

 1:30　4）仕事の担当をかわる
しごと　たんとう
⇒
⇒
⇒

1:53　5）仕事の進め方について相談に乗る
すす　かた　　そうだん　の
⇒
⇒
⇒

2:21　6）会議の終わりの時間を早くする
かいぎ　お　　じかん　はや
⇒
⇒
⇒

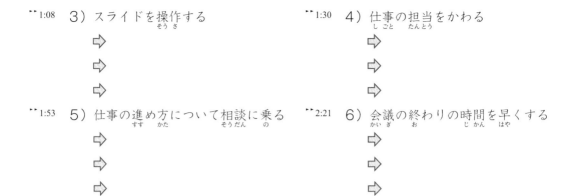

やってみましょう　T-26

▶答えは p.188
こた

大学院に入るために、先生に推薦状をお願いしたいです。
だいがくいん　はい　　　　せんせい　すいせんじょう　ねが

為了考進研究所，懇請老師寫推薦函。　You want to ask a professor for a letter of recommendation so you can gain admission to a graduate school.

1　話してみましょう
　はな
　A　大学生　▶ロールカード p.168
　　だいがくせい
　B　大学の先生　▶ロールカード p.171
　　だいがく　せんせい

2　メールを書いてみましょう
　　　　　か

斎藤先生
さいとうせんせい

桜の美しいころとなりました。お元気でいらっしゃいま　　◀季節のあいさつ
さくら　うつく　　　　　　　　　　　げんき　　　　　　　　　　　　きせつ
すか。39 期卒業生のアレックス・スミスです。
　　き　そつぎょうせい

本日は、お願いがございましてメールいたしました。
ほんじつ　ねが
日本で 5 年間、会社に勤務してまいりましたが、このた
にほん　ねんかん　かいしゃ　きんむ
び、平成大学大学院文化学研究科に進学することを考え、　◀お願いする理由を書く
へいせいだいがくだいがくいんぶんかがくけんきゅうか　しんがく　　　かんが　　　　　　ねが　　りゆう　か
準備を始めました。
じゅんび　はじ
出身大学の教師の推薦状が必要なのですが、　　　　　　　◀お願いを書く
しゅっしんだいがく　きょうし　すいせんじょう　ひつよう　　　　　　　　　　　ねが　か
①＿＿＿＿＿＿＿＿＿＿＿＿＿＿＿＿＿＿＿＿＿。

すっかりご無沙汰してしまいましたので、来週先生の研
ぶさた　　　　　　　　　　　らいしゅうせんせい　けん
究室にごあいさつに伺いたいと思っております。
きゅうしつ　　　　　うかが　　　おも
大変恐縮ですが、先生の
たいへんきょうしゅく　　せんせい
②都合がいい ⇨ _____
つごう
時間を③知らせる ⇨ _____。
じかん　　し

お返事を④_____。
へんじ
よろしくお願い申し上げます。
ねが　もう　あ

アレックス・スミス

◀返事を待っていると伝える
へんじ　ま　　　　つた
◀最後のあいさつ
さいご

語彙タンク
ごい

p.50

扱う　辦理　to handle / deal with
あつか
字幕　字幕　subtitles
じまく
翻訳　翻譯、筆譯　translation
ほんやく

p.51

実は　其實　in fact / actually
じつ
わが社＝私たちの会社
しゃ　わたし　　　かいしゃ
者＝自分と同じグループの人
もの　じぶん　おな　　　　　　ひと
検討する＝考える
けんとう　　かんが
日本語訳　日語翻譯　Japanese translation
にほんごやく

p.52

恐縮ですが／恐れ入りますが＝すみませんが
きょうしゅく　　おそ　い

p.53

コピーをとる　影印　to make a copy

直接　直接　directly
ちょくせつ
商品　商品　product / merchandise
しょうひん
スライド　幻燈片　slide

p.54

さっそく＝すぐに

承知する＝わかる
しょうち

p.55

目上　上司或長輩　superior
めうえ
記録　記録　record / document
きろく

p.56

操作する　操作　to control / operate
そうさ
（仕事の）担当　（工作的）負責人　responsibility
しごと　たんとう　　　　for performing (work)

勤務する　工作　to work
きんむ
進学する　升學　to advance to a higher academic level
しんがく
出身大学＝卒業した大学
しゅっしんだいがく　そつぎょう　　だいがく

p.57

ご無沙汰する　久疏問候、久違　to neglect to keep
ぶさた　　　　　　　　　in touch

57

5 断る
ことわ

拒絶　Declining a Request

 できますか？

金子部長がアレックスさんと来週の仕事のスケジュールについて話しています。
かねこ ぶちょう　　　　　　　　　　　　　らいしゅう しごと　　　　　　　　　　　　はな

金子經理正在和艾力克斯商量下星期的工作行程。　　Department Manager Kaneko is talking with Alex about next week's work schedule.

金子部長：アレックスくん。
かねこ ぶちょう

アレックス：はい。

金子部長：来週の火曜日の4時から臨時の営業会議になったんだ。時間、あけておい
かねこ ぶちょう　らいしゅう　かようび　じ　りんじ　えいぎょうかいぎ　　　　　　　じかん
　　　　　てくれる？

アレックス：えーと、うーんと。

金子部長：どうした？
かねこ ぶちょう

アレックス：すみません、その日は忙しいんです。
　　　　　　　　　　　　　ひ　いそが

金子部長：でも、会議だよ？
かねこ ぶちょう　　　かいぎ

アレックス：山田さんに会うんです。
　　　　　　やまだ　　あ

金子部長：え？　どこの山田さん？
かねこ ぶちょう　　　　　やまだ

アレックス：アジア映画の山田さんです。すみません。
　　　　　　　えいが　やまだ

金子部長：あ……そう。わかった。
かねこ ぶちょう

金子部長は、アレックスさんがどうして会議に出られないのか、はっきりわかりませんでした。
かねこ ぶちょう　　　　　　　　　　　　　　　　かいぎ で

金子經理不清楚為什麼艾力克斯不能參加會議。　　Department Manager Kaneko was not entirely sure why Alex can not attend the meeting.

敬語で言ってみましょう
けい　ご　い

■1 「〜はちょっと……」

まず、やわらかく断ります。相手にその様子を見せて、無理そうなことを伝えます。
ことわ　　　　　　あいて　　　　　ようす　み　　　　　むり　　　　　つた

首先委婉地拒絕。讓對方看到自己為難的樣子，理解自己有困難。　First, delicately decline. Indicate your situation to the other person, then explain that you can not fulfill the request.

A：手伝っていただけませんか？ ― B：すみません、今はちょっと……。
　　て つだ　　　　　　　　　　　　　　　　　　　　　　　　　　　　　　いま

A：これから一緒に食事はどう？ ― B：あー……すみません。今夜はちょっと……。
　　　　　　いっしょ　しょくじ　　　　　　　　　　　　　　　　　　　　　　　こんや

■2 断る　拒絕　Decline
　　　ことわ

〈何かをお願いされたとき〉
　なに　　　ねが

A：あ、コピー手伝ってくれないかな。
　　　　　　　て つだ

B：今、ロビーでお客様が待っていらっしゃるので……。
　　いま　　　　　　　きゃくさま　ま

断るときは、最後まではっきり言わないこともあります。
ことわ　　　　　さいご　　　　　　　　　い

拒絕時，也有不具體說完理由的時候。　When you decline a request, you might not finish your sentence to explain why.

A：翻訳を手伝ってくれない？
　　ほんやく　て つだ

B：すみません、今はちょっと。10時までにこの書類を送らなければならないんです。
　　　　　　　　　いま　　　　　　　じ　　　　　　しょるい　おく

〈誘われたとき〉 「〜まして」は「〜ます」のて形。「〜でして」は「〜です」のて形。
　さそ　　　　　　　　　　　　　　　　　　　　　　けい　　　　　　　　　　　　　　　　けい

残念ながら今回は伺えないんです。今夜は友人と会う約束がありまして……。
ざんねん　　こんかい　うかが　　　　　　こんや　ゆうじん　あ　やくそく

すみません。お酒はちょっと苦手でして……。
　　　　　　　　さけ　　　　　　にがて

■3 謝る　道歉　Apologize
　　　あやま

〈何かをお願いされたとき〉 お役に立てなくて、申し訳ありません。
　なに　　　ねが　　　　　　　　やく　た　　　　　もう　わけ

〈誘われたとき〉 せっかくお誘いくださいましたのに……（すみません）。
　さそ　　　　　　　　　　さそ

誘われたときは、最初に「ありがとうございます」とお礼を言ってもいいです。
さそ　　　　　　　　さいしょ　　　　　　　　　　　　　　　　　れい　い

被別人邀請時，可以先說「ありがとうございます」以表示感謝。　When given an invitation, you can also start by expressing your gratitude with "ありがとうございます".

■4 いい関係を続けることを伝える　向對方傳達希望繼續保持良好關係的心情　Indicate that the relationship is still on good terms
　　　かんけい　つづ　　　　　つた

〈誘われたとき〉 今回は伺えないんですが、また 今度／次回／次の機会に お誘いください。
　さそ　　　　　　　こんかい　うかが　　　　　　　　　　　こんど　じかい　つぎ　きかい　　さそ

／ご一緒させてください。
　　いっしょ

練習しましょう

▶答えは p.189

全部最後まで聞いてから、言う練習を始めてください。

T-27

1 「〜はちょっと……」を使って断ってみましょう。

例）日曜日は時間がありますか。　⇨　すみません。日曜日はちょっと……。

1）今度のゴルフ、22日はどうですか。⇨ 22日は

2）次回の食事会、来月の15日はどうですか。⇨ 来月の15日は

3）コーヒーはいかがですか。⇨

4）お酒、飲まれますか。⇨

5）ボクシングのチケットがあるんですが……。⇨

T-28

2 「大変申し訳ないんですが、〜は〜まして／でして……」を使っててていねいに断ってみましょう。

例）その日は先約がある

　　⇨ 大変申し訳ないんですが、その日は先約がございまして……。

1）その日の夕方、友人の結婚式がある⇨

2）その日の午後、3時から会議がある⇨

3）翌日にプレゼンテーションがあって、その準備をしている⇨

　　　　　　　　　　　　　　　　　↳ しておりまして

4）その日の午前中は新幹線で移動中だ⇨

5）その前の週からロサンゼルスに出張中だ⇨

T-29

3 「〜はちょっと苦手でして……」を使って断ってみましょう。

例）お酒、ご一緒にいかがですか。

　　⇨ すみません。お酒はちょっと苦手でして……。

1）クラシックのコンサート、一緒にいかがですか。⇨

2）おすし、一緒に食べに行きませんか。⇨

3）今夜、ロックコンサートに行きませんか。⇨

4）週末、ゴルフ、一緒にどう？⇨

5）これから一杯飲みに行かない？⇨

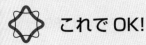 これでOK!　

T-30

金子部長：アレックスくん。
かねこ ぶちょう

アレックス：はい。

金子部長：来週の火曜日の4時から臨時の営業会議になったんだ。時間、あ
かねこ ぶちょう　らいしゅう かようび じ りんじ えいぎょうかいぎ じかん
　　　　　けておいてくれる？

アレックス：あ、火曜日ですか。その時間はちょっと……。
　　　　　　　　　かようび　　　　　じかん

金子部長：あ、だめ？
かねこ ぶちょう

アレックス：ええ。アジア映画の山田さんにお目にかかることになっておりま
　　　　　　　　　えいが やまだ め
　　　　　　して。来月の新作映画のプロモーションの打ち合わせなんですが、
　　　　　　　らいげつ しんさくえいが う あ
　　　　　　やっと予約が取れたんです。
　　　　　　　　よやく と

金子部長：あ、そうか。今度の会議の議題は、アレックスくんにも関係があ
かねこ ぶちょう　　　　こんど かいぎ ぎだい かんけい
　　　　　るから、スケジュールを調整しよう。
　　　　　　　　　　　　　　　ちょうせい

アレックス：申し訳ありません。よろしくお願いします。お忙しい山田さんに
　　　　　　もう わけ ねが いそが やまだ
　　　　　　やっとお時間を取っていただいたので……そちらの予定も動かせ
　　　　　　　　じかん と よてい うご
　　　　　　ないんです。

金子部長：うん。わかった。また連絡する。
かねこ ぶちょう れんらく

アレックス：お願いします。
　　　　　　ねが

アレックスさんは、火曜日の会議に出られないことを上手に伝えることができました。
　　　　　　　　かようび かいぎ で じょうず つた

艾力克斯學會了如何委婉表達星期二不能參加會議的理由。　　Alex was able to tell his boss that he can not attend the meeting on Tuesday.

チェックしましょう　　　　　　　　　　　　▶答えは p.189

1）〈上司の誘いを断るとき〉

A：これから一杯飲みに行くけど、アレックスさんもどう？

B：あ、部長！【① 　　　　　　　　　　　　　　　　】が、
　　【② 　　　　　　　　　　　　　　　　】。

A：お酒はだめなの？　久しぶりだからいいじゃない。

B：明日は営業会議で大切なプレゼンが【③ 　　　　　　　　　　　　　】。
　　早く帰って準備をしないと……。

A：そうか。残念だな。

B：また今度【④ 　　　　　　　　　　　　　　】。

A：わかった。じゃ、また今度。

2）〈友達の誘いを断るとき〉

A：ねえ、よかったら、今度の日曜日、一緒に美術館に行かない？

B：美術館はすごく好きだけど、【① 　　　　　　　　　　　　　】。

A：え？　だめなの？

B：うん。その日は日曜日だけど仕事が【② a. あってね　b. ございましてね
　　c. ありましてね】。

A：あ、そう。じゃあ、もし他の日がひまになったら、メールしてよ。

B：わかった。

 スタイルを変えてみましょう　 **T-31**　　　▶答えは p.189

全部最後まで聞いてから、言う練習を始めてください。

　　例）その日は時間がなくて行けないんです。
　　　　⇨ その日は時間がなくて伺えませんで…。
　　　　⇨ その日は時間がなくて行けなくて…。

▸▸0:18　1）日曜日には会議があってパーティーに行けないんです。すみません。
　　　　⇨　　　　　↳ございまして　　　　　↳伺えないんです
　　　　⇨

0:42　2）日曜日は英語の学校に通っていて、<u>あまり</u>時間がないんです。すみません。
　　　にちようび　えいご　　　　　かよ　　　　　　　　　　　じかん
　　⇨
　　　　　　　　　　　　　　　　　　　　　　　↳あんまり
　　⇨

1:09　3）今回は行けないんですが、また今度<u>誘って</u>ください。
　　　こんかい　い　　　　　　　　　　こんど　さそ
　　⇨
　　　　　　　　　　　　　　　　　　　　↳誘ってね
　　　　　　　　　　　　　　　　　　　　　さそ
　　⇨

やってみましょう

▶答えは p.189
　　　　こた

T-32

1　話してみましょう
　はな
　A　部下　　▶ロールカード p.168
　　　ぶか
　B　上司　　▶ロールカード p.171
　　　じょうし

T-33

2　話してみましょう
　はな
　A　部下　　▶ロールカード p.168
　　　ぶか
　B　上司　　▶ロールカード p.172
　　　じょうし

3　メールを書いてみましょう

金子部長からメールが来ました。４日は、国から両親が来るので、成田空港まで迎えに行き
かねこぶちょう　　　　　き　　　　　　よっか　　くに　りょうしん　く　　　　　なりたくうこう　　むか　　い
ます。ていねいにメールで断ってください。
　　　　　　　　　　　　　ことわ

金子經理發來了電子郵件。但是4號父母會從本國來日本，所以必須去成田機場接他們。請寫一封禮貌的電子郵件委婉地拒絕。
You have received an email from Department Manager Kaneko. Your parents from back home are going to come on the fourth and you are
going to meet them at Narita Airport. Write an email politely declining the request.

> 来月４日の日曜日ですが、時間があったら、営業部のみんなで温泉に行こうと考えてい
> らいげつ よっか にちようび　　　じかん　　　　　　えいぎょうぶ　　　　　おんせん　い　　　　かんが
> ます。都合はどうですか。知らせてください。
> 　　つごう　　　　　　　　し

＊いつもは友達スタイルで話す上司も、メールだと少していねいに書きます。
　　　　ともだち　　　　　はな　じょうし　　　　　　　すこ　　　　　か

即使我們平時和上司經常以朋友形式的語氣說話，但在書寫電子郵件時應使用稍微禮貌的形式。　Even when writing an email to a
superior with whom you always speak casually, be a little polite.

金子部長
（かねこ ぶちょう）

お疲れ様です。アレックスです。
（つか さま）
お誘いくださいましてありがとうございます。
（さそ）
残念ながら、その日は①＿＿＿＿＿＿＿＿＿＿＿＿＿＿＿＿＿＿ ◀その日の予定を言う
（ざんねん）　　　（ひ）　　　　　　　　　　　　　　　　　　　　　　　　　　　　　　（ひ）（よてい）（い）
＿＿＿＿＿＿＿＿＿＿＿＿＿＿＿＿＿＿＿＿＿＿＿＿＿＿＿。
申し訳ありませんが、②＿＿＿＿＿＿＿＿＿＿＿＿＿＿＿。 ◀行けないとはっきり伝える
（もう わけ）　　　　　　　　　　　　　　　　　　　　　　　　　　　　　　　　　　　（い）　　　　　　（つた）
せっかくのお誘いなのにすみません。
（さそ）
③＿＿＿＿＿＿＿＿＿＿＿＿＿＿＿＿＿＿＿＿＿＿＿＿＿。 ◀次のチャンスに誘ってほしいと
　　　　　　　　　　　　　　　　　　　　　　　　　　　　　　　　　　　　（つぎ）　　　　　　　　　（さそ）
　　　　　　　　　　　　　　　　　　　　　　　　　　　　　　　　　　　　伝える
　　　　　　　　　　　　　　　　　　　　　　　　　　　　　　　　　　　　（つた）
アレックス

行く予定でございまして……。✖
（い）（よてい）　　　　　　　　　　　　　　　　　　書きことばでは使いません。
伺えませんで。✖　　　　　　　　　　　　　　　　　（か）　　　　　　　　（つか）
（うかが）

✎ メールなどで断るときは、最後まではっきり書きましょう。
　　　　　　　　　（ことわ）　　　　　（さいご）　　　　　　　（か）

透過電子郵件等方式謝絕時，應該自始至終明確表達理由。　　When declining a request in email or other written correspondence, make sure to finish your explanation in full.

〈話すとき〉行く予定でございまして……。
（はな）　　　（い）（よてい）
〈書くとき〉行く予定でございまして、残念ですが伺えません。
（か）　　　（い）（よてい）　　　　　　　　（ざんねん）　　（うかが）

語彙タンク
ごい

p.58

臨時 臨時 impromptu / unscheduled
りん じ

営業会議 業務會議 sales meeting
えいぎょうかい ぎ

p.59

翻訳 翻譯、筆譯 translation
ほんやく

残念ながら 很遺憾 unfortunately
ざんねん

友人＝友達
ゆうじん ともだち

苦手 不擅長 weak / not good at
にが て

せっかく〜のに 好不容易才〜 even though you've

gone to the trouble to...

ご一緒する＝「一緒に何かをする」という意味
いっしょ いっしょ なに い み

の謙譲語
けんじょう ご

p.60

ゴルフ 高爾夫 golf

ボクシング 拳擊 boxing

先約がある 有約在先 to have a prior engagement
せんやく

移動中 正在移動 in transit / on the move
い どうちゅう

ロサンゼルス 洛杉磯 Los Angeles

クラシック 古典 classical (music)

ロック 搖滾 rock (music)

一杯飲みに行く 去喝一杯 to go have a drink
いっぱい の い

p.61

新作 新片 new work / piece
しんさく

プロモーション 宣傳 promotion

打ち合わせ 洽商、碰面 meeting
う あ

議題 議題 topic
ぎ だい

調整する 調整 to adjust
ちょうせい

予定を動かす 改變行程 to alter plans / a schedule
よ てい うご

p.62

プレゼン 發表 presentation

p.63

温泉 溫泉 hot spring
おん せん

6 申し出る
もう　で

提議　Offering to Help

できますか？

　アレックスさんの会社の社長は英語があまり上手ではありません。今日も英語の書類を見て
かいしゃ　しゃちょう　えいご　　じょうず　　　　　きょう　えいご　しょるい　み
困っています。
こま

艾力克斯公司的總經理英語不太好，今天也正在看著英語文件煩惱。　The president of Alex's company is not very good at English. Today he is having trouble reading an English document.

社長：うーん、困ったなあ。
しゃちょう　こま

アレックス：あのう……社長、手伝いますか。
しゃちょう　てつだ

社長：おお、アレックスくん。頼むよ。明日の会議までにこの英語の書類を読んで
しゃちょう　　　　　　　　たの　　あした　かいぎ　　　　えいご　しょるい　よ
おきたいんだけど、難しくて。
むずか

アレックス：はい。これは私が日本語に翻訳します。少し時間をもらってもいいですか。
わたし　にほんご　ほんやく　　すこ　じかん
簡単に日本語を書きますから。
かんたん　にほんご　か

社長：助かるよ。ありがとう。
しゃちょう　たす

金子部長：ちょっと。
かねこぶちょう

アレックス：はい。

金子部長：もう少していねいに話せ！　社長だろ。
かねこぶちょう　　すこ　　　　はな　　しゃちょう

アレックス：あ……はい、すみません。

　社長とは初めて話しましたが、ていねいな言い方ができませんでした。
しゃちょう　はじ　はな　　　　　　　　　　　い　かた

第一次和總經理說話，還不會用禮貌的說法。　This was Alex's first time to talk with the president, but he was unable to speak politely.

敬語で言ってみましょう
けい ご い

1 「お / ご 〜 (いた) しましょうか」 ✒ 謙譲語の文型。
けんじょうご ぶんけい

お [Vます] (いた) しましょうか。／ご [漢字のことば] (いた) しましょうか。
かん じ

✒ 謙譲語を使って、ていねいに申し出をするときに使います。
けんじょうご つか もう で つか

使用謙讓語，鄭重地提議。　Use when you politely make an offer using humble words.

お荷物をお持ちしましょうか。
に もつ も

資料をお送りいたしましょうか。
しりょう おく

加藤さんには私からご連絡いたしましょうか。
か とう わたし れんらく

2 「〜 (さ) せていただきます」

✒ 許可をもらって何かをするという元々の意味から、相手に対する敬意を表す表現になりました。許可が
きょか なに もともと い み あい て たい けいい あらわ ひょうげん きょか

ないのに使うと押しつけがましい印象があります。
つか お いんしょう

原本是徵求對方同意後做某事的意思，逐漸發展成為向對方表示敬意。未經許可就使用此說法會有強人所難的印象。　This expression originally meant the speaker will do something with permission, but now it shows respect to the other person. If you use this expression to say you will do something for which you do not have permission, then it will come off as pushy.

会議の日は昼食を用意させていただきます。
かい ぎ ひ ちゅうしょく よう い

今日の午後、会議室を使わせていただきたいんですが。
きょう ご ご かい ぎ しつ つか

今日は申し訳ないんですが、早めに帰らせていただけませんか。
きょう もう わけ はや かえ

このパソコンを使わせていただいてもよろしいでしょうか。
つか

3 「〜 (さ) せてください」

✒ 相手の許可をもらって、何かをしたいと強く言いたいとき使います。
あい て きょか なに つよ い つか

用於強烈表達想徵得對方同意做某事的時候。　Use this when you want to earnestly express your desire to do something with permission.

今度の仕事は私に担当させてください。
こん ど し ごと わたし たんとう

今夜は私にごちそうをさせてください。
こん や わたし

 練習しましょう

▶答えは p.190

全部最後まで聞いてから、言う練習を始めてください。

T-34

1 「お / ご～いたしましょうか」を使って言ってみましょう。

例）手伝う ⇨ お手伝いいたしましょうか。

1）コートを預かる ⇨

2）お茶をいれる ⇨

3）電話で連絡する ⇨

4）インターネットで調べる ⇨

5）新製品のパンフレットを送る ⇨

6）簡単に説明する ⇨

7）何か飲み物を持ってくる ⇨

　　　　　　　　　　↳お持ちする

T-35

2 「～させていただいてもよろしいでしょうか」を使って言ってみましょう。

例）一つ質問する ⇨ 一つ質問させていただいてもよろしいでしょうか。

1）ここで手を洗う ⇨

2）ここでパソコンを使う ⇨

3）カメラで撮影する ⇨

4）早めに帰宅する ⇨

5）少し検討する ⇨

6）インタビューを録音する ⇨

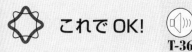 これでOK!
T-36

社長：うーん、困ったなあ。

アレックス：社長、どうされましたか。

社長：おお、アレックスくん。頼むよ。明日の会議までにこの英語の書類を読んでおきたいんだけど、難しくて。

アレックス：あ、そうですか。じゃあ、よろしければ私が翻訳いたしましょうか。少しお時間をいただいてもよろしいでしょうか。

社長：助かるよ。ありがとう。あ、来月アメリカから取引先の社長がいらっしゃるから、そのときに通訳も頼むよ。

アレックス：え！ 本当ですか。ぜひ出席させていただきます。

金子部長：よかったじゃないか！ アレックスくん！

アレックス：はい。ありがとうございます。がんばります。

アレックスさんは、社長に気に入られて、新しい仕事を任されました。
艾力克斯得到總經理的賞識，並被委派了新工作。　Alex has won the favor of the president and has been assigned with new work.

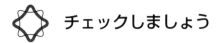 チェックしましょう　　　　　　　　　　　　　　　▶答えは p.190

1）先生、【a. お手伝いいたしましょうか　b. 手伝いいたしますか　c. お手伝いますか】。

2）すみません。病院に行きますので、明日、【a. 休まさせて　b. 休ませて　c. 休みさせて】
いただけませんか。

3）大事なお話ですから、一日ゆっくり【a. 考えせて　b. 考えさせて　c. 考えらせて】
いただけませんか。

4）今日は私にごちそうを【a. せて　b. させて　c. されて】ください。

5）明日もう一度私のほうから【a. ご連絡させて　b. ご連絡して　c. ご連絡】いただいて
もよろしいでしょうか。

6）すみませんが、写真を1枚【a. 撮りさせて　b. 撮らさせて　c. 撮らせて】ください。

 スタイルを変えてみましょう　　　▶答えは p.190

T-37

全部最後まで聞いてから、言う練習を始めてください。

　　　例）明日、また連絡しましょうか。
　　　　⇨明日、またご連絡いたしましょうか。
　　　　⇨明日、また連絡しようか。

0:17　1）私から部長に話しておきましょうか。
　　　　⇨
　　　　⇨

0:33　2）料理を運ぶのを手伝いましょうか。
　　　　⇨
　　　　⇨

0:49　3）出張のスケジュールのことは、私が説明しましょうか。
　　　　⇨
　　　　⇨

1:09　4）私が行って、様子を見てきましょうか。
　　　　　　　　　　　　　↳まいりましょうか
　　　　⇨

70

やってみましょう　　　　　　　　　　▶答えは p.191
こた

T-38　① 話してみましょう
はな
　　A　部下　▶ロールカード p.168
　　　ぶか
　　B　上司　▶ロールカード p.172
　　　じょうし

T-39　② 話してみましょう
はな
　　A　部下　▶ロールカード p.169
　　　ぶか
　　B　上司　▶ロールカード p.172
　　　じょうし

語彙タンク
ごい

p.66

翻訳する　翻譯、筆譯　to translate
ほんやく

助かる　幫了大忙　to be of help
たす

p.67

担当する　負責　to be in charge of / work on something
たんとう

ごちそうをする　請客　to treat to a meal (polite)

p.68

預かる　保管　to keep and take care of for someone else
あず

製品　産品　product / manufactured good
せいひん

撮影する＝（写真やビデオを）撮る
さつえい　　　　しゃしん　　　　と

帰宅する＝うちに帰る
きたく　　　　　　かえ

検討する＝考える
けんとう　　かんが

インタビュー　採訪　interview

録音する　錄音　to record audio
ろくおん

p.69

取引先　往來客戶　client / customer
とりひきさき

通訳　翻譯、口譯　interpretation (of spoken language)
つうやく

7 おわびする

道歉　Expressing Regret

 できますか？

アレックスさんは午後の打ち合わせの準備をしています。

艾力克斯正在準備下午的洽商。　Alex is getting ready for a meeting in the afternoon.

アレックス：はい。日本ムービー営業部でございます。

加藤：あ、あれ？　アレックスさんですよね？　……あのー、11時から打ち合わせ
のお約束だったと思うのですが……何かありましたか？

アレックス：え？　あ、1時からですよね。

加藤：11時からと申し上げましたよ。

アレックス：すみません！　ごめんなさい。……あ、申し訳ありません！　ど、どうしよう
……。

加藤：……みんなでお待ちしてたんですけどね……しかたがないので明日にしま
しょう。11時でお願いしますよ。

アレックス：はい。1時に。

加藤：いいえ！　11時です！

アレックスさんは、加藤さんを怒らせてしまいました。

艾力克斯惹加藤小姐生氣了。　Alex has made Ms. Kato angry.

敬語で言ってみましょう

1　謝る　道歉　Apologize

申し訳ありません（でした）。／申し訳ございません（でした）。

大変失礼いたしました。／ご迷惑をおかけしました。／どうかお許しください。

いただいたメールにお返事できませんで、大変失礼いたしました。

☞「～ませんで」＝「～ないで」

このたびは、弊社の社員がご迷惑をおかけして、大変申し訳ありませんでした。

☞「すみません」　ていねいな気持ちが足りないと思われてしまいます。

「ごめんなさい」　會被認為禮貌誠懇的態度不夠。　The other person will not think you are being polite enough.

2　ミスを報告する　報告自己的失誤　Report a mistake

実は、お約束の時間に伺えなくなってしまったんです。　☞「なくなっちゃったんです」

11日を21日だと聞き間違えてしまいました。

3　反省の気持ちを伝える　傳達反省的心情　Convey a feeling of regret

☞謝ったあとに、反省の姿勢を示しましょう。

道歉後表示出反省的態度。　Try to show your regret after you have apologized.

二度とこのようなミスをしないように、注意／確認／徹底 いたします。

以後／今後は 気をつけます。

4　おわびを言われたら　別人對自己道歉時　If someone apologizes to you

〈軽く答えるとき〉

あ、いえいえ、あまりお気になさらないでください。

〈厳しく答えるとき〉

こういうのは困ります。

こういうことをされると困るんですよ。

これからは気をつけてください。

 練習しましょう

こた

全部最後まで聞いてから、言う練習を始めてください。
ぜんぶさいご　き　　　　　　い　れんしゅう　はじ

T-40

① ミスをしてしまいました。相手におわびを言ってみましょう。
あいて　　　　　　　　　　い

例) 連絡が遅くなった
れい　れんらく　おそ

⇨ ご連絡が遅くなってしまいまして、大変申し訳ございませんでした。
れんらく　おそ　　　　　　　　　たいへんもう　わけ

1) お待たせした ⇨
ま

2) 時間を間違えた ⇨
じかん　まちが

3) 遅い時間に電話した ⇨
おそ　じかん　でんわ

4) 遅い時間までお邪魔した ⇨
おそ　じかん　　　じゃま

T-41

② 例のように言ってみましょう。

例) 準備してくれたのに、行けなかった
れい　じゅんび　　　　　　　い

⇨ ご準備くださいましたのに、伺えませんで、失礼いたしました。
じゅんび　　　　　　　　　うかが　　　　　しつれい

1) 待ってくれたのに、行けなかった
ま　　　　　　　　　い

⇨　　　　　↳お待ちくださいましたのに
ま

2) わざわざ連絡してくれたのに、うちにいなかった
れんらく

⇨　　　　　　　　　↳自宅　　↳おりませんで
じたく

3) せっかく誘ってくれたのに、ご一緒できなかった
さそ　　　　　　　　いっしょ

⇨

これでOK!　🔊 T-42

アレックス：はい。日本ムービー営業部でございます。

加藤：あ、あれ？　アレックスさんですよね？　……あのー、11時から打ち合わせのお約束だったと思うのですが……何かありましたか？

アレックス：え？　……あ、午後1時からだと思っておりました。

加藤：ええ！　……そうなんですか。

アレックス：時間を間違えてしまいまして大変申し訳ございません。

加藤：……みんなでお待ちしていたんですけどね。でも、しかたがないので明日にしましょう。11時でお願いしますよ。

アレックス：はい。11時にお伺いいたします！　本当に申し訳ありませんでした。

〈次の日〉

アレックス：加藤さん、昨日は申し訳ありませんでした。

加藤：あ、いえ。まあ、おかけください。

アレックス：実は打ち合わせの時間を伺ったとき、11時を1時だと聞き間違えてしまいました。

加藤：まあ、そうでしたか。

アレックス：お忙しい中、お時間を作ってくださいましたのに、時間を間違えてしまいまして申し訳ありませんでした。今後は十分注意いたしますので、お許しください。

加藤：はい。じゃあ、お仕事の話ですが……

ていねいなアレックスさんの態度で、加藤さんは許してくれたようです。

艾力克斯鄭重誠懇的態度獲得了加藤小姐的諒解。　　It seems Ms. Kato has forgiven Alex due to his polite attitude.

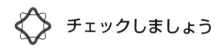 チェックしましょう   ►答えは p.191

A：昨日は【①   】ませんでした。

    実は時間を【② a. お聞き　b. うかがう　c. お聞きになる】とき、

    【③ a. 聞きまちがえて　b. 聞いてまちがえて　c. 聞きとって】しまいました。

B：そうですか。

A：お約束の時間に【④ a. うかがい　b. うかがえ　c. うかがわ】ませんで、申し訳ござい

    ませんでした。【⑤   】をおかけいたしました。

    【⑥ a. 許し　b. お許し　c. 許す】ください。

 スタイルを変えてみましょう

T-43   ►答えは p.191

全部最後まで聞いてから、言う練習を始めてください。

例）すみません。大事な書類を忘れてしまって……。

    ⇨ 申し訳ありません。大事な書類を忘れてしまいまして……。

    ⇨ ごめん。大事な書類、忘れちゃって……。

0:20 　1）すみません。時間を間違えてしまって……。

    ⇨

    ⇨

0:38 　2）すみません。時間に遅れてしまって……。

    ⇨

    ⇨

0:55 　3）すみません。名前の読み方を間違えてしまって……。

    ⇨ 　↳お名前

    ⇨

1:14 　4）すみません。借りたかさをなくしてしまって……。

    ⇨

    ⇨

1:33 　5）すみません。カメラを落として壊してしまって……。

    ⇨

    ⇨

やってみましょう　　　　　　　　　　　　▶答えは p.192

T-44　① **話してみましょう**
　　　A　マンションの住人　▶ロールカード p.169
　　　B　下の階の人　▶ロールカード p.172

T-45　② **話してみましょう**
　　　A　Ａ社の社員　▶ロールカード p.169
　　　B　Ｂ社の社員　▶ロールカード p.172

語彙タンク

p.72

営業部　営業部　sales department

打ち合わせ　洽商、碰面　meeting

p.73

許す　原諒、諒解　to forgive

迷惑をかける　添麻煩　to cause someone trouble /
　　inconvenience

弊社＝私たちの会社

聞き間違える　聽錯　to mishear

確認する　確認　to confirm / check

徹底する　徹底　to be thorough

以後／今後＝これから

p.74

お邪魔する　打擾　to pay someone a short visit / take
　　up someone's time

わざわざ　特意　to bother to

せっかく　好不容易　to go to the trouble to

ご一緒する＝「一緒に何かをする」という意味
　　の謙譲語

p.75

昨日＝昨日

かける＝（いすに）座る

意見を言う
いけんをいう

發表意見　Stating an Opinion

 できますか？

今朝は、アレックスさんは会議に参加しています。
けさ　　　　　　　　　　　　　　　かいぎ　さんか

今天早上，艾力克斯正在參加會議。　　Alex is joining a meeting today.

田中課長：さて、宣伝の方法なんですけど、私は、映画に出ている中村一郎のサイン会
たなかかちょう　　　　せんでん　ほうほう　　　　　わたし　えいが　で　　　　なかむらいちろう　　　　かい
　　　　　をしたらどうかと思っているんですよ。彼は……
　　　　　　　　　　　　　　おも　　　　　　　　　かれ

アレックス：あまりよくないと思います。
　　　　　　　　　　　　おも

田中課長：え？　……中村一郎はとても人気があるから、来てもらったら宣伝効果があ
たなかかちょう　　　　なかむらいちろう　　　にんき　　　　　き　　　　　　せんでんこうか
　　　　　ると思うんだけど。皆さん、これについてはどう思われますか。
　　　　　　おも　　　　　みな　　　　　　　　　　　　おも

アレックス：予算があまりありませんから。
　　　　　　よさん

田中課長：な、何？　じゃあどうするの？
たなかかちょう　なに

アレックス：マスコミの人に集まってもらって映画の紹介を見せるんです。そのほうがい
　　　　　　　　　ひと　あつ　　　　　　　えいが　しょうかい　み
　　　　　　いですよ。

田中課長：……そうかな。映画の説明だけだと、人は来てくれないし、あまり効果がな
たなかかちょう　　　　えいが　せつめい　　　　　ひと　き　　　　　　　　　　こうか
　　　　　いと思うけど？
　　　　　　おも

アレックス：私の意見なんですけど……。
　　　　　　わたし　いけん

田中課長：あ、そう……。
たなかかちょう

会議では、中村一郎のサイン会をすることになりました。
かいぎ　　　なかむらいちろう　　　かい

會議中決定舉辦中村一郎的簽名會。　　At the meeting they decided to hold an autograph session with Ichiro Nakamura.

敬語で言ってみましょう
けいご　　い

1　**意見を募る**　徴求意見　Solicit an opinion
いけん　つの

これについてはどう思われますか。／ この点についてはいかがですか。
　　　　　　　おも　　　　　　　　　　　　　てん

皆さんのご意見は？／ 何かご意見はありますか？
みな　　　　　いけん　　　　なに　　いけん

2　**賛成か反対かを一言で言う**　用一句話表示贊成或反對　Express agreement or disagreement in a word
さんせい はんたい　ひとこと い

いいと思います。
　　おも

うーん。／ それはちょっと……。／ どうでしょうか……。　　いいと思いません。
　　　　　　　　　　　　　　　　　　　　　　　　　　　　　　　　　　　おも

3　**意見を言い始める**　開始陳述意見　Preface an opinion
いけん い はじ

ちょっと、よろしいでしょうか。

4　**自分の意見を言う**　陳述自己的意見　State your opinion
じぶん いけん い

やさしく主張する　語氣平和地主張意見　Add gentle emphasis しゅちょう	

☞意見を言うときの一般的な言い方。　陳述意見時的一般說法。　Typical expressions when stating an
　いけん い　　　　　いっぱんてき い かた
opinion.

［V］／［いA］のではないでしょうか。

［N］／［なA］なのではないでしょうか。

予算がもっとかかってしまうのではないでしょうか。
よさん

時間が足りなくて、無理なのではないでしょうか。
じかん た　　　　　　む り

提案する　提議　Make a suggestion
ていあん

☞もっと具体的に自分の意見を言う。　更具體地陳述自己的意見。　State your opinion in more detail.
　ぐたいてき じぶん いけん い

［Vた］らどうかと思います（が……）。
　　　　　　　　　おも

［N］がいいかと思います（が……）。
　　　　　　おも

時間がかかるので、1か月前から準備したらどうかと思いますが。
じかん　　　　　　　げつまえ じゅんび　　　　　　　　　おも

結婚のお祝いには、二人が長く使えるコーヒーカップなどがいいかと思います。
けっこん いわ　　　　ふたり なが つか　　　　　　　　　　　　　　　　おも

意見をまとめる　歸納意見　Sum up an opinion
いけん

☞最後に意見をまとめて強調。　最後歸納意見並強調。　At the end, sum up your opinion and lend weight to it.
　さいご いけん　　　　きょうちょう

それよりも［Vた］ほうがいいと思います。
　　　　　　　　　　おも

それよりももっと簡単に準備できる発表に変えたほうがいいと思います。
かんたん じゅんび　　　　はっぴょう か　　　　　　　　おも

意見の終わりに「と思いますが……」や「〜けど」をつけると「私はこう思いますが、あなたはどうですか」という意味を表します。ただし、「けど」より「が……」のほうが、よりていねいです。

在意見的句尾加上「と思いますが……」或「〜けど」，表示出「我是這麼想，您覺得如何？」的含義。但「が……」比「けど」更顯禮貌。　When you add "と思いますが……" or "〜けど" to the end of your opinion, it means, "This is what I think. How about you?" However, "が……" is more polite than "けど".

こちらのほうがおすすめなんですが…。

私はこっちのほうがいいと思いますけど。

5　意見を受ける　接受意見　Accept another's opinion

〜はいいことだと思いますが、／それもそうですが、

A：やっぱり安いホテルがいいですよね。お金も節約できますし。

B：安いのはいいことだと思いますが、今回は海外旅行なので、少し高くても安全なホテルのほうがいいと思います<u>よ</u>。

☜「よ」をつけると、意見が強調されます。敬語スタイルで使うと、ていねいではない感じになるときがあります。

加上「よ」可強調意見。用於敬語形式，有時會感覺不太禮貌。　When you add "よ", it lends weight to the opinion. It may not seem polite if you use it with the honorific style.

6　意見の理由を言う　陳述意見的理由　State the reason behind an opinion

忘年会は中華料理がいいのではないでしょうか。<u>というのは、</u>人数が急に増えても大丈夫です<u>し、</u>若い人はたくさん食べたいという人も多いです<u>し、</u>料理の数も多くて、人気がありま<u>すので……</u>（こちらのほうがいいと思います）。

 練習しましょう

▶答えはp.192

全部最後まで聞いてから、言う練習を始めてください。

 ① 言いたいことを組み立てて、意見を言ってみましょう。

T-46

> よろしいでしょうか。

⇩

> 〜（な）のはいいことだと思いますが、〜（な）のではないでしょうか。

⇩

それよりも、～たほうがいいと思いますが、いかがでしょうか。

例）お年寄りがスポーツをする・運動しすぎると体によくない・無理のない運動を毎日
続ける

⇨ お年寄りがスポーツをするのはいいことだと思いますが、運動しすぎると体に
よくないのではないでしょうか。それよりも無理のない運動を毎日続けたほうが
いいと思いますが、いかがでしょうか。

1）楽しくお酒を飲む・お酒が苦手な人のことも考えたほうがいい・料理を楽しむパー
ティーにする ⇨

2）早く製品を届ける・この忙しいスケジュールだとしっかりチェックできない・少し
遅れても、質のいい製品をお届けする ⇨

3）日本語を自分一人で勉強する・練習する相手がいないのはよくない・たまには外で
いろいろな人と日本語を使って話をする ⇨

4）仕事熱心だ・働きすぎて体を壊したら意味がない・土日は休みをしっかり取る ⇨

2 「～たらどうかと思います（が……）／～がいいかと思います（が……）」を使って
言ってみましょう。

T-47

例）パンフレットを配る ⇨ パンフレットを配ったらどうかと思いますが……。

例）結婚のお祝いは食器だ ⇨ 結婚のお祝いは食器がいいかと思いますが……。

1）会議の時間を短くする ⇨

2）スケジュールを延ばす ⇨

3）お客さんに入口で記念品を渡す ⇨

4）おみやげをあげるなら自分の国のお菓子だ ⇨

3 意見を言ってから、理由を言う練習をしましょう。

T-48

例）忘年会は中華料理がいい・人数が急に増えても大丈夫だ・料理の数も多くて、人気
がある

⇨ 忘年会は中華料理がいいのではないでしょうか。というのは、人数が急に増え
ても大丈夫ですし、料理の数も多くて、人気がありますので……。

1）契約は少し延ばしたほうがいい・まだ予算がはっきりしない・生産のスケジュール
も心配だ ⇨

2）サンプルは少し多めに準備しておいたほうがいい・何人来るかわからない・会社に
持ち帰って検討したいという人がいるかもしれない ⇨

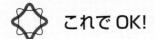 これで OK!

T-49

田中課長：さて、宣伝の方法なんですけど、私は、映画に出ている中村一郎のサイン会をしたらどうかと思っているんですよ。皆さん、これについてはどう思われますか。

社員A：いいと思います。きっと若い女性がたくさん来てくれますよ。

アレックス：課長、よろしいでしょうか。

田中課長：どうぞ。

アレックス：俳優を呼ぶことはいい宣伝になると思いますが、予算的に難しいのではないでしょうか。それよりも作品の良さをマスコミに対して宣伝したほうがいいと思うんですが、いかがでしょうか。

田中課長：……そうかな。映画の説明だけだと、人は来てくれないし、あまり効果があがらないと思いますけどね……。

アレックス：それもそうですが、作品の良さを、宣伝力があるマスコミにアピールしたほうが、いろいろな人に興味を持ってもらえるのではないでしょうか。宣伝の予算を使って、パンフレットを配ったらどうかと思います。予算をオーバーしなくても済みますし。

社員B：確かに、男性にも知ってほしいですね。

田中課長：……そうか。わかった。じゃあ、今回はアレックスさんの意見を採用することにしましょう。

アレックス：ありがとうございます。

アレックスさんは、しっかり意見が言えました。

艾力克斯能夠確實說出自己的意見了。　　Alex was able to state his opinion clearly.

82

チェックしましょう ▶答えは p.193

A：今度の旅行は去年と同じで、温泉に【① a. 行けばどうか　b. 行ったらどうか　c. 行くならどうか】と思っているんですが……。どこの温泉がいいでしょうか。

B：ちょっと【② a. よろしいでしょうか　b. よろしいのでしょうか　c. よろしいです】？

みんなで温泉に行くのは【③ a. いいだと思います　b. いいと思います　c. そうだと思います】が、いい機会なので、みんなで何かしたほうがいい【④ a. のではないでしょうか　b. のではないでしょう　c. ではないでしょう】。

例えば、若い社員が多いので、スキーやスノーボードができるところを【⑤ a. 選んでほうがいい　b. 選ばないほうがいい　c. 選んだほうがいい】と思いますが、いかがでしょうか。

 スタイルを変えてみましょう **T-50** ▶答えは p.193

全部最後まで聞いてから、言う練習を始めてください。

例）ミーティングは来月の初めにする
⇨ ミーティングは来月の初めにしたらいいと思いますが、いかがでしょうか。
⇨ ミーティングは来月の初めにしたらいいと思うけど、どう？

0:23　1）新幹線より飛行機を予約する
⇨
⇨

0:44　2）書類はメールで送る
⇨
⇨

1:01　3）温泉があったほうがいい<u>ので</u>、ふじホテルにする
　　　　　　　　　　　　　　　└→から
⇨

1:23　4）この準備は<u>今日</u>じゃなくて、<u>明日</u>にする
　　　　　　　└→本日　　　└→明日
⇨

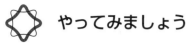 やってみましょう

▶答えは p.193

T-51

① 話してみましょう
　A　日本語学校の学生　▶ロールカード p.169
　B　日本語学校の先生　▶ロールカード p.172

② メールを書いてみましょう
部長の秘書の岡田さんから相談のメールが来ました。
總經理的秘書岡田先生寄來了商量事宜的電子郵件。　You have received an email from the department manager's secretary, Mr. Okada, soliciting your opinion.

来月の接待のときの料理についてですが、今回は役員クラスの人が契約のために来日されるので、ふじホテルのフランス料理を考えています。
アレックスさんの意見はいかがですか。

このメールについて、意見を書いてください。
・フランス料理は一人ひとりの席が離れていてみんなで話すことができない。
・人数が決まっていないなら、急に人数が変わっても問題ない中華料理がいい。
・お客さんはアジアの人なので、アジアの料理のほうが慣れているかもしれない。

請針對這封電子郵件寫出自己的意見。
法式餐廳的每個座位相隔較遠不便於大家交談。如果人數還沒確定，還是中式料理比較好，即使突然改變人數也沒問題。客人是亞洲人，也許比較吃得慣亞洲的料理。

Write your opinion about this email's subject.
If we have French food, then people won't be able to engage in conversation with everyone because they'll be seated far away from each other. I think Chinese food would be good because we don't know how many people are coming and there won't be a problem if we suddenly change the number of guests. Our guests will be Asian, so they may be more accustomed to Asian cuisine.

岡田さま

お疲れ様です。アレックスです。
メールを拝見しました。

まず席のことですが、①＿＿＿＿＿＿＿＿＿＿＿＿＿。
②＿＿＿＿＿＿＿＿＿＿＿＿＿＿＿＿＿＿＿＿＿。

◀席のこと
◀人数のこと

✍「お疲れ様です」は、他の会社の人に送るメールでは使いません。

③＿＿＿＿＿＿＿＿＿＿＿＿＿＿＿＿＿＿＿＿＿＿＿。

◀アジアの人だということ
（ひと）

中華料理なら、神楽坂に「チーラン」といういいお店が
（ちゅうかりょうり）　　　（かぐらざか）　　　　　　　　　　　　　　　（みせ）
あります。

ご検討ください。
（けんとう）

アレックス

☞ 書きことばでは、理由を先に言ってから、意見を言います。
（か）　　　　　　　　（りゆう）（さき）（い）　　　　（いけん）（い）

書面信件中應先說清理由再陳述自己的意見。　　When writing, give the reason first, then your opinion.

語彙タンク
（ごい）

p.78

宣伝　宣傳　publicity
（せんでん）

方法　方法　method / approach
（ほうほう）

サイン会　簽名會　autograph session
（かい）

効果　效果　effect
（こうか）

予算　預算　budget
（よさん）

マスコミ　媒體　the media

体を壊す＝病気になる
（からだ）（こわ）　（びょうき）

配る　分發　to distribute / hand out
（くば）

延ばす　推遲　to extend
（の）

記念品　紀念品　commemorative gift
（きねんひん）

契約　契約　contract
（けいやく）

はっきりしない＝まだ決まっていない
（き）

検討する＝考える
（けんとう）　（かんが）

p.80

おすすめする　推薦　to recommend

節約する　節約　to economize / save
（せつやく）

海外＝（日本にとっての）外国
（かいがい）（にほん）　　　　　　（がいこく）

忘年会　尾牙　end-of-year party
（ぼうねんかい）

中華料理＝中国の料理
（ちゅうかりょうり）（ちゅうごく）（りょうり）

人数＝人の数
（にんずう）（ひと）（かず）

p.82

オーバーする　超出　to go over / exceed

～なくても済む　即使不～也行　can do even without...
（す）

確かに　的確　certainly
（たし）

採用する　採用　to adopt
（さいよう）

方法　方法　method / approach
（ほうほう）

p.83

温泉　温泉　hot spring
（おんせん）

ミーティング　會議　meeting

p.81

お年寄り＝年をとった人
（としよ）（とし）　　（ひと）

無理のない　量力而行、不為難　not difficult (literally
（むり）
"not impossible")

苦手　不擅長　weak / not good at
（にがて）

製品　製品、産品　product / manufactured good
（せいひん）

質のいい＝（製品などが）よくできた
（しつ）　　　　　（せいひん）

p.84

接待　接待　business entertainment
（せったい）

役員　董事　executive officer
（やくいん）

9 予約を受ける
よやく　　　　　う

承接預約　Taking a Reservation

 できますか？

ユンさんがレストランでアルバイトをしていると、電話がかかってきました。
　　　　　　　　　　　　　　　　　　　　　　　　　　　でんわ

尹小姐在餐廳打工時，電話響了。　　The phone rang while Yun was working a part-time job at a restaurant.

ユン：はい……リ、リストランテ・ボーノです。

　客：あ、ボーノですか。予約をお願いしたいんだけど。
　きゃく　　　　　　　　　　よやく　　ねが

ユン：あ、あ、あの。

　客：来週の木曜日のお昼なんだけど、予約できる？
　きゃく　らいしゅう　もくようび　　ひる　　　　　　よやく

ユン：あ、はい。……できます。

　客：来週の木曜日、28 日ね。3 人です。大丈夫？
　きゃく　らいしゅう　もくようび　にち　　にん　　　だいじょうぶ

ユン：ちょ、ちょっと待ってください。えっと、何時ですか？
　　　　　　　　　　　　　ま　　　　　　　　　　　なんじ

　客：11 時、いや、12 時。いや、やっぱり 11 時半にします。
　きゃく　じ　　　　　　じ　　　　　　　　　　　　じはん

ユン：はい。12 時半ですね？
　　　　　　じはん

　客：違うよ。11 時半。
　きゃく　ちが　　　　じはん

ユン：あ、はい、すみません……。

　　ユンさんは上手に予約を受けることができませんでした。
　　　　　　　じょうず　よやく　う

尹小姐無法順利承接顧客的預約。　　Yun did not do a good job taking the reservation.

敬語で言ってみましょう
けいご　い

■ 「～ でございます」 電話に出る　接電話　Answer the phone
でんわ　で

🖝 自分のことや、自分のグループのことを話すときに使います。
じぶん　　　じぶん　　　　　　　　　はな　　　　　つか

用於說自己的或己方團體的事情時。　Use when you talk about yourself or your group.

〈電話で〉はい、佐藤でございます。
でんわ　　　　　　さとう

🖝 「ございます」＝「あります」の謙譲語
けんじょうご

ランチのコースメニューもございます。

■ 「承 ります」 予約を受ける　Take a reservation　承接預約
うけたまわ　　　　よやく　う

🖝 「目上の人やお客さんの話を聞く、仕事や予約などを受ける」という意味の謙譲語。
めうえ　ひと　　　きゃく　　はなし　き　　しごと　よやく　　　う　　　　　　　いみ　けんじょうご

這是含有「聆聽上司、長輩或顧客的話，並承接工作或預約等」之義的謙讓語。　This is a humble word that means you hear what a higher-ranking person or customer says and that you will receive a task, reservation or the like.

ご予約、 承っております。
よやく　うけたまわ

ご予約は、私、鈴木が 承りました。
よやく　　わたくし　すずき　うけたまわ

■ 「～ でいらっしゃいます」 予約の名前・人数を確認する　確認預約者姓名與人數　Confirm the names and number of people in a reserved party
よやく　なまえ　にんずう　かくにん

🖝 相手の名前、その人自身の身分、家族などを話すときに使います。
あいて　なまえ　　　ひとじしん　みぶん　かぞく　　　はな　　　　つか

用於說對方的姓名及其身分、家屬等時。　Use when stating the name of the other person, or talking about status, family or something else about that person.

失礼ですが、田中様でいらっしゃいますか。
しつれい　　　　たなかさま

３名様でいらっしゃいますね。
めいさま

お元気でいらっしゃいますか。
げんき

🖝 相手に直接関係ないことには使いません。　お料理は A コースでいらっ～しゃいますね。
あいて　ちょくせつかんけい　　　　　つか　　　　　　　りょうり

不能用在和對方沒有直接關係的事物。　Do not use when what you are talking about has no direct relationship with the person.

87

4 「お/ご ～ になれます」

☞ 敬語では、目上の相手に「能力を聞く」のは失礼だという考え方があるので、目上の人に「できますか」と直接聞くことは実はほとんどありません。でも、目上の人が本当に珍しいことができるときには、例外的に使うこともあります。

在敬語中認為，詢問上司或長輩的「能力」是失禮的，所以實際上幾乎不會直接詢問上司或長輩會不會做某件事情。但是，如果上司或長輩真的會某種特殊本領，也可以例外地用這種說法。 With honorific words it is considered rude to "question a higher-ranking person's ability" to do something. Thus, it is rare to directly ask a higher-ranking person if he or she can do something. There is an exception when the higher-ranking person has an ability that is truly rare.

社長はスペイン語がお話しになれます。

5 「お/ご ～ いただけます」

この建物の中で、WiFiがお使いいただけます。
特急券をお求めになれば、特急にご乗車いただけます。
☞ 「お/ご ～ いただけます」は、「～てもらえます」の謙譲語。

6 「～ になさいますか」　「～にします」＝「～に決めます」

お料理はどのコースになさいますか。

7 「～ させていただきます」　もう一度確認する　再次確認　Double-check

☞ 「させる」は使役表現で、目上の人が許可してくれる前提で、自分の行動をしているという表現です。とてもていねいですが、あまりたくさん使うと、押しつけがましい感じがあります。

「させる」是使役的用法，在上司或長輩許可的前提下，表達自己進行的某種行動。雖然非常禮貌，但是過度使用也容易帶來令人所難的感覺。 "させる" is a causative expression, so it is an expression that means you will take action on the assumption you have the permission of a higher-ranking person. It is very polite, but if you use it too much then it may come off as pushy.

ご注文を くり返させて／確認させて／復唱させて いただきます。
〈張り紙で〉誠に勝手ながら本日は午後7時で閉店させていただきます。

練習しましょう
れんしゅう

▶答えは p.193
こた

全部最後まで聞いてから、言う練習を始めてください。
ぜんぶさいご　き　　　　　　　　い　れんしゅう　はじ

T-52

1　例のように言ってみましょう。

例）渡辺さん ⇨ A：失礼ですが、渡辺様でいらっしゃいますか。
れい　わたなべ　　　　　　しつれい　　　　　　わたなべさま

　　　　　　　　　B：はい、渡辺でございます。
　　　　　　　　　　　　　　わたなべ

1）橋本さん ⇨
　はしもと

2）加藤部長 ⇨
　かとうぶちょう

3）アレックス・スミスさん ⇨

4）ABC 商事のカーソンさん ⇨
　　　しょうじ

T-53

2　「～でいらっしゃいます」または「～でございます」を使って言ってみましょう。
　　　　　　　　　　　　　　　　　　　　　　　　　　　　つか　　　　い

例）井上様は、ABC 株式会社の社長
れい　いのうえさま　　　かぶしきがいしゃ　しゃちょう

　　⇨井上様は、ABC 株式会社の社長でいらっしゃいます。
　　　いのうえさま　　　かぶしきがいしゃ　しゃちょう

1）パーティーの会場は 8 階 ⇨
　　　　　　かいじょう　かい

2）先生のお兄様はエンジニア ⇨
　せんせい　にいさま

3）これは妹の写真 ⇨
　　　いもうと　しゃしん

4）社長の奥様はイギリスの方 ⇨
　しゃちょう　おくさま　　　　　　かた

T-54

3　「～でいらっしゃいますか」または「～ですか」を使って言ってみましょう。
　　　　　　　　　　　　　　　　　　　　　　　　　　つか　　い

例）これは先生の帽子？ ⇨ これは先生の帽子ですか。
れい　　　せんせい　ぼうし　　　　　　　せんせい　ぼうし

例）あの方は先生のお兄さん？ ⇨ あの方は先生のお兄さんでいらっしゃいますか。
れい　　かた　せんせい　にい　　　　　　　かた　せんせい　にい

1）これは先生のご家族の写真？ ⇨
　　　せんせい　かぞく　しゃしん

2）失礼ですが田中先生？ ⇨
　しつれい　　たなかせんせい

3）これは日本製？ ⇨
　　　にほんせい

4）失礼ですが日本の方？ ⇨
　しつれい　　にほん　かた

④ 「～でいらっしゃいますね」または「～ですね」を使って言ってみましょう。

例）田中です。 ⇒ 田中様でいらっしゃいますね。

例）28日の11時からお願いします。 ⇒ 28日の11時からですね。

1）日本ムービーのアレックスです。 ⇒

2）東洋映画の佐々木ですが。 ⇒

3）来週の木曜日にお願いします。 ⇒

4）午後7時からでお願いします。 ⇒

⑤ 「お／ご～いただけます」を使って言ってみましょう。

例）自由に写真が撮れます ⇒ ご自由に写真がお撮りいただけます。

1）こちらでWiFiが使えます ⇒

2）図書室が利用できます ⇒

3）午後3時から部屋に入れます ⇒

⑥ 「～（さ）せていただきます」を使って言ってみましょう。

例）今日は早く帰ります ⇒ 本日は早く帰らせていただきます。

1）明日はクラスを休みます ⇒
  ↳明日

2）ちょっとコンピューターを使います ⇒

3）先生の論文を参考にします ⇒

4）学校の前に車を止めてもいいですか ⇒

これで OK!

T-58

ユン：はい、リストランテ・ボーノでございます。

客：あの、来週の木曜日のお昼なんだけど、予約、取れますか。

ユン：はい。承ります。来週の木曜日ですと、28 日ですね？

客：はい。

ユン：何時からになさいますか。

客：11 時半からでも大丈夫ですか。

ユン：はい、11 時半からですね。何名様でいらっしゃいますか。

客：3 人です。

ユン：3 名様ですね。お料理はどのコースになさいますか。

客：ちょっと、よくわからないんだけど。

ユン：でしたら、ご来店いただいてからでも、ご注文いただけますが。

客：そうですか。じゃ、お店で決めます。

ユン：お名前と、お電話番号をお願いします。

客：吉田と申します。電話は 090-1234-5678 です。

ユン：はい。吉田様でいらっしゃいますね。……ご予約を確認させていただきます。28 日木曜日、11 時半から 3 名様、吉田様のお名前で、ユンが承りました。

客：よろしくお願いします。

ユン：お待ちしております。

ユンさんは、しっかり予約の電話を受けることができました。

尹小姐學會了確實承接預約電話。　Yun did a good job taking a reservation over the phone.

チェックしましょう

►答えは p.194

1) すみませんが、社長はどちらに【 　　　　　　　　　　　】か。
2) 失礼ですが、東洋映画の田中様【 　　　　　　　　　　　】か。
3) 私、日本ムービーのアレックス【 　　　　　　　　　　　】。
4) 明日は、一日事務所に【 　　　　　　　　　　】。いつでもお電話ください。
5) 社長、お食事は何時に【 　　　　　　　　　】か。

でいらっしゃいます　　いらっしゃいます　　でございます　　ございます

おります　　なさいます

 ## スタイルを変えてみましょう

T-59

►答えは p.194

全部最後まで聞いてから、言う練習を始めてください。

例) 来店してからでも、注文できます。
　⇨ ご来店になってからでも、ご注文いただけますよ。
　⇨ 来店してからでも、注文できるよ。

``0:18　1) このレストランは世界中のお酒が飲めます。
　　⇨
　　⇨

``0:36　2) このパーティーは誰でも参加できます。
　　　　　　　　└ どなたでも
　　⇨
　　⇨

``0:53　3) 他の日でも予約できます。
　　⇨
　　⇨

``1:07　4) ここから国際電話が利用できます。
　　⇨
　　⇨

やってみましょう

▶答えは p.194
こた

T-60

1 話してみましょう
はな

A　日本料理店の店員　▶ロールカード p.169
にほん りょう り てん てんいん

B　客　▶ロールカード p.172
きゃく

T-61

2 話してみましょう
はな

A　JR の係の人　▶ロールカード p.170
かかり ひと

B　客　▶ロールカード p.172
きゃく

語彙タンク
ご　い

p.88

求める＝買う
もと　　　か

くり返す　反覆、重複　to repeat back
かえ

確認する　確認　to confirm
かくにん

復唱する＝もう一度言う
ふくしょう　　　　　いち ど

誠に勝手ながら　非常抱歉　*Literally meaning the
まこと　かって
speaker is being "truly selfish", this phrase is used
when apologizing for causing an inconvenience.

閉店する＝店を閉める
へいてん　　　みせ　し

p.89

会場　會場　venue
かいじょう

～製　～製造　～ made in / made by
せい

p.90

自由に　freely　自由地
じ ゆう

利用する＝使う
り よう　　　つか

朝食＝朝ご飯
ちょうしょく　あさ　はん

論文　論文　research paper
ろんぶん

参考にする　作為参考　to reference
さんこう

p.91

来店する＝店に来る
らいてん　　　みせ　く

p.92

世界中　全世界　around the world
せ かいじゅう

参加する　参加　to participate / join
さん か

国際電話＝外国との電話
こくさいでん わ　　がいこく　　でん わ

10 サービスの敬語

服務業的敬語　Honorific Words in the Service Industry

 ## できますか？

ユンさんがアルバイトをしているレストランに、お客さんが来ました。

有顧客來尹小姐打工的餐廳。　Customers have come to the restaurant where Yun works a part-time job.

ユン：いらっしゃいませ。

客：11 時半に予約した吉田ですが。
きゃく　　じはん　よやく　よしだ

ユン：吉田様ですね。こちらへどうぞ……注文が決まったら、呼んでください。
よしだ さま　　　　　　　　　ちゅうもん　き　　　　　　よ

客：はい。

客：すみません！　注文、お願いします！

ユン：決まりましたか。

客：Aランチコース1つと、ステーキランチコース2つ、お願いします。
きゃく　　　　　　　　　　　　　　　　　　　　　　　　　　ねが

ユン：わかりました。

客：スペシャルスープはありますか。

ユン：すみません、それは夜のメニューで、昼

はできないんですが。ランチには、他の

スープがつきます。

客：あ、そうですか。

ユン：すみません。ご注文はAランチコース1

つと、ステーキランチコース2つですね。

お飲み物は？

客：特にいりません。

ユンさんは、お客さんともっとていねいに話したいと思いました。

尹小姐想用更有禮貌的說法與顧客交談。　Yun thought she should have spoken more politely to the customers.

敬語で言ってみましょう
けい ご　い

1 「お / ご ～ になりましたら」

☞ 「お / ご～になります」の「～たら」の形。
かたち

お決まりになりましたら、お呼びください。
き　　　　　　　　　　　　　　　　　よ

2 「お / ご ～ くださいませ」

☞ ていねいにお願いするときに、レストランや銀行、デパートなどで使われる言い方。
ねが　　　　　　　　　　　　　　　ぎんこう　　　　　　　　　　つか　　　い　かた

お一人 1 枚ずつお取りくださいませ。
ひとり　まい　　と

何かありましたら、ご相談くださいませ。
なに　　　　　　　　　そうだん

☞ 尊敬語と謙譲語を、同じ文の中で使うときがあるので注意。
そんけいご　けんじょうご　おな　ぶん　なか　つか　　　　　　　　ちゅうい

ご質問がおありでしたら、お答えいたします。
しつもん　　　　　　　　　こた

お困りでしたら、お手伝いいたします。
こま　　　　　　　てつだ

3　短くした敬語の形
みじか　　　　けい ご　かたち

お決まりでしたら、伺います。（＝お決まりになっていましたら）
き　　　　　　　　　うかが　　　　　　　き

ご予約をご希望なら、こちらで承ります。（＝ご希望になるなら）
よやく　　きぼう　　　　　　　　うけたまわ　　　　きぼう

先にお並びの方から順にお入りください。（＝お並びになっている方）
さき　なら　かた　じゅん　はい　　　　　　　なら　　　　　　　かた

整理券をお持ちですか。（＝お持ちになっていらっしゃいますか）
せいりけん　も　　　　　　　　　も

4　サービスでよく使われる表現
つか　　　ひょうげん

お待たせしました。
ま

☞ 相手を待たせたことを謝ることば。待たせていなくても使うことが多いです。
あいて　ま　　　　　　　あやま　　　　　　　ま　　　　　　　　　つか　　　　　おお

這是讓對方久等後使用的道歉表達方式。即使沒有讓對方久等也經常這麼說。　This is an apology for making a person wait. It is
often used even if the person did not have to wait at all.

かしこまりました。（＝わかりました）

お飲み物はいかがいたしましょうか。（＝どうしますか）
の　もの

5 「けっこうです」

A：ご注文は以上でよろしいでしょうか。　　　　これでけっこう❌でしょうか。
ちゅうもん　いじょう

B：はい、けっこうです。（＝OKです）

A：お酒、もう少しいかがですか。
さけ　　　すこ

B：いえ、もうけっこうです。（＝もういりません）

 練習しましょう

▶答えは p.195

全部最後まで聞いてから、言う練習を始めてください。

T-62

1 例のように言ってみましょう。

例）〈相手が〉困っています＋〈私が〉手伝います
⇨ お困りでしたら、お手伝いいたします。

1）〈相手が〉急いでいます＋〈私が〉すぐに送ります⇨

2）〈相手が〉疲れています＋〈私が〉代理で東洋映画に行きます⇨

3）〈相手が〉インターネットの使用を希望しています＋〈私が〉準備します⇨

T-63

2 短くした敬語を使って言ってみましょう。

例）先生が読んでいらっしゃる本⇨先生がお読みの本

1）先生が使っていらっしゃる辞書⇨

2）先生が着ている服⇨
　　　　　　　↳お召しになっている

3）入場券をお持ちになっていらっしゃるお客様からお入りください。
⇨

T-64

3 「～くださいませ」を使って言ってみましょう。

例）相談してください。⇨ ご相談くださいませ。

1）少し待ってください。⇨
　　　　↳少々

2）至急連絡してください。⇨

3）好きなものを選んでください。⇨
　　　　　　↳お好きなもの

T-65

4 「いかがいたしましょうか」を使って言ってみましょう。

例）来週の会議の資料はどうしますか。
⇨来週の会議の資料はいかがいたしましょうか。

1）出張のスケジュールはどうしますか。⇨

2）パーティーのプログラムはどうしますか。⇨

3）宴会の料理はどうしますか。⇨

これでOK!
T-66

ユン：いらっしゃいませ。

客：11時半に予約した吉田ですが。

ユン：吉田様ですね。こちらへどうぞ。……ご注文がお決まりになりましたら、お呼びくださいませ。

客：はい。

客：すみません！ 注文、お願いします！

ユン：お決まりですか。

客：はい。Ａランチコース１つと、ステーキランチコース２つ、お願いします。

ユン：かしこまりました。

客：スペシャルスープはありますか。

ユン：申し訳ございません。それは夜のメニューなので、ただいま準備中でございまして……。ランチには他のスープがついております。

客：あ、そうですか。わかりました。スープがあるならいいですね。

ユン：すみません。ご注文を確認させていただきます。Ａランチコース１つと、ステーキランチコース２つですね。

客：はい。

ユン：お飲み物はいかがいたしましょうか。

客：特にいりません。

ユン：承知いたしました。では少々お待ちくださいませ。

ユンさんは、敬語でていねいに話すことができました。

尹小姐學會用敬語有禮貌地說話了。　　Yun was able to speak politely with honorific words.

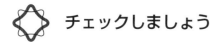 **チェックしましょう** ▶答えは p.195

1) ご質問がおありでしたら、【a. お答えになります　b. お答えします　c. 答えてあげます】。
2) お電話くださったら、【a. まいります　b. いらっしゃいます　c. いかれます】。
3) ご連絡くださったら、必要なものを【a. 準備なさいます　b. ご準備いたします　c. お準備します】。
4) 【a. お待たさせして　b. お待ちして　c. お待たせして】申し訳ありませんでした。電車が遅れたものですから。
5) A：コーヒーとサンドイッチをお願いします。
　　B：はい、【a. かましこりました　b. かこしまりました　c. かしこまりました】。

 スタイルを変えてみましょう
T-67

▶答えは p.195

全部最後まで聞いてから、言う練習を始めてください。

　　例）すみませんが、今準備しています。
　　　　⇨恐縮ですが、ただいま、準備中でございまして……。
　　　　⇨ごめん。今、準備してるんだ。

0:18　1) すみませんが、今食事しています。
　　　　⇨
　　　　⇨

0:35　2) すみませんが、4時まで会議をしています。
　　　　⇨
　　　　⇨

0:53　3) すみませんが、来週は大阪に出張しています。
　　　　⇨
　　　　⇨

1:12　4) すみませんが、今電車で移動しています。
　　　　⇨
　　　　⇨

やってみましょう **T-68**

▶答えは p.196

話してみましょう

A　日本料理店の店員　▶ロールカード p.170

B　客　▶ロールカード p.173

語彙タンク

p.94

特に　特別、尤其　particularly / especially

p.95

希望する　希望　to wish for / desire

承る＝（注文などを）受ける

順に　按順序　in order / in turns

整理券　號碼牌　a numbered ticket

p.96

代理で　代理　in place of

使用する＝使う

入場券　入場券、門票、站台票　admission ticket

少々＝少し

至急＝すぐに

プログラム　節目（表）、計畫　program / schedule

宴会　宴會　banquet

p.97

ただいま＝今

確認する　確認　to confirm

承知する＝わかる／知る

p.98

恐縮ですが＝すみませんが

移動する　移動　to travel / go somewhere / move

11 相談を受ける
そう だん う

接受商量　Offering Advice

 できますか？

ユンさんはレストランでアルバイトをしています。店長が、ユンさんに質問してきました。
てんちょう　　　　　　　　　　　　　しつもん

尹小姐在餐廳打工。店長來找尹小姐商量事情。　Yun is working part-time at a restaurant. The manager has come to ask her a question.

店長：ユンさん。
てんちょう

ユン：はい。

店長：あのね、今度、妻とどこか海外に行きたいと思ってるんだけど。
てんちょう　　　こんど　つま　　　　　　かいがい　い　　　　　　　おも

ユン：あ、いいですね。

店長：どこがいいと思う？
てんちょう　　　　　　おも

ユン：うーん、どこへ行きたいですか。
　　　　　　　　　い

店長：それがよくわからなくて。妻は辛い料理とか好きだけど。
てんちょう　　　　　　　　　　　つま　から　りょうり　　す

ユン：それなら、プーケットとかはいかがですか。知ってますか。
　　　　　　　　　　　　　　　　　　　　　　し

店長：プーケット？ タイだっけ？ ちょっと遠いかな。
てんちょう　　　　　　　　　　　　　　　　　とお

ユン：直行便なら６時間くらいですよ。何が心配ですか。
　　　ちょっこうびん　　じかん　　　　　　　なに　しんぱい

店長：……実は、長い時間の飛行機が苦手で……。
てんちょう　じつ　　なが　じかん　ひこうき　にがて

ユン：ええ？ 海外に行くんですよね……。
　　　　　かいがい　い

　　　飛行機に乗れないんですか？
　　　ひこうき　の

店長：う、うん……。
てんちょう

店長は、まだ迷っているようです。
てんちょう　　　　まよ

店長仍然顯得有些猶豫。　The manager is still unsure of what to do.

敬語で言ってみましょう
けいご　い

1 **希望や好みを聞く**　詢問願望或嗜好　Ask about a desire or preference
きぼう　この　き

☞敬語では、目上の人に「〜たいですか」と直接希望を聞くことはあまりありません。
けいご　めうえ　ひと　ちょくせつきぼう　き

敬語較少直接用「〜たいですか」問長輩或上司的願望。　When using honorific words, you rarely directly ask a higher-ranking person about their desires with "〜たいですか".

先生は何を食べたい**✕**ですか。→　先生は何を召し上がりますか。
せんせい　なに　た　　　　　　　　せんせい　なに　め　あ

先生はどのようなものがお好きですか。
せんせい　　　　　　　　　　　　す

2 **提案する・勧める**　提議及建議　Propose, recommend
ていあん　すす

ビールを召し上がるなら、銀座ホールなどはいかがでしょうか。
め　あ　　　　　　　ぎんざ

日本文化体験なら、鎌倉のお寺で座禅をなさったらいかがでしょうか。
にほん　ぶん　か　たいけん　かまくら　てら　ざぜん

☞「とか」はあまりていねいではありません。

3 **「ご存じですか」−「存じております」「存じ上げております」**
ぞん　　　　　　ぞん　　　　　　　ぞん　あ

A：来週の食事会ですが、場所はご存じですか。
らいしゅう　しょく じ かい　　　ば しょ　ぞん

B：はい、存じております。
ぞん

A：アスク商事の高橋部長をご存じですか。
しょうじ　たかはし ぶ ちょう　ぞん

B：はい、存じ上げております。
ぞん　あ

☞物や事柄については「存じております」、人については「存じ上げております」。
もの　ことがら　　　　　　ぞん　　　　　　　ひと　　　　　　ぞん　あ

對事物使用「存じております」，對人物使用「存じ上げております」。Use "存じております" for objects and other matters, while
ぞん　　　　　　　　　　　　　ぞん　あ
using "存じ上げております" for people.
ぞん　あ

4 **「ご 〜 です」**

☞「ご［漢字のことば］です」で、尊敬語と同じ働きをする言い方があります。
かんじ　　　　　　　　そんけい ご　おな　はたら　　　　い　かた

「ご［漢字のことば］です」的說法和尊敬語有同樣の作用。　The "ご［漢字のことば］です" construction works the same way as
かんじ　　　　　　　　　　　　　　　　　　　　　　かんじ
honorific words.

何かご心配ですか。
なに　しんぱい

今日はご病気でご欠席です。
きょう　びょう き　けっせき

明日の会議、ご出席ですか。（＝出席されますか）
あす　かい ぎ　しゅっせき　　　　　　しゅっせき

 練習しましょう
れんしゅう

▶答えは p.196
こた

全部最後まで聞いてから、言う練習を始めてください。
ぜんぶさいご き い れんしゅう はじ

T-69

1 「お好きですか」を使って言ってみましょう。
す つか い

例）どんな料理が食べたいですか。 ⇨ どのような料理がお好きですか。
れい りょうり た りょうり す

1）どんなところへ行きたいですか。 ⇨
い

2）どんなものを買いたいですか。 ⇨
か

3）どんなスポーツをしたいですか。 ⇨

T-70

2 アドバイスの言い方を練習しましょう。
い かた れんしゅう

例）新しいパソコンを買う・アスク社の製品
れい あたら か しゃ せいひん

⇨ 新しいパソコンをお買いになるなら、アスク社の製品はいかがでしょうか。
あたら か しゃ せいひん

1）ご家族におみやげを買う・このお菓子⇨
かぞく か かし

2）海と温泉を楽しむ・このホテル⇨
うみ おんせん たの

3）パソコンでグラフを作る・このソフトを使う⇨
つく つか

4）夜景を見る・東京スカイツリーへ行く⇨
やけい み とうきょう い

T-71

3 「ご存じですか」「存じております」「存じ上げております」を練習しましょう。
ぞん ぞん ぞん あ れんしゅう

例）この学校⇨ A：この学校をご存じですか。
れい がっこう がっこう ぞん

B：はい、存じております。
ぞん

例）山形先生⇨ A：山形先生をご存じですか。
れい やまがたせんせい やまがたせんせい ぞん

B：はい、存じ上げております。
ぞん あ

1）先生のお宅のご住所⇨
せんせい たく じゅうしょ

2）先生のお父様⇨
せんせい とうさま

3）先生の研究テーマ⇨
せんせい けんきゅう

4）社長のお書きになった本⇨
しゃちょう か ほん

5）鈴木社長⇨
すずき しゃちょう

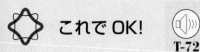

これで OK!

T-72

店長：ユンさん。
てんちょう

ユン：はい。

店長：あのね、今度、妻とどこか海外に行きたいと思ってるんだけど。
てんちょう　　　　　　こんど　つま　　　　　　　かいがい　い　　　　　　　おも

ユン：あ、いいですね。

店長：どこがいいと思う？
てんちょう　　　　　　　おも

ユン：うーん、どのようなところがお好きですか。
　　　　　　　　　　　　　　　　　　す

店長：それがよくわからなくて。妻は辛い料理とか好きだけど。
てんちょう　　　　　　　　　　つま　から　りょうり　　す

ユン：それなら、プーケットなどはいかがでしょうか。ご存じですか。
　　　　　　　　　　　　　　　　　　　　　　　　　ぞん

店長：プーケット？　タイだっけ？　ちょっと遠いかな。
てんちょう　　　　　　　　　　　　　　　　　　とお

ユン：直行便なら６時間ぐらいですよ。何かご心配ですか。
　　　ちょっこうびん　　じかん　　　　　　　なに　しんぱい

店長：……実は、長い時間の飛行機が苦手で……。
てんちょう　じつ　なが　じかん　ひこうき　にがて

ユン：……飛行機がご心配なら、韓国へいらっしゃったらいかがでしょうか。
　　　ひこうき　しんぱい　　　かんこく

　　　私の町、釜山なら、１時間ぐらいですよ。
　　　わたし　まち　ブサン　　　じかん

店長：うん！　いいかもしれない。ありがとう。
てんちょう

ユンさんは、上手に店長の相談に乗ることができました。
じょうず　てんちょう　そうだん　の

尹小姐順利地與店長討論了國外旅遊的事情。　　　Yun did a good job giving the manager advice.

103

 **チェックしましょう** ▶答えは p.196

1）課長、お酒はどのようなお酒を【a. 飲みたいですか　b. 飲まれたいですか　c. 飲まれますか】。

2）電気製品を安く【a. お買いになったら　b. お買いになるなら　c. お買いになると】、秋葉原はいかがでしょうか。

3）課長、今度の大阪出張のホテルを【a. 予約されたら　b. 予約されるなら　c. ご予約になると】こちらのホテルはいかがでしょうか。

4）A：山本先生を【① a. ぞんじていますか　b. ごぞんじますか　c. ごぞんじですか】。
　　B：はい、【② a. ごぞんじです　b. ぞんじあげます　c. ぞんじあげております】。

 スタイルを変えてみましょう ▶答えは p.196

T-73

全部最後まで聞いてから、言う練習を始めてください。

例）先生のお宅を知っていますか。
　⇨先生のお宅をご存じですか。
　⇨先生のお宅、知ってる？

0:16　1）田中先生を知っていますか。
　　⇨
　　⇨

0:29　2）浅草にはたくさんのお店があるのを知っていますか。
　　⇨
　　⇨

0:48　3）日本のおみやげを買いたかったら、浅草に行ったらどうですか。
　　⇨　　　　　↳お買いになるなら
　　⇨　　　　　↳買いたかったら

1:10　4）四国へ行きたいなら、大阪から出るフェリーはどうですか。
　　⇨　　　　↳いらっしゃるなら
　　⇨　　　　↳行きたいなら

やってみましょう

T-74

▶答えは p.197
こた

1　話してみましょう
はな

A　部下　▶ロールカード p.170
ぶ か

B　上司　▶ロールカード p.173
じょう し

2　メールを書いてみましょう
か

高橋部長からメールが来ました。ていねいに返事を書いてください。
たかはし ぶ ちょう　　　　　　　　　　き　　　　　　　　　　へん じ　 か

陳さん
ちん

先ほどはありがとうございました。
さき
今度の台北出張では、取引先の広栄商事の張さんと会いますが、そのときに日本のおみ
こん ど　 タイペイしゅっちょう　　　 とりひきさき　 こうえいしょう じ　 ちょう　　　 あ　　　　　　　　　　　　　　　　 にほん
やげをお渡ししようと考えています。
わた　　　　　　　かんが
張さんは日本留学の経験もあって、日本のことはよくご存じだと思いますが、どんなお
ちょう　　　 にほんりゅうがく　けいけん　　　　　　 にほん　　　　　　　　　 ぞん　　 おも
みやげがいいと思いますか。すみませんが、アドバイスをお願いします。
　　　　　　 おも　　　　　　　　　　　　　　　　　　 ねが

高橋
たかはし

高橋部長
たかはし ぶ ちょう

メールを拝見しました。おみやげの件ですが、
はいけん　　　　　　　　 けん
準備なさるなら、①＿＿＿＿＿＿＿＿＿＿＿＿＿＿＿　　　　　　　　　　　◀日本の食べ物を勧める
じゅん び　　　　　　　　　　　　　　　　　　　　　　　　　　　　　　　　　　　　　 にほん　 た　 もの　 すす
＿＿＿＿＿＿＿＿＿＿＿＿＿＿＿＿＿＿＿＿＿＿＿＿。
日本に留学していた方なら②＿＿＿＿＿＿＿＿＿　　　　　　　　　　　　　◀理由を言う
にほん　 りゅうがく　　　　　 かた　　　　　　　　　　　　　　　　　　　　　　　　 りゆう　 い
＿＿＿＿＿＿＿＿＿＿＿＿と存じます。
　　　　　　　　　　　　 ぞん
ご検討いただければ幸いです。
けんとう　　　　　　　さいわ

陳
ちん

語彙タンク
ごい

p.100

海外＝（日本にとっての）外国
かいがい　　　にほん　　　　　がいこく

プーケット　普吉島　Phuket

タイ　泰國　Thailand

直行便　直達航班　direct flight
ちょっこうびん

実は　其實　in fact / actually
じつ

苦手　不擅長、不善於　not good at (doing something)
にが て

p.101

文化体験　文化體驗　cultural experience
ぶん か たいけん

座禅　坐禪、打坐　a form of seated meditation in Zen
ざ ぜん

欠席する　缺席　to be absent
けっせき

p.102

製品　製品、産品　product / manufactured good
せいひん

おみやげ　特産、土産　souvenir / gift

温泉　溫泉　hot spring
おんせん

グラフ　圖表　graph

ソフト　軟體　software

夜景　夜景　night view
や けい

テーマ　主題、題目　theme / subject / topic

p.103

釜山　釜山　Busan
プサン

p.104

フェリー　渡輪、渡船　ferry

p.105

台北　台北　Taipei
タイペイ

取引先　往來客戶　client / customer
とりひきさき

～の件　～的事　～ the matter of ...
けん

ご検討いただければ幸いです。　請考慮評估一下。
けんとう　　　　　　さいわ

I hope you'll consider it.

猫に敬語？

目上の人の家族について話すときは、敬語を使わなければなりません。では、その人のうちのペットの話をするときは、どうすればいいでしょうか。「先生のお宅のお猫様はどのような食べ物がお好きですか」と言ったら……？ きっと、その先生は笑ってしまうでしょう。

基本的に、動物には敬語を使いません。「先生のお宅の猫はどんな食べ物が好きですか」と言いましょう。

談到長輩或上司的家人時必須使用敬語。那麼談到他們家的寵物時該如何説呢？如果説成「先生のお宅のお猫様はどのような食べ物がお好きですか」的話呢？想必老師會笑出來吧。

基本上對動物不必使用敬語。在這種場合可以説「先生のお宅の猫はどんな食べ物が好きですか」。

When you talk about the family of a higher-ranking person, you must use honorific words. Well then, what should you do when you talk about a pet that person keeps at home? Should you say, "先生のお宅のお猫様はどのような食べ物がお好きですか"? The teacher will certainly laugh if you do.

Basically, we do not use honorific words for animals. Say, "先生のお宅の猫はどんな食べ物が好きですか".

スピーチをする

演講　Giving a Speech

 できますか？

　アレックスさんの会社では、朝礼で３分ぐらいのスピーチをしています。今日はアレックスさんの番です。

艾力克斯的公司在早會上有大約3分鐘的演講。今天正好輪到艾力克斯。　Employees at Alex's company give a three-minute or so speech at the morning meeting. Today is Alex's turn.

アレックス：皆さん、おはようございます。今日は、『北斎漫画』について話します。……えーと、皆さんは知っていますか、葛飾北斎。北斎は『北斎漫画』を描きました。この漫画は、日本のアニメーションの原点と言われている。だから今日のスピーチのテーマにしました。葛飾北斎……1760年江戸生まれ……え、江戸時代、こ？　……後期の浮世絵師。か、……化政文化を、だ、代表する一人。あー、代表作に『富嶽三十六景』『北斎漫画』。えーと……

金子部長：んー、よくわからないな。これ、どこで調べたの？

アレックス：インターネットです。日本語ですよ、おわかりになりませんか。

金子部長：明日、もう一度やり直し。コピーアンドペーストはだめだよ。

アレックス：……はい。

　アレックスさんは、インターネットからコピーしたことを金子部長に見抜かれてしまいました。

艾力克斯複製網路上資訊的事情被金子經理看穿了。　Department Manager Kaneko noticed that Alex had copied from the internet.

敬語で言ってみましょう
けいご　い

1　スピーチを始める　開始演講　Begin a speech
はじ

皆様、おはようございます。本日は、〜についてお話しします。
みなさま　　　　　　　　　　　　ほんじつ　　　　　　　　　　はな

2　聞いている人たちに問いかける　向聽眾提出質問　Ask a question to the audience
き　　　　　　ひと　　　と

✍ スピーチの途中で聴衆に語りかけるときは、敬語スタイルで話しましょう。
　　　　　とちゅう　ちょうしゅう　かた　　　　　　　けいご　　　　　　はな

　在演講中使用敬語形式對聽眾說話吧。　Use honorific words when you speak to the audience in the middle of a speech.

皆様、葛飾北斎をご存じですか。
みなさま　かつしかほくさい　　ぞん

「北斎漫画」をご覧になったことはありますか。
ほくさいまんが　　　らん

こちらをご覧ください。
　　　　らん

3　説明する　說明　Explain
せつめい

✍ 日本語で書かれていても、書きことばをそのまま読むと、わかりにくくなります。難しいことばは、文
にほんご　か　　　　　　か　　　　　　　　　　よ　　　　　　　　　　　　　　　　　　むずか　　　　　　　も
字を見せたり、やさしいことばに言い換えたりしましょう。
じ　み　　　　　　　　　　　　　い　か

　即使是用日語書寫，按書面文字直接唸會難於理解。較難的詞彙應該給對方看，或轉換成淺顯易懂的言詞。　Easily understood
written Japanese can be difficult to understand if read aloud as is. For difficult words, try to show the characters or say easier words instead.

「葛飾北斎。1760 年江戸生まれ。江戸時代後期の浮世絵師。」
かつしかほくさい　　　　　ねんえど　う　　えどじだいこうき　うきよえし
→ 葛飾北斎は、1760 年に江戸で生まれた、江戸時代の終わりごろの浮世絵師です。
かつしかほくさい　　　　　　ねん　えど　う　　　　えどじだい　お　　　　　　うきよえし

✍ テーマに入ったら、「敬語スタイル」よりもむしろ「ですますスタイル」を使いましょう。受身もたく
　　　　　　　　けいご　　　　　　　　　　　　　　　　　　　　　つか　　　　　　うけみ
さん使います。文末に「〜ております」などを使うこともあります。
つか　　　ぶんまつ　　　　　　　　　　　　つか

　進入主題後，比起「敬語形式」應使用「ですます形式」。多使用被動態。在句尾也可以使用「〜ております」。　Once you
get into your subject matter, use the "des-masu style" instead of the "honorific style". Use the passive voice a lot, too. You may also, for
example, use "〜ております" at the ends of sentences.

北斎の「北斎漫画」は、日本の漫画文化の原点だと考えられております。
ほくさい　ほくさいまんが　　にほん　まんがぶんか　げんてん　　かんが

世界中の人に知られている画家です。
せかいじゅう　ひと　し　　　　　　　　が か

4　スピーチを終える　結束演講　Conclude a speech
お

以上、〜についてご紹介いたしました。
いじょう　　　　　　しょうかい

ご清聴ありがとうございます。
せいちょう

5 スピーチでよく使うことば　常用的演講用語　Common words in speeches

「ですから」＝「だから」の改まった言い方　　　▶ p.175 改まった言い方

ご存じのように、／　ご存じの通り、

 練習しましょう　　　　　　　　　　　　▶答えは p.197

全部最後まで聞いてから、言う練習を始めてください。

T-75

① 例のように言ってみましょう。

例）日本のアニメ文化・話す ➡ 今日は日本のアニメ文化についてお話しします。

1）私の国の料理・話す ➡
2）私の国の文化・紹介する ➡
3）日本と私の国の交流の歴史・説明する ➡
4）スライドの上手な作り方・紹介する ➡

T-76

② 「〜（ら）れております」を使って言ってみましょう。

例）北斎は最も有名な浮世絵の画家だ・考える
　　➡ 北斎は最も有名な浮世絵の画家だと考えられております。

1）漢字はおよそ 2000 年前に日本に来た・言う ➡
2）この本の作者は実は女性だった・考える ➡
3）この作品は日本の漫画の原点だ・評価する ➡
4）竹取物語は日本で一番古い物語だ・する ➡
5）高尾山は紅葉が美しい山だ・言う ➡

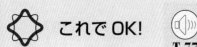 これで OK!

T-77

アレックス：おはようございます。皆さんは『北斎漫画』をご存じですか。

『北斎漫画』というのは、葛飾北斎が描いた漫画のことです。皆さんご存じのように、葛飾北斎は、富士山をたくさん描いた『富嶽三十六景』で有名です。しかし、実は漫画も描いているのです。本日は、その『北斎漫画』についてお話しします。

どうぞこちらをご覧ください。この作品は、日本の漫画文化の原点だと考えられております。漫画の中の人の動きがおもしろく描かれています。

……北斎漫画の本なども出版されていますので、皆さんもご興味がありましたら、ぜひご覧ください。

ご清聴ありがとうございました。

　アレックスさんは、わかりやすくスピーチをすることができました。

艾力克斯發表了淺顯易懂的演講。　Alex was able to give a clearly understood speech.

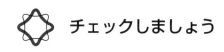 **チェックしましょう**　　　　　　　　　　▶答えは p.197

___の中からことばを選んで、正しい形にしてください。

皆様、京都を【例　ご存じです　】か。

どうぞこの写真を【①　　　　　　　　　　　　　　　　】。京都を空から撮った写真です。

こちらは金閣寺の写真です。金閣寺は世界中の人に【②　　　　　　　　　　　　　】います。

京都は、西暦794年から、明治時代になるまで、1200年の間、日本の首都でした。今でも、京都には着物や、和食など、伝統的な文化が生きていると【③　　　　　　　　　　　　】います。

今日は、いろいろな京都の伝統文化の中から、着物文化について、【④　　　　　　　　】。

> ~~知っています~~　紹介します　知ります　見ます　言います

 スタイルを変えてみましょう ▶答えは p.197

T-78

全部最後まで聞いてから、言う練習を始めてください。

　　例）これは日本人なら誰でもよく知っている私の国の料理だ。
　　　　⇨これは日本の方なら誰でもよくご存じの私の国の料理です。

0:19　1）この料理は、私の国では、お祭りのときに家庭で作られている。
　　　　⇨

0:36　2）「この料理を食べると風邪をひかない」と言われている。
　　　　⇨

0:49　3）今日はこの料理について紹介したいと思う。
　　　　⇨本日は

やってみましょう

►答えは p.197

① 話してみましょう
　　　　　　　　　　　T-79　T-80

写真を準備して、１分間のスピーチをしてください。テーマは、あなたの国の有名な人、場所、食べ物から選んでください。

請準備照片並發表大約1分鐘的演講。請由你們國家的名人、勝地或是美食中選出主題。　Prepare photos and give a one-minute speech. Choose as your subject a famous person, place or food from your country.

今日は、「①＿＿＿＿＿＿」について②＿＿＿＿＿＿。　　◀テーマについて話す

皆様、「①＿＿＿＿＿」を③＿＿＿＿＿＿＿＿か。　　◀聞いている人に話しかける

どうぞこの写真を④＿＿＿＿＿＿＿＿。

「①＿＿＿＿＿＿」の写真です。　　◀写真を見せる

⑤＿＿＿＿＿＿＿＿＿＿＿＿＿＿＿＿　　◀説明する

＿＿＿＿＿＿＿＿＿＿＿＿＿＿＿＿＿＿＿

＿＿＿＿＿＿＿＿＿＿＿＿＿＿＿＿＿＿＿

＿＿＿＿＿＿＿＿＿＿＿＿＿＿＿＿＿＿＿

今日は、「①＿＿＿＿＿」について⑥＿＿＿＿＿＿。　　◀まとめる

ご清聴⑦＿＿＿＿＿＿＿＿＿＿＿＿＿。

友達があなたのさよならパーティーを開いてくれました。そこでお礼のスピーチをしてください。

朋友們為你舉行了歡送會。請發表致謝演講。　Your friend is organizing your farewell party. Give a speech there to express your thanks.

本日は、お招きいただきありがとうございます。一言ご　◀お礼を言う
あいさつを①＿＿＿＿＿＿＿＿＿＿＿＿＿＿＿。

②＿＿＿＿＿＿＿＿＿＿＿＿＿＿＿　◀思い出を話す
＿＿＿＿＿＿＿＿＿＿＿＿＿＿＿
＿＿＿＿＿＿＿＿＿＿＿＿＿＿＿
＿＿＿＿＿＿＿＿＿＿＿＿＿＿＿

私の国は③＿＿＿＿＿と言われております。　◀自分の国を紹介する
機会がありましたら、一度④＿＿＿＿＿＿＿＿。　◀来てくださいと言う
そのときはどうぞ⑤＿＿＿＿＿＿＿＿＿。
本日は本当に、⑥＿＿＿＿＿＿＿＿＿＿。　◀もう一度お礼を言う

語彙タンク

p.108

描く　畫　to draw / portray
か

アニメーション　動畫　animation

原点　根源、出發點　origin
げんてん

テーマ　主題、課題　theme / subject / topic

江戸＝日本の昔の首都（1603-1868）
えど　　にほん　むかし　しゅと

～時代　～時代　～ period / era
じだい

後期　後期　latter period
こうき

浮世絵師　浮世繪師　ukiyo-e artist
うきよえし

化政文化＝化政時代（1804-1830）の文化。
かせいぶんか　　かせいじだい　　　　　　　　ぶんか

代表する　代表　to represent / to be representative of
だいひょう

代表作　代表作　masterpiece
だいひょうさく

やり直し　重做　to do over
なお

コピーアンドペースト　複製貼上　copy and paste

p.109

本日＝今日
ほんじつ　きょう

文化　文化　culture
ぶんか

画家　畫家　painter
がか

ご清聴ありがとうございます。　感謝聆聽。
せいちょう

　　Thank you for your attention.

p.110

交流　交流　interaction
こうりゅう

およそ＝約、だいたい
やく

作者　作者　author
さくしゃ

実は　其實　in fact / actually
じつ

評価する　評價　to praise
ひょうか

物語　故事　tale / story
ものがたり

紅葉　紅葉　autumn leaves
こうよう

p.111

出版する　出版　to publish
しゅっぱん

興味がある　有興趣　to be interested
きょうみ

p.112

西暦　西曆、西元　Western calendar / A.D. / C.E
せいれき

首都　首都　capital city
しゅと

和食＝日本料理
わしょく　　にほんりょうり

伝統的な　傳統的　traditional
でんとうてき

家庭　家庭　household
かてい

13 面接を受ける
めん せつ　　　　　 う

接受面試　Undergoing an Interview

◇ できますか？

ユンさんは、会社の採用面接を受けます。日本語の面接は初めてです。
　　　　　　かいしゃ　さいようめんせつ　 う　　　にほん ご　めんせつ　 はじ

尹小姐正接受公司的錄用面試。這是第一次用日語面試。　　Yun will have a job interview at a company. This is her first interview in Japanese.

面接官：本日はわざわざお越しくださってありがとうございます。おかけください。
めんせつかん　ほんじつ　　　　　　　 こ

　　ユン：はい……本日は、ありがとうございます。自己紹介します！
　　　　　　　　　　ほんじつ　　　　　　　　　　　　　　 じ こしょうかい

面接官：あ、はい。
めんせつかん

　　ユン：ユン・ソヨンと申します。昨年、日本にまいりました。どうぞよろしくお願いい
　　　　　　　　　　　　　もう　　　　さくねん　にほん　　　　　　　　　　　　　　　　　　　　　 ねが
　　　　　たします。

面接官：今、大学4年生でいらっしゃるんですよね。今回、当社の採用試験にどのよう
めんせつかん　いま　だいがく　ねんせい　　　　　　　　　　　　　　　こんかい　とうしゃ　さいよう しけん
　　　　　な動機で応募されたんですか。
　　　　　　 どう き　　おう ぼ

　　ユン：はい。日本の映画が好きで、研究をしてきました。日本映画の中で黒澤明監督の
　　　　　　　　にほん　えいが　す　　　けんきゅう　　　　　　　　にほん えい が　　なか　くろさわあきらかんとく
　　　　　作品が一番好きです。それで応募したんです。
　　　　　 さくひん　いちばん す　　　　　　　　　 おう ぼ

面接官：……なるほど。日本語でする仕事ばかりですけど……敬語は大丈夫ですか。
めんせつかん　　　　　　　　にほん ご　　　し ごと　　　　　　　　　けい ご　だいじょう ぶ

　　ユン：あ、えーと……はい。今勉強しています。
　　　　　　　　　　　　　　　　　 いまべんきょう
　　　　　きっと大丈夫です。役に立ちます。絶対。
　　　　　　　　だいじょう ぶ　　　やく　た　　　　ぜったい
　　　　　はい。

面接官：はあ……。
めんせつかん

ユンさんは、面接できちんとアピールすることができませんでした。
　　　　　　めんせつ

尹小姐無法在面試當中好好地自我推銷。　　Yun was unable to make a good impression at the interview.

116

敬語で言ってみましょう
けい ご い

■ **「～ てまいりました」** 「～てまいります」＝「～てくる」

高校生のときから日本語の勉強をしてまいりました。
こうこうせい　　　　　　にほん ご　　べんきょう

私はこれまで、通訳の仕事にたずさわってまいりました。
わたくし　　　　　　　　つうやく　 し ごと

② **「～ ておりますN」**

私が研究しておりますテーマは、日本語の敬語についてです。
わたくし　けんきゅう　　　　　　　　　　　にほん ご　けい ご

③ **「～ 次第です」**
　　　　　 し だい

✍ 「～次第です」は、「～んです」とだいたい同じ意味です。
　　 　 し だい　　　　　　　　　　　　　　　　おな い み

御社のビジネスは、私の研究テーマと重なっていると思い、大変興味深く感じた次第です。
おんしゃ　　　　　　　 わたくし けんきゅう　　　かさ　　　　　　　　おも　たいへんきょうみ ぶか かん　　 し だい

④ **面接でよく使う改まった言い方** 面試時經常使用的正式說法　Common polite expressions for interviews
　　 めんせつ　　つか あらた　　い かた

「～についておもしろいと思いました」→「～について興味深く感じました」
　　　　　　　　　　　　おも　　　　　　　　　　　　 　　きょう み ぶか かん

「すごく」「とても」　→　「大変」「非常に」
　　　　　　　　　　　　　　たいへん ひ じょう

「どんな」　→　「どのような」

「～できたらいいなと考えています」→「～できたらと考えております」
　　　　　　　　　 　かんが　　　　　　　　　　　　　　　 かんが

「～くれたらいいなと思います」→「～くれたらと考えております」
　　　　　　　　　　　 おも　　　　　　　　　　　　 かんが

「～したいです」→「～できたらと思います」
　　　　　　　　　　　　　　　 おも

▶ p.175 改まった言い方
　　　　　 あらた い かた

⑤ **面接の自己紹介** 面試時的自我介紹　Self-introductions in an interview
　　 めんせつ　じ こしょうかい

本日は面接の機会をお作りくださいましてありがとうございます。
ほんじつ　めんせつ　き かい　　つく

さっそくですが、自己紹介をさせていただきます。私はアレックス・スミスと申します。
　　　　　　　　 じ こしょうかい　　　　　　　　　　　　わたくし　　　　　　　　　　　　　 もう

20XX年に来日いたしまして、現在、日本ムービーで、日本をはじめとするアジアの映画
　　ねん　らいにち　　　　　　　　げんざい　にほん　　　　　　　　にほん　　　　　　　　　　　　　　 えい が

を海外に紹介する業務を担当しております。どうぞよろしくお願いいたします。
　かいがい　しょうかい　ぎょうむ　たんとう　　　　　　　　　　　　　　　　　　 ねが

⑥ **面接のときに気をつけたいこと** 面試時須注意的事宜　Things to watch out for in an interview
　　 めんせつ　　　　 き

✍ 質問されたら「はい」と返事をしてから答えましょう。「えーと」「そうですねえ」などはあまり言わないで、
　　しつもん　　　　　　　　　　へん じ　　　　　　　こた　　　　　　　　　　　　　　　　　　　　　　　　　　　　　　 い

はっきり答えましょう。
　　　　 こた

回答問題時應該先說「はい」之後再做回答。盡量不要使用「えーと」、「そうですねえ」等，應明確地回答。　When you
are asked a question, say "はい" and then give your answer. Do not say things like "えーと" and "そうですねえ" much. Give straight
answers.

☞ できるだけ謙虚に自己アピールしましょう。「～できます！」と言いすぎると逆効果のときがあります。
げんきょ   じこ   い   ぎゃくこうか

盡可能謙虛地推銷自己。頻繁地使用「～できます！」會有反效果。　Make yourself look good as humbly as you can. If you say " ～できます！ " too much, then it could backfire.

お役に立ちたいです。　　→　少しでもお役に立てたらと思います。
 やく た   すこ   やく た   おも

☞ 面接官は敬語を使ったり、他のスタイルで質問をしたりします。つられないように！
めんせつかん けいご つか   ほか   しつもん

面試官時而使用敬語，時而又改用其他方式提問。注意不要受其影響！　An interviewer may use humble words and then ask questions in a different style. Don't let that trip you up!

なんてうちの会社を受けようと思ったの？／ どんな仕事をしたいと思ってますか。
          かいしゃ う   おも   しごと   おも

 # 練習しましょう
れんしゅう

▶答えは p.198
こた

全部最後まで聞いてから、言う練習を始めてください。
ぜんぶ さいご   き   い れんしゅう はじ

T-82

1 「どのようなN＋かんたん尊敬語」で質問してみましょう。
そんけいご   しつもん

例）動機で・応募した ⇨ どのような動機で応募されたんですか。
れい どうき おうぼ   どうき おうぼ

1）目的で・留学した ⇨
もくてき りゅうがく

2）論文を・書いた ⇨
ろんぶん か

3）服を・デザインした ⇨
ふく

4）新商品を・開発した ⇨
しんしょうひん かいはつ

5）理由で・前の会社を辞めた ⇨
りゆう まえ かいしゃ や

6）方法で・この作品を作った ⇨
ほうほう さくひん つく

T-83

2 「～てまいりました」を使って言ってみましょう。
つか い

例）大学で研究を続けてきた ⇨ 大学で研究を続けてまいりました。
れい だいがく けんきゅう つづ   だいがく けんきゅう つづ

1）今日は自宅で準備してきた ⇨
きょう じたく じゅんび
　　┗本日
ほんじつ

2）この5年間、日本で日本人の生活を観察してきた ⇨
ねんかん にほん にほんじん せいかつ かんさつ

3）去年ヨーロッパでいくつかの工場を見学してきた ⇨
きょねん   こうじょう けんがく
　　┗昨年
さくねん

4）研究が進んで、昔はわからなかったことが明らかになってきた ⇨
けんきゅう すす むかし   あき

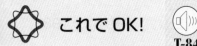

これでOK!

T-84

面接官：本日はわざわざお越しくださってありがとうございます。おかけく
めんせつかん　ほんじつ　　　　　　　　　　こ
　　　　ださい。

　ユン：はい、失礼いたします。……本日は面接の機会をくださいましてあ
しつれい　　　　　　　　　ほんじつ　めんせつ　きかい
　　　　りがとうございます。ユン・ソヨンと申します。2010年に、日本
もう　　　　　　ねん　　　にほん
　　　　にまいりまして、平成大学芸術学部映画学科で、日本映画研究を専
へいせいだいがくげいじゅつがくぶえいががっか　にほんえいがけんきゅう　せん
　　　　攻しております。どうぞよろしくお願いいたします。
こう　　　　　　　　　　　　　　　　　　ねが

面接官：今、大学4年生でいらっしゃるんですよね。今回、当社の採用試
めんせつかん　いま　だいがく　ねんせい　　　　　　　　　　　こんかい　とうしゃ　さいようし
　　　　験にどのような動機で応募されたんですか。
けん　　　　　　　　　どうき　おうぼ

　ユン：はい。私は、アジアの、特に日本の映画をターゲットにして、研
わたくし　　　　　　とく　にほん　えいが　　　　　　　　　　けん
　　　　究を続けてまいりました。日本映画の海外輸出を多く手掛けてい
きゅう　つづ　　　　　　　　　にほんえいが　かいがいゆしゅつ　おお　てが
　　　　らっしゃる御社の事業内容を伺って興味深く感じ、応募いたしまし
おんしゃ　じぎょうないよう　うかが　きょうみぶか　かん　おうぼ
　　　　た次第です。
しだい

面接官：なるほど。採用されたら、どのような仕事をしたいですか。
めんせつかん　　　　　さいよう　　　　　　　　　しごと

　ユン：はい。世界の人々は、今、日本アニメに注目しています。しかし、
せかい　ひとびと　いま　にほん　　　　ちゅうもく
　　　　私が研究しております日本の古い映画には、今のアニメの基本的
わたくし　けんきゅう　　　　　にほん　ふる　えいが　　　いま　　　　　きほんてき
　　　　な考え方があります。その良さ
かんが　かた　　　　　　　　よ
　　　　ももっと紹介できたらと思って
しょうかい　　　　　おも
　　　　おります。そして、世界の文化
せかい　ぶんか
　　　　交流のお役に立てたらと考えて
こうりゅう　やく　た　　　　　かんが
　　　　おります。

ユンさんは、きちんと自分をアピールして、面接に合格することができました。
じぶん　　　　　　　　　めんせつ　ごうかく

尹小姐充分地推銷表達了自己，並通過了面試。　　Yun made a good impression and passed the interview.

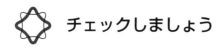

チェックしましょう

▶答えは p.198

私はゲームのプログラムの開発を続けて【①きました ⇨　　　　　　　　　　　　　　】。

【②私が使っている ⇨　　　　　　　　　　　　　　】ソフト開発を

多く【③手掛けている ⇨　　　　　　　　　　　　　　】御社の

事業内容を【④聞いて ⇨　　　　　　　　　　　　　　】、

【⑤すごくおもしろく ⇨　　　　　　　　　　　　　　】感じました。

さらによりよいゲームソフトを

【⑥開発できたらいいなと思っています ⇨　　　　　　　　　　　　　　】。

スタイルを変えてみましょう

T-85

▶答えは p.199

全部最後まで聞いてから、言う練習を始めてください。

　例）日本へ来たとき、若者のファッションがすごくおもしろかったです。
　　　⇨日本へ来たとき、若者のファッションについて大変興味深く感じました。
　例）少しでも困っている人々の役に立ちたいです。
　　　⇨少しでも困っている人々のお役に立てたらと考えております。

▶0:30　1）子どものときから、電車などの乗り物がすごく好きでした。
　　　　　⇨

▶0:46　2）たたみの文化がおもしろいと思いました。
　　　　　⇨

▶0:58　3）日本に来て5年ですが、日本の着物文化がすごくおもしろいです。
　　　　　⇨

▶1:16　4）私の国の文化を、日本の人々に紹介したいです。
　　　　　⇨

▶1:31　5）日本にいる間に、いろいろなことに挑戦したいです。
　　　　　⇨

▶1:46　6）日本語が上手になるように、毎日少しでも勉強を続けていきたいです。
　　　　　⇨

やってみましょう

T-86

►答えは p.199
こた

① 話してみましょう
はな

  A　会社の採用面接を受ける人　►ロールカード p.170
かいしゃ　さいようめんせつ　う　ひと

  B　面接官　►ロールカード p.173
めんせつかん

② 話してみましょう
はな

  A　アルバイトの面接を受ける人　►ロールカード p.170
めんせつ　う　ひと

  B　コンビニの店長　►ロールカード p.173
てんちょう

アルバイトの応募でよく使う表現
おうぼ　つか　ひょうげん

〈電話で〉
でんわ

  ～を見て、アルバイト募集の件でお電話いたしました、～と申します。
み　ぼしゅう　けん　でんわ　もう

  ご担当の～様、いらっしゃいますか。
たんとう　さま

  アルバイトに応募したいのですが、面接をお願いできますでしょうか。
おうぼ　めんせつ　ねが

  それでは、13日の16時にお店に伺います。
にち　じ　みせ　うかが

  恐れ入りますが、お店の住所をお教えください。
おそ　い　みせ　じゅうしょ　おし

  書類は何をご準備したらよろしいでしょうか。
しょるい　なに　じゅんび

〈面接で〉
めんせつ

  販売を希望しておりますが、商品を並べる仕事もいたします。
はんばい　きぼう　しょうひん　なら　しごと

  前に、お菓子の販売のアルバイトをした経験がございます。
まえ　か　し　はんばい　けいけん

  経験はございませんが、力を尽くしたいと思います。　　経験は✕ありません。
けいけん　ちから　つ　おも　けいけん

  時間は、ご相談くださいましたら調整いたします。
じかん　そうだん　ちょうせい

  小さい子どもがいるので、17時までに終わらせていただきたいのですがよろしいでしょうか。
ちい　こ　じ　お

語彙タンク
こ い

p.116

面接官　面試官　interviewer
めんせつかん

本日＝今日
ほんじつ　きょう

わざわざ　特意　going to the trouble

お越しになる＝来る
こ　　　　　　　く

自己紹介する　自我介绍　to make a self-introduction
じ こ しょうかい

当社＝この会社／私たちの会社
とうしゃ　　　　かいしゃ　わたし　　　　かいしゃ

採用試験　錄用面試　employment exam
さいようしけん

動機　動機　motivation
どうき

応募する　應募　to apply (for a job, etc.)
おうぼ

監督　導演　director (film)
かんとく

p.117

たずさわる　從事　to be involved in

御社＝相手の会社
おんしゃ　あいて　かいしゃ

ビジネス　業務　business

テーマ　主題、課題　theme / subject / topic

重なる　重複、重疊　to overlap
かさ

興味深い　很有興趣　deeply interesting
きょうみ ぶか

さっそく　立刻、馬上、趕緊　quickly / right away

来日する＝日本に来る
らいにち　　　にほん　く

海外＝（日本にとっての）外国
かいがい　　　にほん　　　　　　　がいこく

業務　業務　work / duty
ぎょうむ

担当する　負責　to be in charge of / work on something
たんとう

p.118

目的　目的　purpose / objective
もくてき

論文　論文　research paper
ろんぶん

デザインする　設計　to design

商品　商品　product / merchandise
しょうひん

開発する　開發　to develop
かいはつ

方法　方法　method / approach
ほうほう

自宅＝自分の家
じ たく　じ ぶん　うち

観察する　観察　to observe
かんさつ

明らかになる　清楚、明顯　to become known
あき

p.119

芸術　藝術　art
げいじゅつ

学科　學科　academic department
がっか

専攻する　專業、專門研究　to major
せんこう

ターゲットにする　以～為對象　to target

手掛ける　親自、親手、著手　to work on
て が

事業内容　業務内容　business description
じ ぎょうないよう

注目する　注視、注目　to focus on / pay attention to
ちゅうもく

基本的な　基本的　basic / fundamental
き ほんてき

交流　交流　interaction
こうりゅう

p.120

ファッション　時尚、流行　fashion

挑戦する　挑戰　to attempt / try
ちょうせん

122

ご注文のお料理は……
ちゅう もん　　　りょう り

　ファミリーレストランに行くと、店員さんに必ず同じことを聞かれます。「ご注文のお料
てんいん　　　　　　かなら おな　　　　　　　　　　　　　　　　　　　　　　　ちゅうもん　　りょう
理はおそろいですか」です。でも、これは本当は「ご注文のお料理はそろっていますか」の
り　　　　　　　　　　　　　　　　　　　ほんとう　　ちゅうもん　りょうり
意味ですね。
い み
　え!? このレストランの店員さんは、料理に尊敬語を使っていらっしゃいますね！
てんいん　　　　りょうり そんけい ご つか

　　　　　　去大眾餐廳時，服務員都會詢問說「ご注文のお料理はおそろいですか」。其實這句話的意思就是「您點的
　　　　　　　　　　　　　　　　　　　　　　　　ちゅうもん　　りょう り
　　　　　　餐點都到齊了嗎？」。
　　　　　　咦！？餐廳的店員對餐點使用尊敬語呀！

　　　　　　When you go to a family restaurant, the waiter is sure to ask you, "ご注文のお料理はおそろいですか". But this
　　　　　　　　　　　　　　　　　　　　　　　　　　　　　　　　　　　　　ちゅうもん　　りょう り
　　　　　　actually means, "Is the food you ordered all here?"
　　　　　　What?! This restaurant's waiter is using honorific words directed at the food!

14 電話の敬語
でんわ　　けいご

電話的敬語　Honorific Speech on the Phone

 できますか？

アレックスさんが会社で仕事をしているときに、電話が鳴りました。
　　　　　　　　　　かいしゃ　しごと　　　　　　　　　　　　　　　でんわ　な

艾力克斯在公司工作時電話響了。　　The phone rang while Alex was working at the company.

アレックス：……日本ムービーです。
　　　　　　　　　　にほん

　　　木村：東洋映画の木村と申しますが、いつもお世話になっております。
　　きむら　　とうようえいが　きむら　もう　　　　　　　　　　　　　　せわ

アレックス：あ、はい。

　　　木村：……橋本部長、いらっしゃいますか。
　　きむら　　　はしもとぶちょう

アレックス：橋本部長ですか。部長さんは今……えーと、ちょっと待ってください。
　　　　　　はしもとぶちょう　　　　ぶちょう　　いま　　　　　　　　　　　　ま

　　　　　　……金子部長ー。あのー、ちょっと電話の日本語がわからないので、出ても
　　　　　　　　かねこぶちょう　　　　　　　　　でんわ　にほんご　　　　　　　　　で

　　　　　　らえませんか。

金子部長：ええ？　どなたから？
かねこぶちょう

アレックス：名前は、えーと、キムさん……？
　　　　　　なまえ

金子部長：しょうがないなあ。……はい、
かねこぶちょう

　　　　　　お電話かわりました。
　　　　　　　でんわ

アレックスさんは、ていねいな電話応対ができなくて、金子部長に注意されてしまいました。
　　　　　　　　　　　　　　　　　でんわおうたい　　　　　　　　かねこぶちょう　ちゅうい

艾力克斯沒有辦法有禮貌地應答電話而被金子經理警告。　　Alex was unable to handle the phone call politely and he was admonished by Department Manager Kaneko.

敬語で言ってみましょう
けいご　い

1 「はい、[名前 / 会社名] でございます」
なまえ　かいしゃめい
はい、日本ムービーでございます。
にほん

2 「いつもお世話になっております」
せわ
☞ 仕事で関係がある人にいつも言うあいさつのことば
しごと　かんけい　ひと　い

對與工作相關的人常說的問候語。　This is the greeting you always use with people connected to your work.

A：いつもお世話になっております。
せわ
B：こちらこそお世話になっております。
せわ

3 「[会社名] の [名前] と申しますが、[名前] 様 / 役職、いらっしゃいますか」
かいしゃめい　なまえ　もう　なまえ　さま　やくしょく
東洋映画の木村と申しますが、橋本部長、いらっしゃいますか。
とうようえいが　きむら　もう　はしもとぶちょう
☞ 「申します」と「申し上げます」に注意。
もう　もう　あ　ちゅうい
この件については私から直接社長に申し上げます。
けん　わたくし　ちょくせつしゃちょう　もう　あ

4 「[名前] はただいま 〜 中でございまして……」　▶ p.19 ウチとソト
なまえ　ちゅう
☞ 自分の会社の人のことを、他の会社の人に話すときは、上司でも名字だけで呼びます。また、上司がす
じぶん　かいしゃ　ひと　ほか　かいしゃ　ひと　はな　じょうし　みょうじ　よ　じょうし
ることでも、尊敬語は使いません。
そんけいご　つか

對其他公司提及自己公司的人員時，即使是上司也是直呼其名。另外，即使是上司所做的事也不使用尊敬語。　When you talk to someone from another company about a person at your company, you only use the last name, even for your boss. In addition, do not use honorific words, even for something your boss does.

A：橋本部長、いらっしゃいますか。
はしもとぶちょう
B：橋本部長はただいま会議に参加していらっしゃいまして……。
はしもとぶちょう　かいぎ　さんか
　→ 橋本はただいま会議に 参加しておりまして／参加中でございまして……。
はしもと　かいぎ　さんか　さんかちゅう

5 電話でよく使う言い方 電話中常用的說法 Common expressions for the telephone

〈指名された人が一時的にいないとき〉

對方指定的人暫時不在時　When the person in question is temporarily unavailable

橋本はただいま席を外しておりまして……。

〈指名された人にあとで電話させるとき〉

讓對方指定的人稍後回電時　When the person in question will call the caller back later

折り返し橋本に電話させましょうか。

〈伝言を預かるとき〉

接受留言時　When you will take a message

よろしければ、私がご用件を承りますが……。

承知いたしました。（橋本に）申し伝えます。私、スミスが承りました。

〈あとでもう一度かけてほしいとき〉

希望對方稍後再撥時　When you want the caller to call again later

Ａ：恐れ入りますが、１０分後に／４時過ぎにもう一度おかけいただけますでしょうか。

Ｂ：それでは、１０分後に／４時過ぎにこちらからおかけします。

〈もう一度相手の名前を聞きたいとき〉

想再請教一次對方的姓名時　When you want to hear the name of the caller one more time

失礼ですが、もう一度お名前を伺ってもよろしいでしょうか。

〈電話を切るとき〉

掛電話時　When you hang up the phone

失礼いたします。

〈電話を受けている人が変わったとき〉

換他人接電話時　When a different person takes over the phone call

お電話かわりました。橋本です。

 練習しましょう
れんしゅう

▶答えは p.199
こた

全部最後まで聞いてから、言う練習を始めてください。
ぜんぶ さいご　　き　　　　　い れんしゅう はじ

T-87

1 「〜と申します」を使って言ってみましょう。
もう　　　つか　　　い

例)「Ａ社、山田」から「田中課長」へ
れい　しゃ やまだ　　　　たなかかちょう
　⇒Ａ社の山田と申しますが、田中課長、いらっしゃいますか。
　　しゃ やまだ もう　　　　たなかかちょう

1)「さくら広告、中田」から「橋本部長」へ
　　こうこく なかた　　　　はしもとぶちょう
2)「東京証券、川口」から「田中課長」へ
　　とうきょうしょうけん かわぐち　　たなかかちょう
3)「富士旅行、本田」から「中村みどり」へ
　　ふじりょこう ほんだ　　　　なかむら

T-88

2 例のように言ってみましょう。
れい　　い

例)Ａ:橋本部長、いらっしゃいますか。
れい　　はしもとぶちょう
　　Ｂ:電話⇒橋本はただいま電話中でございまして……。
　　　でんわ はしもと　　　　でんわちゅう

1)Ａ:橋本部長、いらっしゃいますか。
　　はしもとぶちょう
　　Ｂ:会議⇒
　　　かいぎ
2)Ａ:山田係長、いらっしゃいますか。
　　やまだかかりちょう
　　Ｂ:接客⇒
　　　せっきゃく
3)Ａ:渡辺様、いらっしゃいますか。
　　わたなべさま
　　Ｂ:海外に出張⇒
　　　かいがい しゅっちょう

T-89

3 例のように言ってみましょう。
れい　　い

例)Ａ:橋本部長、いらっしゃいますか。
れい　　はしもとぶちょう
　　Ｂ:他の電話に出ている⇒橋本はただいま他の電話に出ておりまして……。
　　　ほか でんわ で　　　　はしもと　　　ほか でんわ で

1)Ａ:林マネージャー、いらっしゃいますか。
　　はやし
　　Ｂ:席をはずしている⇒
　　　せき
2)Ａ:本田チーフ、いらっしゃいますか。
　　ほんだ
　　Ｂ:外に出ている⇒
　　　そと で
3)Ａ:大山様いらっしゃいますか。
　　おおやまさま
　　Ｂ:休暇を取っている⇒
　　　きゅうか と

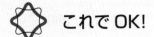 これでOK! **T-90**

アレックス：はい、日本ムービー営業部でございます。

木村：こちら、東洋映画の木村と申しますが、いつもお世話になっております。

アレックス：こちらこそお世話になっております。

木村：橋本部長、いらっしゃいますか。

アレックス：申し訳ございません。橋本はただいま海外に出張中でございまして。来週戻る予定でございますが。

木村：そうですか。それでは、メールをお送りしておきますので。お戻りになりましたら、ご覧いただくようにお伝えいただけますか。急ぎませんので。

アレックス：承知いたしました。申し伝えます。私、スミスが承りました。あのー、恐れ入りますが、もう一度お名前を伺ってもよろしいでしょうか。

木村：東洋映画の木村と申します。よろしくお願いいたします。

アレックス：木村様ですね。ありがとうございます。それでは、失礼いたします。

　アレックスさんは、電話でしっかり対応することができました。

艾力克斯能確實地應答電話了。　　Alex was able to take a phone call properly.

128

チェックしましょう　　　　　　　　▶答えは p.199
こた

アレックス：はい、日本ムービー営業部【① a. おります　b. でいらっしゃいます　c. で
　　　　　　　にほん　えいぎょうぶ
　　　　　　ございます】。

　　木村：こちら東洋映画の木村と申しますが、いつもお世話【② a. になって　b. いた
　　きむら　　とうようえいが　きむら　もう　　　　　　せわ
　　　　　して　c. をして】おります。橋本部長、いらっしゃいますか。
　　　　　　　　　　　　　　　　　　　　はしもとぶちょう

アレックス：【③ a. 橋本さんは　b. 橋本部長は　c. 橋本は】ただいま海外に出張中でござい
　　　　　　　　はしもと　　　はしもとぶちょう　　はしもと　　　　　　かいがい　しゅっちょうちゅう
　　　　　まして。

　　木村：そうですか。それでは、ご伝言をお願いできますか。〜〜〜とお伝えください。
　　きむら　　　　　　　　　　　　でんごん　ねが　　　　　　　　　　つた

アレックス：はい、承知いたしました。私、スミスが【④ a. もらいました　b. うけたまわ
　　　　　　しょうち　　　　わたくし
　　　　　りました　c. うけました】。

　　木村：よろしくお願いいたします。
　　きむら　　　　　ねが

アレックス：失礼いたします。
　　　　　しつれい

 スタイルを変えてみましょう 　　▶答えは p.200
か　　　　　　　　　　　　　　　T-91　　　　　こた

全部最後まで聞いてから、言う練習を始めてください。
ぜんぶさいご　　き　　　　　い　れんしゅう　はじ

　　例）A：金子部長はいつ戻られますか。
　　れい　　かねこぶちょう　　もど
　　　　B：来週木曜 ⇨ 金子は来週木曜に戻る予定です。
　　　　　らいしゅうもくよう　　かねこ　らいしゅうもくよう　もど　よてい

0:16　1）A：木村様はいつ休暇から戻られますか。
　　　　　きむらさま　　きゅうか　　もど
　　　　B：8月26日 ⇨
　　　　　がつ　にち

0:31　2）A：金子部長は明日何時に出社なさいますか。
　　　　　かねこぶちょう　あす　なんじ　しゅっしゃ
　　　　B：10時 ⇨
　　　　　じ

0:46　3）A：橋本部長は明日の会議に出席なさいますか。
　　　　　はしもとぶちょう　あす　かいぎ　しゅっせき
　　　　B：はい ⇨

1:01　4）A：スミス様は来週どちらにいらっしゃいますか。
　　　　　さま　らいしゅう
　　　　B：大阪支店に出張 ⇨
　　　　　おおさかしてん　しゅっちょう

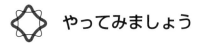

やってみましょう

▶答えは p.200

T-92　① 話してみましょう
　　　A　日本ムービーの社員　▶ロールカード p.170
　　　B　さくら広告の社員　▶ロールカード p.173

T-93　② 話してみましょう
　　　A　日本ムービーの社員　▶ロールカード p.170
　　　B　東洋映画の社員　▶ロールカード p.173

語彙タンク

p.125

〜の件＝〜のこと

直接　直接　directly

参加する　参加　to participate / join

p.126

席をはずす　現在不在、離開座位　to be away from one's seat / desk

ただいま＝今

折り返し　回電　again / to ... back (as in "call back")

伝言　留言　message

用件　事情　matter

承る　接受　to be told / informed

承知する＝わかる

申し伝える　傳達、轉告　to pass on a message

恐れ入りますが＝すみませんが

〜時過ぎに＝〜時を少し過ぎてから

p.127

接客　接待客人　waiting on / serving a customer

海外＝（日本にとっての）外国

マネージャー　經理　manager

チーフ　主任　chief

休暇を取る　請假　to take time off

p.128

戻る＝帰る

p.129

出社する＝会社に行く

支店　分公司　branch (location)

モリトさん？

ある日、外国人の学生が私にメッセージを伝えてくれました。

学生：金子先生、モリトさんから電話がありましたよ。お電話くださいとのことです。

金子：モリトさん？……森戸さん？知らない人だな。

学生：女の人で、ていねいに話す人……日本語のクラスのことで話したいとおっしゃっていましたよ。

金子：ああ。森さんね？モリトさんじゃなくて、モリさん！

学生：……すみません。

どうしてこうなったかわかりますか。森さんが「森と申します」と言ったからです。

有一天，一位外國學生留言給我。

學生：金子老師，剛才MORITO來電了，想請您回電。

金子：MORITO？……森戸さん？我不知道是誰呀。

學生：是位女性，說話很有禮貌……她說想與您談日語課程的事。

金子：啊！是森小姐吧？她不叫MORITO，叫MORI！

學生：……對不起。

你知道為什麼會出現這種錯誤嗎？因為森小姐說的是「森と申します」。

One day, a foreign student sent me a message.

Student: Mr. Kaneko, I got a phone call from Ms. Morito. She wants you to call her.

Kaneko: Ms. Morito? ... 森戸さん? I don't know who that is.

Student: She's a girl. She speaks politely. ... She said she wants to talks about the Japanese class.

Kaneko: Ah. Ms. Mori, right? Not Ms. Morito, Ms.Mori!

Student: ... I'm sorry.

Do you know why this happened? Because Ms. Mori said "森と申します".

15 インタビューをする

採訪　Conducting an Interview

できますか？

　アレックスさんは初めて日本語でインタビューをします。相手は、新しい映画『アジアンナイト』の衣装を担当した林 美香さんです。

艾力克斯是第一次用日語採訪。採訪的對象是負責新電影《亞洲之夜》服裝設計的林美香小姐。　Alex will conduct his first interview in Japanese. The interviewee is Mika Hayashi, the costume designer for the new film "Asian Night."

アレックス：林さん、本日はお忙しいのにすみません。日本ムービーのアレックス・スミスと申します。……き、着物がきれいですね。

林：あ、ありがとうございます。よろしくお願いします。林です。

アレックス：さっそくインタビューをお願いします。新しい映画は、アジアが舞台ですね。映画の衣装で特に工夫したことは、何ですか。

林：工夫したことですか。アジアの昔の衣装を参考にしたんです。アジアのどこかという設定になっているので、デザインは自由に考えることができたんですよ。……あ、アレックスさんは、映画はご覧になりましたよね？　いかがでしたか。

アレックス：あ、はい、もちろん、見ました。えーと、次の質問……大変だったことは何ですか。

林：え？　あ、次の質問ね……そ、そうですねえ。メイクですね……。

　アレックスさんは緊張していて、林さんの話を上手に引き出すことができませんでした。

艾力克斯十分緊張，無法順利地使林小姐更進一步地說出細節。　Alex was nervous and unable to expand on what Ms. Hayashi said very well.

敬語で言ってみましょう

１ 「～ 中 / ところ、ありがとうございます」

お忙しい中 ／ お寒い中 ／ 雨の中、わざわざありがとうございます。

お急ぎのところ ／ お疲れのところ ／ お休みのところ、申し訳ありません。

２ 相手の話をくり返す　重述對方說的內容　Repeat what the other person said

A：先週、京都に行ったんです。

B：あ、京都にいらっしゃったんですか。いかがでしたか。

A：忙しくても毎日お弁当を作ってるんです。

B：え、すごいですね。毎日作っていらっしゃるんですか。

３ 相手の話を広げる　進一步地談論對方的話題　Expand on what the other person said

A：よくアジアに旅行に出かけるんです。

B：どちらに出かけられるんですか。

A：いいデザインを見つけたら、写真を撮るんです。

B：どんな写真をお撮りになるんですか。　　　なるほど。

４ 相手の質問に答える　回答對方的提問　Answer the other person's question

Q：どのような映画がお好きですか。 ― A：日本のアニメが好きです。

Q：大学では何を学ばれたんですか。 ― A：心理学を学びました。

Q：映画の原作についてはご存じでいらっしゃいましたか。

A：ええ、知っていました。

Q：昨日お送りしたメール、ご覧になりましたか。 ― A：はい、拝見しました。

　　☞相手が送ってくれたメールなので謙譲語。

Q：明日何時ごろお見えになりますか。 ― A：午後１時に伺います。

　　☞相手の場所に行くから謙譲語。

５ 確認したいとき　想確認時　When you want to confirm something

今、何とおっしゃいましたでしょうか。／と、おっしゃいますと……。

その「～」というのは、どのような意味ですか。

 練習しましょう
れんしゅう

こた

全部最後まで聞いてから、言う練習を始めてください。
ぜんぶ さい ご　　き　　　　　　　い　れんしゅう　はじ

T-94

1 例のように言ってみましょう。
れい　　　　い

例) よく相撲を見るんですよ。 ⇨ えっ、相撲をご覧になるんですか。
れい　　　すもう　み　　　　　　　　　　　　すもう　　らん

1) 毎朝、ジョギングしているんですよ。 ⇨
まいあさ

2) 娘が３人いるんですよ。 ⇨
むすめ　　にん
　　↳ 娘さん
　　　むすめ

3) インドネシアに行ったんですよ。 ⇨
い

T-95

2 例のように言ってみましょう。
れい　　　　い

例) A：いつもどのような音楽を聞いていらっしゃいますか。
れい　　　　　　　　　　　　　おんがく　き

B：ジャズ ⇨ そうですね。ジャズを聞いています。
き

1) A：どのような本を読まれますか。
ほん　よ

B：中国の小説 ⇨
ちゅうごく　しょうせつ

2) A：いつごろ日本へお帰りになりますか。
にほん　かえ

B：11月ごろ ⇨
がつ

3) A：毎晩だいたい何時にお休みになりますか。
まいばん　　　なんじ　　やす

B：12時までに ⇨
じ

T-96

3 例のように答えてみましょう。
れい　　　　こた

例) A：毎日お忙しいですね。
れい　　まいにち いそが

B：ええ ⇨ ええ、毎日忙しいですよ。
まいにちいそが

B：いいえ ⇨ いいえ、あまり忙しくないですよ。
いそが

1) A：もう新幹線の予約、されましたか。
しんかんせん　よ やく

B：ええ ⇨

2) A：昼ご飯、召し上がりましたか。
ひる はん　め あ

B：いいえ ⇨

3) A：おわかりになりましたか。

B：ええ、よく ⇨

4) A：チケットはお持ちですか。
も

B：ええ ⇨

134

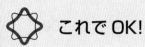 これで OK!
T-97

アレックス：本日はお忙しい中、取材をさせていただきましてありがとうございます。日本ムービーのアレックス・スミスと申します。どうぞよろしくお願いいたします。

林さん、今回の映画は、アジアが舞台ですね。そこで、衣装で特に工夫されたことについてお話を伺いたいんですが、それはどのようなことでしょうか。

林：工夫したことですか。アジアの昔の衣装を参考にしてデザインしたんです。この映画はアジアのどこかという設定になっているので、自由に考えることができたんですよ。

アレックス：そうですか。昔の衣装を参考になさったんですね。例えばどのようなデザインでしょうか。

林：そうですね。ヘアスタイルは中国風に、服は韓国の服を参考に、そして、持ち物や髪の飾りは日本の物を、という感じです……あ、アレックスさんは、映画はご覧になりましたよね？

アレックス：ええ、拝見しました。

林：映画のヒロインが着ていたあの服をご覧になったでしょう？ あの服は……

アレックスさんは、林さんとの会話を上手に進めて、話を引き出すことができました。

艾力克斯能夠順利地與林小姐交談，並更進一步地談話。　Alex did a good job keeping the conversation with Ms. Hayashi flowing and eliciting responses.

 チェックしましょう　　　　　　　　　▶答えは p.200

A：昨日、新宿に行きました。

B：そうですか。新宿に【① a. 行かれたんですか　b. まいったんですか　c. うかがったんですか】。

A：で、有名な店でてんぷらを食べたんですよ。

B：てんぷらを【② a. いただいたんですね　b. めしあがったんですね　c. めしあげたんですね】。

A：それから、小学校のときの先生に会ったんですよ。

B：え？　偶然【③ a. お目にかかったんですか　b. お会いになったんですか　c. お会いしたんですか】！

A：ええ。先生とお酒を飲みましたよ。それから、うちに帰ったんです。

B：何時ごろに【④ a. 帰されたんですか　b. 帰られたんですか　c. 帰させたんですか】。

A：12時ごろ帰りました。

 スタイルを変えてみましょう　　　　　▶答えは p.200

T-98

全部最後まで聞いてから、言う練習を始めてください。

例）A：海外でたくさん買い物するんだ。

　　　B：どちら ➡ そうですか。どちらで買い物されるんですか。

0:15　1）A：大学のときたくさん外国語を習ったんだ。

　　　　　B：何語 ➡

0:29　2）A：息子が結婚したんだ。

　　　　　B：いつ ➡

0:42　3）A：僕はお酒が好きなんだ。

　　　　　B：どのような ➡

0:56　4）A：昨日、新宿駅で東洋映画の人に会ったよ。

　　　　　B：どなた ➡

1:10　5）A：先週、ホーチミンへ出張に行ったんだ。

　　　　　B：どうして ➡

やってみましょう

►答えは p.201
こた

T-99

① 話してみましょう
はなし
　A　日本語学校の学生　►ロールカード p.170
　　　にほん ご がっこう　がくせい
　B　日本語学校の学生　►ロールカード p.173
　　　にほん ご がっこう　がくせい

T-100

② 話してみましょう
はなし
　A　インタビューをする人　►ロールカード p.171
　　　　　　　　　　　ひと
　B　インタビューを受ける人　►ロールカード p.173
　　　　　　　　　　う　　ひと

語彙タンク
ご い

p.132

舞台　舞台　setting
ぶたい

衣装　服装、戯服　costume
いしょう

工夫する　設法、想辦法　to devise
く ふう

参考にする　作為参考　to refer to
さんこう

設定　設定、制定　setting
せってい

自由に　自由地　freely
じ ゆう

メイク　化妝　makeup

p.133

わざわざ　特意　going to the trouble

弁当　便當　bento (a portable boxed meal)
べんとう

デザイン　設計　design

学ぶ　學、學習　to study / learn
まな

心理学　心理學　psychology
しん り がく

原作　原作、原著　original work
げんさく

お見えになる＝来る／いらっしゃる
み　　　　　　 く

p.134

相撲　相撲　sumo
すもう

インドネシア　印度尼西亞、印尼　Indonesia

ジャズ　爵士樂　jazz

小説　小説　novel
しょうせつ

p.135

取材　採訪　interview
しゅざい

～風　派、風格　-style
ふう

持ち物　攜帶物品　prop (carried by a performer)
も もの

飾り　飾品　decoration
かざ

ヒロイン　女主角　heroine

p.136

偶然　偶然　coincidentally
ぐうぜん

海外＝（日本にとっての）外国
かいがい　　にほん　　　　　がいこく

ホーチミン　胡志明　Ho Chi Minh

16 報告をする
ほう こく

報告　Giving a Report

できますか？

　アレックスさんは映画衣装デザイナーの林美香さんにインタビューをしました。今日は会社で
えい が い しょう　　　　　　　　　　　　　　はやし み か　　　　　　　　　　　　　　　　　　　　　　　　　　　きょう　　かいしゃ
その報告をします。
ほうこく

艾力克斯採訪電影服裝設計的林美香小姐。今天要在公司報告此事。　Alex interviewed movie costume designer Mika Hayashi. Today at work
he will report on the interview.

アレックス：先週、林美香さんにインタビューしました。私は、映画の衣装で特に工夫し
　　　　　　せんしゅう　はやし み か　　　　　　　　　　　　　　　　わたし　　　えい が　　い しょう　とく　　く ふう
　　　　　　た点は何ですかと聞いたら、アジアの昔の衣装を参考にしてデザインしました。
　　　　　　てん　なん　　　　　き　　　　　　　　　　　　むかし　い しょう　さんこう

金子部長：え？　誰が？
かね こ ぶ ちょう　　　　だれ

アレックス：えーと、林さんです。あー、モデルにしたものは何ですかと聞いたら、答え
　　　　　　　　　　はやし　　　　　　　　　　　　　　　　　　　　　　なん　　　　　き　　　　　こた
　　　　　　は、ヘアスタイルは中国の唐時代のものを参考にしました。こちらの写真を
　　　　　　　　　　　　　　　ちゅうごく　とう じ だい　　　　　　さんこう　　　　　　　　　　　しゃしん
　　　　　　ご覧ください。女優のヘアスタイルと昔の人形のヘアスタイルは似ています。
　　　　　　らん　　　　　じょゆう　　　　　　　　　　　　むかし　にんぎょう　　　　　　　　　　　に
　　　　　　この林さんのやり方は実にユニークです。
　　　　　　　　はやし　　　　　　かた　じつ

金子部長：ちょ、ちょっと！　なんか、よくわからないんだけど。
かね こ ぶ ちょう

アレックス：えーと、すみません。

　アレックスさんは、わかりやすく報告をすることができませんでした。
　　　　　　　　　　　　　　　　　　　　ほうこく

艾力克斯無法淺顯易懂地報告。　Alex was unable to give a clear report.

敬語で言ってみましょう
けい ご い

1 順を追って報告する 按順序報告 Report sequentially
じゅん お ほうこく

まず、この映画の概要についてご報告します。
えい が がいよう ほうこく

以上、概要についてご報告しました。
い じょう がいよう ほうこく

次に、インタビューの結果についてお話しします。
つぎ けっ か はな

その次に ／ それから
つぎ

最後に
さい ご

2 聞いたことを話す 敘述所聽到的內容 Say what you heard
き はな

工夫したことについてお話しくださいという質問に対しては、「アジアの民族衣装をテーマ
く ふう はな しつもん たい みんぞく い しょう

になさった」とのことです。 「とのことです」＝「そうです」

このヘアスタイルは、日本の江戸時代のものを参考になさったとのことです。
にほん え ど じ だい さんこう

☞ 話中の登場人物には敬語を使うことが多いです。
わ ちゅう とうじょうじんぶつ けい ご つか おお

對於談話中出現的人物頻繁使用敬語。 Honorific words are often used when quoting another person.

3 見せる 展示 Show
み

こちらの写真をご覧ください。 ／ ご覧いただけますでしょうか。
しゃしん らん らん

ご覧いただくとおわかりのように、デザインはアジア各国の民族衣装の一部分を集めたもの
らん かっこく みんぞく い しょう いち ぶ ぶん あつ

になっております。

4 感想を言う 發表感想 Give your impression
かんそう い

この林さんのやり方はとてもユニークだと思いました。
はやし かた おも

特にこの衣装は映画の中でも注目されるのではないでしょうか。
とく い しょう えい が なか ちゅうもく

映画の営業を行うときに、この点は強調したほうがいいと思います。
えい が えいぎょう おこな てん きょうちょう おも

5 報告を終えて質問を受ける 結束報告並接受提問 Take questions after your report
ほうこく お しつもん う

以上で報告を終わります。
い じょう ほうこく お

以上、林美香さんのインタビューについてご報告しました。
い じょう はやし み か ほうこく

何か質問はありませんか。 ／ ご質問がおありでしたらどうぞ。
なに しつもん しつもん

練習しましょう

▶答えは p.201

全部最後まで聞いてから、言う練習を始めてください。

T-101

① 例のように言ってみましょう。

例）このかばん・持つ・わかる・とても軽いです

⇨ このかばんは、持っていただくとおわかりのようにとても軽いです。

1）この町・地図で見る・わかる・公園がたくさんあります ⇨

　　　　　　　　　　　　　　　　　　　　　　　↳ ございます

2）このペン・使う・わかる・持ちやすいデザインになっています ⇨

3）「モナリザ」・実際に見る・わかる・それほど大きい絵ではありません ⇨

T-102

② 「～とのことです」を使って言ってみましょう。

例）課長は明日、会議に出席します ⇨ 課長は明日、会議に出席されるとのことです。

1）課長は大阪でお客さんに会いました ⇨

2）部長はあとでもう一度来ます ⇨

3）お客さんは午後にもう一度電話してきます ⇨

4）林さんはデザインでアジアの民族衣装をテーマにしました ⇨

5）アレックスさんの日本の最初の印象はみんなが忙しそうにしていたことです ⇨

T-103

③ 例のように言ってみましょう。

例）まず・調査の概要・話す ⇨ まず、調査の概要についてお話しします。

1）次に・その結果・伝える ⇨

2）その次に・調査の分析方法・説明する ⇨

3）最後に・今回の調査でわかったこと・報告する ⇨

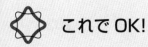 これでOK! T-104

アレックス：これから、先週行いました林美香さんへのインタビューについて、ご報告いたします。

まず、映画の衣装で特に工夫した点について伺いました。この質問に対しては、アジアの昔の衣装を参考にしてデザインなさったとのことです。

さらに、モデルにしたものは何かなど、いろいろ伺うことができました。こちらの写真をご覧になるとおわかりのように、このヘアスタイルは、中国の唐時代のものを参考にしたとのことです。この林さんのやり方は実にユニークだと思いました。衣装を見たくて映画館に行く観客もいるのではないでしょうか。

次に、一番大変だったことについて伺いました。

……林さんのユニークな衣装デザインが見られることが、新作映画『アジアンナイト』のセールスポイントだと思います。以上で報告を終わります。ご質問がおありの方はどうぞ。

　アレックスさんはポイントをまとめて上手に報告することができました。

艾力克斯統整了要點，報告地非常順利。　　Alex did a good job organizing his report into the main points.

チェックしましょう

►答えは p.202

1）【① a. 次に　b. まず　c. 以上】この調査の概要についてご報告します。

【② a. 次に　b. まず　c. 以上】調査の概要についてご報告しました。

【③ a. 次に　b. まず　c. 以上】分析の方法についてお話しします。

【④ a. その次に　b. それで　c. 以上】分析結果についてご説明します。

2）林さんのお話によると、この衣装は韓国の民族衣装を参考に

【　　　　　　　　　　　　　　】ことです。

3）地図をご覧になると【a. おわかりように　b. わかりように　c. おわかりのように】、教会は街の中心にあります。

4）ご質問が【a. ありでしたら　b. おありでしたら　c. おありなったら】どうぞ。

スタイルを変えてみましょう

T-105

►答えは p.202

全部最後まで聞いてから、言う練習を始めてください。

例）明日鈴木さんが来るそうです。

⇨明日鈴木さんがいらっしゃるとのことです。

⇨明日鈴木さんが来るって。

► p.36「～って」

▸▸0:17　1）田中さんはお酒をあまり飲まないないそうです。

⇨

⇨

▸▸0:34　2）加藤さんは7時の飛行機で到着するそうです。

⇨

⇨

▸▸0:53　3）田中課長は加藤さんに会えなかったそうです。

⇨

⇨

▸▸1:11　4）林さんはアジアの民族衣装を参考にするそうです。

⇨

⇨

1:32　5）林さんはよくアジアの大都市に出かけるそうです。
　　　はやし　　　　　だいとし　で
　　　⇨
　　　⇨

 やってみましょう

T-106

▶答えは p.202
　こた

話してみましょう
はな
お気に入りの観光地について、誰かにインタビューして、報告してください。写真も準備し
き　い　　かんこうち　　　　　だれ　　　　　　　　　　　ほうこく　　　　　　しゃしん　じゅんび
てください。

Interview someone about a sightseeing spot they like and report on it. Prepare photos as well.　請採訪某人，詢問他喜歡的觀光地並報告。
也請準備照片。

これから、①＿＿＿＿＿さんへのインタビューの結果に
　　　　　　　　　　　　　　　　　　　　　けっか
ついて、ご報告いたします。
　　　　ほうこく

まず、②＿＿＿＿＿＿＿＿＿＿＿＿について伺
　　　　　　　　　　　　　　　　　　　　　　うかが
いました。
この質問に対しては、③＿＿＿＿＿＿＿＿＿＿
　　　しつもん　たい
とのことです。
こちらの写真をご覧になるとおわかりのように、
　　　　しゃしん　らん
④＿＿＿＿＿＿＿＿＿＿＿＿＿とのことです。
⑤＿＿＿＿＿＿＿＿＿＿＿＿＿＿＿＿
＿＿＿＿＿＿＿＿＿＿＿＿＿＿＿＿＿

次に、……
つぎ
その次に、……
　　つぎ
最後に、……
さいご

以上で報告を終わります。
いじょう　ほうこく　お
ご質問がおありの方はどうぞ。
　しつもん　　　　　　かた

◀報告を始める
　ほうこく　はじ

◀質問とその答えを伝える
　しつもん　　　こた　つた

◀写真を見せる
　しゃしん　み

◀感想を言う
　かんそう　い

◀「次に」「その次に」「最後に」
　　つぎ　　　　つぎ　　さいご
　　で続ける
　　　つづ

143

語彙タンク
ご い

p.138

衣装　服装、戲服　costume
いしょう

工夫する　設法、想辦法　to devise
くふう

参考にする　作為參考　to refer to
さんこう

デザインする　設計　to design

モデル　模特兒、範本　model

唐時代　唐朝　Tang Dynasty
とうじだい

女優　女演員　actress
じょゆう

ヘアスタイル　髪型　hairstyle

実に＝本当に／とても
じつ　　　ほんとう

ユニーク　獨特、獨一無二　unique

p.139

概要　概要、概略　overview
がいよう

結果　結果　result
けっか

民族衣装　民族服裝　ethnic costume
みんぞくいしょう

テーマ　主題、課題　theme / subject / topic

江戸時代　江戶時代　Edo period
えどじだい

各国　各國　countries
かっこく

一部分　一部分　some / a portion
いちぶぶん

注目する　注目　to give attention
ちゅうもく

営業　営業　sales
えいぎょう

強調する＝強く言う
きょうちょう　　　つよ　い

p.140

モナリザ　蒙娜麗莎　the Mona Lisa

実際に　實際上　in fact / actually
じっさい

印象　印象　impression
いんしょう

調査　調査　survey / research
ちょうさ

分析方法　分析方法　method of analysis
ぶんせきほうほう

p.141

観客　觀眾　audience
かんきゃく

新作＝新しい作品
しんさく　あたら　さくひん

セールスポイント　賣點、商品特色　sales point

p.142

到着する＝着く
とうちゃく　　　つ

p.143

大都市　大都市、大城市　major city
だいとし

ていねいに言うとちょっと皮肉

約束の時間に遅れた友達に「やっといらっしゃいましたね」と言ったり、何度も同じことを言われたときに「はいはい、承知いたしました！」と言ったり、親しい関係でも、わざとていねいな言葉を使うことがあります。いつもは友達スタイルで話している人に、わざわざ敬語スタイルを使うと、皮肉の意味になるときがあります。上手に使って皮肉を言えるのも、日本語の能力ですよ。

就算是關係親近，有時候也會對不遵守約定時間而姍姍來遲的朋友說「やっといらっしゃいましたね」，或是對反覆向自己說相同的話的人說「はいはい、承知いたしました！」等故意使用禮貌的表達方式。特意向平時用「朋友形式」交談的人用敬語形式時，具有諷刺的含義。巧妙地使用敬語諷刺他人，還能展現你的日語能力呢。

Japanese people sometimes say "やっといらっしゃいましたね" to a late friend or "はいはい、承知いたしました！" to someone who says the same thing over and over again. In these instances they use polite words on purpose even though they have a close relationship. When you intentionally use the honorific style with a person to whom you always speak in the casual style, it can denote sarcasm. Using honorific words skillfully to express sarcasm is another part of gaining proficiency in the Japanese language.

17 司会の敬語
しかいけいご

司儀的敬語　Honorific Words for a Host

 できますか？

　今日は、大学のゼミの送別会です。アレックスさんは初めて日本語で司会をします。
きょう　　だいがく　　　　　そうべつかい

今天是大學研究班的歡送會。艾力克斯首次用日語擔任司儀。　　There is a farewell party for a university seminar today. Alex will host his first event in Japanese.

アレックス：えー、皆さん。始めます。
　　　　　　　みな　　　　はじ

　　　　　　もうすぐ帰国されるアニタさん、イシュトバンさんご夫妻のために、お集ま
　　　　　　　　　　きこく　　　　　　　　　　　　　　　　　　　ふさい　　　　　　　　　　あつ

　　　　　　りくださってありがとうございます。こ、ここにイシュトバンさんとアニタ

　　　　　　さんが……えーと、います。

　　　　　　えーと……じゃあ、乾杯をします。乾杯は斎藤先生にお願いします。
　　　　　　　　　　　　　かんぱい　　　　　　かんぱい　さいとうせんせい　　ねが

　アレックスさんは何を話したらいいかわかりませんでした。
　　　　　　　　なに　はな

艾力克斯不知道該説些什麼。　　Alex did not know what he should say.

敬語で言ってみましょう
けい ご い

✎いつも友達スタイルで話していても、大勢の人の前で話すときは、少していねいに話します。
とも だち はな おお ぜい ひと まえ はな すこ はな

即時平時常以朋友形式的語氣說話，但在眾人面前說話時應稍微禮貌點。　　Speak a little politely in front of a large group of people,
even if you normally talk with them in a casual manner.

1 「皆さんお集まりですので」
みな あつ

✎「お［V̶ま̶す̶］です」は「お［V̶ま̶す̶］になっていらっしゃいます」の短い形。
みじか かたち

集まります → お集まりになります → お集まりになっていらっしゃいます
あつ あつ あつ

→ お集まりです／お集まりでいらっしゃいます
あつ あつ

皆さんおそろいですので、
みな

皆さんお見えですので、
みな み

2 「そろそろ始めたいと思います」
はじ おも

始めます → 始めたいと思います ／ 始めさせていただきます
はじ はじ おも はじ

✎「始めます」は、司会が一人で決めて始めるという感じがあります。「始めたいと思います」や「始め
はじ しかい ひとり き はじ かん はじ おも はじ

させていただきます」と言うと、みんなに理解されている、また、目上から許可をもらっているという
い りかい めうえ きょか

イメージがあります。でも、たくさん使うと、押しつけがましい感じがありますから気をつけましょう。
つか お かん き

「始めます」有司儀獨自決定並開始的感覺。而「始めたいと思います」或「始めさせていただきます」有得到大家理解，或是
はじ はじ おも はじ
已經得到長輩和上司允許的印象。但是，如果過於頻繁使用則有強加於人的感覺，須請注意。　 "始めます" gives the impression
that the host is deciding to begin on his or her own. You will gain everyone's understanding if you say "始めたいと思います" or "始めさ
せていただきます". In addition, it gives the impression that you have permission from the boss. Be careful, however, as using it a lot may
come off as being pushy.

3 「私、本日の司会を務めますアレックスと申します」
わたくし ほんじつ しかい つと もう

私、イシュトバンさんの友人で、アレックス・スミスと申します。
わたくし ゆうじん もう

私、中国からまいりました、チョウ・リョウと申します。
わたくし ちゅうごく もう

4 司会の表現
しかい ひょうげん

大きな拍手でお迎えください。
おお はくしゅ むか

～さんの前途を祝して／今後のご活躍とご健康を祈って、乾杯をしたいと思います。
ぜんと しゅく こんご かつやく けんこう いの かんぱい おも

乾杯の音頭は～先生にお願いしたいと思います。
かんぱい おんど せんせい ねが おも

お手元のグラスをお持ちください。
てもと も

ごゆっくりお楽しみください。
たの

ここで一言ごあいさつ申し上げます。

では、～様にお祝いのことばをいただきたいと思います。

そろそろお開きにしたいと思います。

 練習しましょう　　　　　　　　　　▶答えは p.202

全部最後まで聞いてから、言う練習を始めてください。

T-107

① 「お / ご～です」を使って言ってみましょう。

例）先生はロビーで休んでいます。 ⇨ 先生はロビーでお休みです。

1）お客様が玄関で待っています。 ⇨

2）社長は今、お客様と話しています。 ⇨

3）先生は大学で動物について研究しています。 ⇨

4）山田さんはいろいろな分野で活躍しています。 ⇨

T-108

② 「お / ご～ですので～ましょう」を使って言ってみましょう。

例）集まっているから発表を始めよう。 ⇨ お集まりですので発表を始めましょう。

1）みんなそろっているからスピーチを始めよう。 ⇨

　　　　　↳皆さん

2）先生はまだお客さんと話しているから、待とう。 ⇨

　　　　　　　　　　　　　　　　　↳お待ちしましょう

3）先生がロビーで待っているから、お茶を出そう。 ⇨

T-109

③ 「～たいと思います」を使って言ってみましょう。

例）そろそろ発表を始める ⇨ そろそろ発表を始めたいと思います。

1）スピーチを先生にお願いする ⇨

2）ここで乾杯する ⇨

3）次に進む ⇨

4）そろそろお開きにする ⇨

④ **例のように言ってみましょう。**

T-110

例）田中です・今日、司会をします
れい たなか きょう しかい

⇨ 本日、司会を務めます田中と申します。
ほんじつ しかい つと たなか もう

1）チョウです・今日、発表を<u>します</u> ⇨
きょう はっぴょう

　　　　　　　　　　　↳いたします

2）ライナーです・<u>さっき</u>、ご紹介いただきました ⇨
しょうかい

　　　　　　　↳先ほど
　　　　　　　　さき

3）株式会社アスク<u>です</u>・プレゼンテーションを<u>します</u>⇨
かぶしきがいしゃ

　　　　↳でございます　　　　　　　↳させていただきます

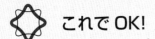 これでOK!

T-111

アレックス：えー、皆さんおそろいですので、そろそろ始めたいと思います。

本日はもうすぐ帰国されるイシュトバンさん、アニタさんご夫妻のために、お集まりくださってありがとうございます。私、本日司会を務めますアレックス・スミスと申します。イシュトバンさんには、友人としてお世話になっています。

それではまず、お二人をお迎えしましょう。イシュトバンさんとアニタさんです。大きな拍手でお迎えください。

ここでお二人を簡単にご紹介します。イシュトバンさんは東都大学の研究員として勤務されていました。

お二人の前途を祝して、乾杯をしたいと思います。乾杯の音頭は斎藤先生にお願いしたいと思います。

アレックスさんは、いい司会ができました。

艾力克斯成為稱職的司儀了。　　Alex did a good job hosting the event.

チェックしましょう

▶答えは p.203
こた

1）A：先生は何をしていらっしゃいますか。
　　せんせい　なに

　　B：先生はとなりの部屋で原稿を【a. お書きです　b. お書いてです　c. お書きます】。
　　　せんせい　　　　　　へや　げんこう　　　　　か　　　　　　　　　　よ　　　　　　　　　か

2）A：課長は今、何を作っていらっしゃいますか。
　　かちょう　いま　なに　つく

　　B：プレゼンテーションのスライドを【　　　　　　　　　　　　　　　】。

3）では、今日の主役を【a. お呼びし　b. お呼んでし　c. お呼びになり】ましょう。
　　　きょう　しゅやく　　　　よ　　　　　　　よ　　　　　　　　よ

4）では、次のスライドを【a. ごらんいただきたい　b. はいけんしていただきたい　c. ごら
　　　つぎ

　んしていただきたい】と思います。
　　　　　　　　　　　おも

5）私、本日マネージャーを【① a. 務める　b. 務めされていただく　c. 務めさせていただく】
　わたくし　ほんじつ　　　　　　　　　つと　　　　　つと　　　　　　　　　　　　つと

　チョウ・リョウと【② a. 思います　b. 申します　c. おっしゃいます】。
　　　　　　　　　　　　おも　　　　　もう

 スタイルを変えてみましょう
　　　　　　　　　　　　　　か

T-112

▶答えは p.203
こた

全部最後まで聞いてから、言う練習を始めてください。
ぜんぶさいご　　き　　　　　　　い　れんしゅう　はじ

例）皆さん、集まっているからそろそろ始めます。
れい　みな　　あつ　　　　　　　　　　　　はじ

　　⇒皆様、お集まりですのでそろそろ始めたいと思います。
　　　みなさま　あつ　　　　　　　　　　はじ　　　　　おも

0:15　1）スピーチを株式会社アジア映画の山田さんにお願いします。
　　　　　　　　　　かぶしきがいしゃ　　えいが　やまだ　　　　　ねが

　　⇒　　　　　　　　　　　　　　　　　↳山田様
　　　　　　　　　　　　　　　　　　　　　やまださま

0:32　2）渡辺さんは大学で日本の音楽について研究しています。
　　　　　わたなべ　　だいがく　にほん　おんがく　　　　けんきゅう

　　⇒　↳渡辺様
　　　　　わたなべさま

0:48　3）今日の主役が来ていますから、拍手で迎えましょう。
　　　　　きょう　しゅやく　き　　　　　　　　はくしゅ　むか

　　⇒　↳本日　　　　　　↳お見えです
　　　　　ほんじつ　　　　　　み

1:02　4）それでは、次のプログラムに進みます。
　　　　　　　　　つぎ　　　　　　　　すす

　　⇒

1:14　5）そろそろお開きにします。
　　　　　　　　　ひら

　　⇒

やってみましょう T-113

► 答えは p.203
こた

話してみましょう
はなし

歓迎会で、司会をすることになりました。新入生を紹介して、乾杯の音頭をとってください。
かんげいかい　　　しかい　　　　　　　　　　　　　　　　しんにゅうせい　しょうかい　　　　かんぱい　おんど

你將擔任歡迎會的司儀。介紹新生之後，請舉杯祝賀。　You will host a welcome party. Introduce the new student and propose a toast

---

皆さん、こんにちは。Ａクラスの①＿＿＿＿＿＿です。
みな

本日は、新しいクラスメートをお迎えするために、パー
ほんじつ　　あたら　　　　　　　　　　　　　　むか

ティーを準備しました。
じゅんび

② ＿＿＿＿＿さんをご紹介いたします。
しょうかい

② ＿＿＿＿さんは、③＿＿＿＿＿＿＿＿＿＿＿。
しょうかい

④ ＿＿＿＿＿＿＿＿＿＿＿＿＿＿＿＿＿＿＿＿

＿＿＿＿＿＿＿＿＿＿＿＿＿＿＿＿＿＿＿＿＿

皆さん、どうぞよろしくお願いいたします。
みな　　　　　　　　　　　　　ねが

簡単ですが、これで⑤＿＿＿＿＿＿＿＿。
かんたん

それでは②＿＿＿＿＿さんのご活躍を⑥＿＿＿＿＿
かつやく

＿＿＿＿＿＿＿＿＿＿＿＿＿＿＿＿＿＿＿＿＿。

乾杯！
かんぱい

◄ 自己紹介をする
じこしょうかい

◄ クラスメートを紹介する
しょうかい

◄ クラスメートから聞いた話を紹
き　　はなし　しょう
介する
かい

◄ 紹介を終える
しょうかい　お

◄ 乾杯する
かんぱい

語彙タンク
ごい

p.146

帰国する＝国へ帰る
きこく　　　くに　かえ

夫妻＝夫婦
ふさい　ふうふ

乾杯する　乾杯　to toast
かんぱい

p.147

そろう　聚齊　to get together / be all together

お見えだ＝いらっしゃる
み

そろそろ　快～了　It's about time to...

務める　擔任、做　to work / to perform a role
つと

友人＝友達
ゆうじん　ともだち

拍手　拍手、鼓掌　applause
はくしゅ

前途を祝して　祝前途無量　to the bright future of
ぜんと　しゅく

今後のご活躍とご健康を祈って　祝今後鴻圖大
こんご　　かつやく　　けんこう　いの

　　展、身體健康　We wish you future success and good

　　health.

乾杯の音頭　舉杯祝賀詞　toast
かんぱい　おんど

お手元の　手邊　in front of you
てもと

一言　一句話　a word
ひとこと

p.148

お開きにする＝パーティーなどを終わりにする
ひら　　　　　　　　　　　　　　　　　　　　お

分野　領域　field / area
ぶんや

p.149

プレゼンテーション　發表　presentation

株式会社　株式會社　Inc.; Co., Ltd.
かぶしきがいしゃ

p.150

研究員　研究人員　researcher
けんきゅういん

勤務する＝会社などで働く
きんむ　　　かいしゃ　　はたら

p.151

原稿　原稿、原文　manuscript / text
げんこう

主役　主角、主要人物　main guest
しゅやく

スライド　幻燈片　slide

マネージャー　經理　manager

清聴する＝静かに聞く
せいちょう　しず　き

18 メールの敬語
けいご
電子郵件的敬語　Honorific Words in Email

◇ できますか？

　アレックスさんは、新作映画イベントの報告会に、東洋映画の加藤さんを招待します。
　　　　　　　　　　しんさくえいが　　　　　　ほうこくかい　　とうようえいが　かとう　　　　しょうたい
艾力克斯邀請東洋影視的加藤小姐參加新電影的宣傳活動的報告會。　Alex will invite Ms. Kato of Toyo Movies to a debriefing about an event
for a new film.

東洋映画株式会社
とうようえいが かぶしきがいしゃ
加藤陽子営業部長
かとうようこ えいぎょうぶちょう

いつもお世話になっております。先週お忙しいのに、取材をさせてもらってありがとう
　　　　せわ　　　　　　　　　　せんしゅう いそが　　　　　しゅざい
ございました。2月15日に毎日センターで「春の話題の映画」のイベントが行われま
　　　　　　　がつ　にち まいにち　　　　　　　はる わだい えいが　　　　　　　　　おこな
したね。その報告会をいたします。日程は来月17日午後2時から4時までです。場所
　　　　ほうこくかい　　　　　　にってい らいげつ　にち ごご じ　　　　じ　　　　　　ばしょ
は私の会社の会議室です。3階にあります。当日のイベントビデオもお見せします。楽
　わたし かいしゃ かいぎしつ　　かい　　　　　　とうじつ　　　　　　　　　　み　　　　　たの
しいですよ。

　途中まで書いたアレックスさんは、続きがわからなくなってしまいました。
　とちゅう　か　　　　　　　　　　　　　つづ
艾力克斯寫到一半卻不知該如何繼續寫下去。　Alex got stuck in the middle of his email because he did not know what to write next.

敬語で言ってみましょう
けいご　　い

❶　メールの基本的なスタイル 電子郵件的基本形式　Basic email style
きほんてき

件名▶ けんめい	『アジアンナイト』試写会のお知らせ ししゃかい　し

会社名・部署名▶ かいしゃめい　ぶしょめい	東洋映画株式会社　営業部 とうようえいが かぶしきがいしゃ　えいぎょうぶ
肩書き・名前＋様▶ かたが　なまえ　さま	部長　加藤陽子様 ぶちょう　かとうようこさま
あいさつ▶	いつも大変お世話になっております。先日はお忙しい中、 たいへん せわ　　　　　　せんじつ　　いそが　　なか 打ち合わせをさせていただきありがとうございました。 う あ
さて、＋本文▶ ほんぶん	さて、話題の新作『アジアンナイト』の試写会が行われますが、 わだい しんさく　　　　　　　　　　ししゃかい おこな その詳しい日程が決まりましたので、下記の通り、 くわ　にってい き　　　　　　　　　かき とお ご案内いたします。 あんない 映画上映の後、懇親会も行われます。 えいがじょうえい あと こんしんかい おこな お待ち申し上げております。 ま もう あ
情報欄▶ じょうほうらん	＊＊＊＊＊＊＊＊＊＊＊＊＊＊＊＊＊＊＊ 日時：20XX年12月20日（金）18時30分開場 にちじ　　　　ねん がつ はつか きん　じ ぶんかいじょう 場所：アスクホール ばしょ 会費：無料 かいひ　むりょう ＊＊＊＊＊＊＊＊＊＊＊＊＊＊＊＊＊＊＊
会社名・部署名▶ かいしゃめい　ぶしょめい	株式会社日本ムービー　営業部 かぶしきがいしゃ にほん　えいぎょうぶ
自分の名前▶ じぶん　なまえ	アレックス・スミス

2 情報欄を作る　製作信息欄　Make an info field

✍ 本文を書いたら、日時や場所などの具体的な内容は情報欄にまとめると、見やすくなります。

寫完本文後，如能將日期、時間及地點等具體內容歸納於信息欄內，會更淺顯易懂。　It makes it easy to read your email if you make an info field with the date, time, place and other details after you write the body.

3 メールでよく使われる表現　電子郵件的常用表達　Typical expressions in emails

あいさつ 問候 Greeting	だんだん涼しくなってまいりました。 いつもお世話になっております。
お礼 表達謝意 Thanks	メール、ありがとうございます。
用件を書き始める 開始寫具體事項 Introduce the topic at hand	さて、懇親会の件ですが、
知らせる 通知 Notify	次回は先生をお迎えして下記の通りお食事をすることにいたしました。
お願いする 懇請 Request	ご検討いただきますようお願いいたします。 お目通しくださいますようお願い申し上げます。
自分の希望を言う 述說自己的願望 State what you want	お目にかかりたいと存じます。 ゆっくりお話を伺いたいと存じます。 一度おいでいただけたらと存じます。
終わりのあいさつ 結尾問候語 Closing	お待ちしております。 よろしくお願いいたします。 取り急ぎお返事申し上げます。
内容をまとめる 總結內容 Summarize the content	以上、ご案内／ご招待申し上げます。
内容を付け加える 補充內容 Add info to the content	なお、当日は簡単なお食事の準備をしてお待ちしております。

練習しましょう
れんしゅう

▶答えは p.203
こた

メールの文をパソコンでローマ字入力してみましょう。
ぶん　　　　　　　　　　　　じ にゅうりょく

試著用羅馬拼音在電腦上輸入日語電子郵件內容。　　Try to type an email on a computer using the Roman character input function.

1 「お / ご～いただきますようお願い申し上げます」を使って入力してみましょう。
　　　　　　　　　　　　　　　　　　　ねが　もう　あ　　　　　　　つか　にゅうりょく

　例）31 日までにお返事する
　れい　　　　にち　　　　　へんじ

　　　➡31 日までにお返事いただきますようお願い申し上げます。
　　　　　　にち　　　　　へんじ　　　　　　　　　　　　　ねが　もう　あ

　1）皆様ご一緒に来場する
　　　みなさま　いっしょ　らいじょう

　2）ご迷惑をおかけいたしますが、了承する
　　　　めいわく　　　　　　　　　　　りょうしょう

　3）注意事項をご理解の上、利用する
　　　ちゅうい じこう　　りかい　うえ　りよう

2 「お / ご～いたします」を使って入力してみましょう。
　　　　　　　　　　　　　つか　にゅうりょく

　例）至急、送る➡至急、お送りいたします。
　れい　しきゅう　おく　　しきゅう　おく

　1）明日までに返事します➡
　　　あす　　　　　へんじ

　2）金曜日までには必ず返します➡
　　　きんようび　　　　　　かなら　かえ

　3）コンピューターは私のほうで用意します➡
　　　　　　　　　　　　わたし　　　　　ようい

3 「下記の通り、お / ご～申し上げます」を使って入力してみましょう。
　　　かき　とお　　　　　　　もう　あ　　　　　　つか　にゅうりょく

　例）日程を知らせます
　れい　にってい　し

　　　➡下記の通り、日程をお知らせ申し上げます。
　　　　かき　とお　にってい　し　もう　あ

　1）連絡先を通知します➡
　　　れんらくさき　つうち

　2）イベントの場所を案内します➡
　　　　　　　　ばしょ　あんない

　3）スケジュールを伝えます➡
　　　　　　　　　　つた

ローマ字入力のやり方
じ にゅうりょく　　　かた

　　「ん」　例）そうなんですか → SOUNANNDESUKA
　　　　　れい

　　長い音　例）とうきょう → TOUKYOU　おおさか → OOSAKA
　　なが　おと　れい

　　小さい「っ」など　例）いっぱい → IPPAI　　きって → KITTE
　　ちい　　　　　　　れい

　　小さい「ィ」など　例）パーティー → PA－TEXI－
　　ちい　　　　　　　れい

　　Windows では F7 を押すとカタカナになります。

　　　　　　例）アレックス → AREKKUSU ＋ F7
　　　　　　れい

157

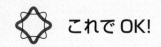 これでOK!

東洋映画株式会社　営業部
部長　加藤陽子様

いつも大変お世話になっております。
先日はお忙しい中、取材をさせていただき、ありがとうございました。

さて、去る2月15日に毎日センターで「春の話題の映画」のイベントが行われましたが、
その報告会の詳しい日程が決まりましたので、下記の通り、ご案内いたします。
当日のイベントの様子を撮影したビデオもございますので、ご覧に入れたいと存じます。

皆様のご参加をお待ち申し上げております。

日時：20XX年4月17日（木）午後2時〜4時
場所：弊社会議室（3F）

なお、お手数ではございますが、3月31日までに、
ご出席の方の人数をお知らせくださいますようお願い申し上げます。

株式会社日本ムービー　営業部
アレックス・スミス

アレックスさんは、マナーを守ったていねいなメールを書くことができました。

艾力克斯能夠遵守禮儀並有禮貌地書寫電子郵件了。　　Alex was able to write a polite email with good manners.

チェックしましょう

▶答えは p.204
こた

いつも大変お世話になっております。
たいへん　せわ
先日は【① 　　　　　　　　　】中、取材をさせていただき、ありがとうございました。
せんじつ　　　　　　　　　　　　　　　なか　しゅざい

さて、去る2月15日に毎日センターで「春の話題の映画」のイベントが行われまし
さ　がつ　にち　まいにち　　　　　はる　わだい　えいが　　　　　　　　おこな
たが、その報告会の詳しい日程が決まりましたので、【② 　　　　　　　　　　】、
ほうこくかい　くわ　にってい　き
ご案内いたします。
あんない
皆様のご参加を【③ 　　　　　　　　　】。
みなさま　さんか

日時：20XX年4月17日（木）午後2時～4時
にちじ　　ねん　がつ　にち　もく　ごご　じ　じ
場所：弊社会議室（3F）
ばしょ　へいしゃかいぎしつ

【④ 　　　　　　　　　】、お手数ではございますが、3月31日までに、
てすう　　　　　　　　がつ　にち
ご出席の方の人数をお知らせくださいますようお願い申し上げます。
しゅっせき　かた　にんずう　し　　　　　　　　　　　ねが　もう　あ

やってみましょう

▶答えは p.204
こた

1 書いてみましょう
か

東洋映画の加藤さんにメールを書いてください。イベント報告会に出席してくれたことにつ
とうようえいが　かとう　　　　　　　か　　　　　　　　　　　　　ほうこくかい　しゅっせき
いて、お礼を伝えてください。
れい　つた

請寫一封電子郵件給東洋影視的加藤小姐。請向加藤小姐出席宣傳活動報告會一事表達謝意。　Write an email to Ms. Kato of Toyo
Movies. Thank her for attending an event debriefing.

2 書いてみましょう
か

金子部長にメールを書いてください。仕事のやり方を相談したいです。いつ会社で会えるか
かねこ　ぶちょう　　　　　　　か　　　　　　　しごと　　かた　そうだん　　　　　　　かいしゃ　あ
聞いてください。
き

請寫一封電子郵件給金子經理。你想和他商量工作方法。請詢問什麼時候能在公司見面。　Write an email to Department Manager
Kaneko. You want to talk with him about how to do your job. Ask him when he can meet you at work.

語彙タンク

<ruby>語彙<rt>ご い</rt></ruby>タンク

p.154

取材　採訪　interview
<ruby>取材<rt>しゅざい</rt></ruby>

話題　話題　in the news / popular topic
<ruby>話題<rt>わ だい</rt></ruby>

イベント　宣傳活動　event

行う　舉行　to do / perform
<ruby>行<rt>おこな</rt></ruby>う

報告会　報告會　debriefing
<ruby>報告会<rt>ほうこくかい</rt></ruby>

日程　日程　schedule
<ruby>日程<rt>にってい</rt></ruby>

当日＝その日
<ruby>当日<rt>とうじつ</rt></ruby>　　　<ruby>日<rt>ひ</rt></ruby>

p.155

件名　標題　subject (of an email)
<ruby>件名<rt>けんめい</rt></ruby>

肩書き　頭銜、稱呼　form of address / title
<ruby>肩<rt>かた</rt></ruby><ruby>書<rt>が</rt></ruby>き

本文　本文　body (of an email)
<ruby>本文<rt>ほんぶん</rt></ruby>

試写会　試映會　preview
<ruby>試写会<rt>し しゃかい</rt></ruby>

先日　日前、前幾天　the other day
<ruby>先日<rt>せんじつ</rt></ruby>

打ち合わせ　洽商、碰面　meeting
<ruby>打<rt>う</rt></ruby>ち<ruby>合<rt>あ</rt></ruby>わせ

新作　新作品　new work
<ruby>新作<rt>しんさく</rt></ruby>

下記の通り＝下に書いてあるように
<ruby>下<rt>か</rt></ruby><ruby>記<rt>き</rt></ruby>の<ruby>通<rt>とお</rt></ruby>り　<ruby>下<rt>した</rt></ruby>に<ruby>書<rt>か</rt></ruby>いて

案内する＝知らせる
<ruby>案内<rt>あんない</rt></ruby>する　<ruby>知<rt>し</rt></ruby>らせる

上映　上映　screening
<ruby>上映<rt>じょうえい</rt></ruby>

懇親会　聯誼會　get-together
<ruby>懇親会<rt>こんしんかい</rt></ruby>

開場　開放入場　opening (of a venue for an event, etc.)
<ruby>開場<rt>かいじょう</rt></ruby>

p.156

〜の件＝〜のこと
〜の<ruby>件<rt>けん</rt></ruby>

検討する　探討研究　to consider
<ruby>検討<rt>けんとう</rt></ruby>する

目を通す　過目　to look over / scan
<ruby>目<rt>め</rt></ruby>を<ruby>通<rt>とお</rt></ruby>す

取り急ぎ　趕緊、立即　*a polite word used in formal
<ruby>取<rt>と</rt></ruby>り<ruby>急<rt>いそ</rt></ruby>ぎ

Japanese to indicate one is in a hurry or busy

p.157

入力する　輸入　to input / enter
<ruby>入力<rt>にゅうりょく</rt></ruby>する

来場する　到場、出席　to arrive
<ruby>来場<rt>らいじょう</rt></ruby>する

迷惑をかける　添麻煩　to inconvenience
<ruby>迷惑<rt>めいわく</rt></ruby>をかける

了承する　諒解　to understand
<ruby>了承<rt>りょうしょう</rt></ruby>する

注意事項　注意事項　important / key points
<ruby>注意事項<rt>ちゅう い じ こう</rt></ruby>

理解する　理解　to understand
<ruby>理解<rt>り かい</rt></ruby>する

利用する＝使う
<ruby>利用<rt>りよう</rt></ruby>する　<ruby>使<rt>つか</rt></ruby>う

至急　趕快、緊急　urgent
<ruby>至急<rt>しきゅう</rt></ruby>

連絡先　聯繫方式　contact info
<ruby>連絡先<rt>れんらくさき</rt></ruby>

通知する＝知らせる
<ruby>通知<rt>つう ち</rt></ruby>する　<ruby>知<rt>し</rt></ruby>らせる

p.158

去る XX 日に（已過去的）xx 日　this past (date)
<ruby>去<rt>さ</rt></ruby>る XX <ruby>日<rt>にち</rt></ruby>に

様子　情況　appearance / condition
<ruby>様子<rt>ようす</rt></ruby>

撮影する　拍攝　to shoot (video or photography)
<ruby>撮影<rt>さつえい</rt></ruby>する

弊社＝私たちの会社
<ruby>弊社<rt>へいしゃ</rt></ruby>　<ruby>私<rt>わたし</rt></ruby>たちの<ruby>会社<rt>かいしゃ</rt></ruby>

お手数ではございますが　麻煩您〜　please
お<ruby>手数<rt>て すう</rt></ruby>ではございますが

　　*literally "it is troublesome, but"

人数＝人の数
<ruby>人数<rt>にんずう</rt></ruby>　<ruby>人<rt>ひと</rt></ruby>の<ruby>数<rt>かず</rt></ruby>

第3章
だい　しょう

だんだん
敬語をとる
けい　ご

漸進式使用敬語

Toning Down Honorific Words

どうやってスタイルを決める？

如何決定使用哪種形式？　How do you decide what style to use?

誰かと初めて会ったとき、最初はていねいに話します。そして、お互い様子を見ながら、スタイルを決めます。そのとき、どんな理由でスタイルを決めるのでしょうか。

和某人初次見面時，一開始要使用禮貌的表達方式。然後，察言觀色決定應該使用的形式。這時應該根據什麼理由決定形式呢？

Japanese people speak politely when they meet someone for the first time. Then, they decide on the style as they observe each other. What are the reasons behind the style they choose at that time?

1　年齢　年齡　Age

年上の人には「敬語スタイル」で話します。例えば、日本社会では、会社や学校のクラブ活動の先輩後輩の関係はとても厳しいです。1年、2年、ときどき数か月の差だけでも、上下関係がてきます。年齢は一番大切な理由です。

對年長的人要使用「敬語形式」。例如，在日本的公司或學校社團活動中，前輩與後輩的關係非常嚴格。即使只相差1年、2年，有時甚至僅相差幾個月，也會有上下關係。年齡是最重要的理由。

Speak in the honorific style to older people. For example, in Japanese society there are very strict senior-junior relationships in company and school club activities. Hierarchical relationships can be formed even if the difference in age is only 1 year, 2 years or sometimes even a few months. Age is the most important determinant.

2　社会的な地位　社會地位　Social Standing

社会の組織には、いろいろな役職があります。この役職も上下関係を作ります。ときどき年齢より大切に考えられるときがあります。

社會組織中有各種各樣的職位。這種職位也決定了上下關係。有時甚至比年齡還要重要。

There are many positions within a company's organization. These positions also form hierarchical relationships. They are sometimes thought to be more important than age.

3　サービスの場面で　在服務的場合　Service Settings

サービスを受ける側が上、サービスをする側が下という上下関係があります。「客と店」や、「客と会社」などの関係です。

這種場合的上下關係是，接受服務的一方在上，提供服務的一方在下。這是指「商店與顧客」或「公司與客戶」等關係。

There is a hierarchical relationship in which the one receiving a service is above the one providing the service. Such relationships are "store and customer" and "company and customer."

4　ウチとソト　內部與外部　Inside and Outside

「ウチ・ソト」の関係が、敬語を使うか使わないかを決めます。

「内部與外部」的關係決定了是否應使用敬語。

The "inside/outside" relationship determines whether or not to use honorific words.

► p.19 ウチとソト

5 親疎 親疏 Intimacy
しんそ

その人とどのくらい親しいかで、スタイルが決まります。年齢差があっても、とても親しかった
ひと　　　　　　　　　 した　　　　　　　　　　　　　 き　　　　　　　　　　ねんれいさ　　　　　　　　　　　　　　　した
ら、「友達スタイル」で話します。
　　ともだち　　　　　　　　はな

與某人的關係有多親近而決定使用哪種形式。即使有年齡差距，如果關係非常親近，也可以使用「朋友形式」說話。

Your degree of familiarity with a person determines the style. Even if there is a large age difference, you can use the "casual style" if you are very familiar with that person.

さあ、人間関係を観察しながらスタート！
　　　　にんげんかんけい　　かんさつ

那麼我們就一邊觀察人際關係一邊開始吧！

Okay, time to start using honorific words as you observe personal relations!

1 最初は敬語からスタート　一開始先從敬語開始　First start with honorific words
　 さいしょ けいご

初めて会った人とは、「敬語スタイル」から始めましょう。そうしながら、相手の立場と、自分
はじ　 あ　 ひと　　　　　　けいご　　　　　　　　　はじ　　　　　　　　　　　　　　　　　あいて　たちば　　じぶん
と相手との関係、相手の気持ちも理解するようにしましょう。
　あいて　　かんけい　あいて　き も　　　りかい

與初次見面的人要從「敬語形式」開始談話。在交談中得知對方的立場、
自己與對方的關係以及對方的心情。

Begin with the "honorific style" when you first meet someone. As you do so, try to understand the other person's position, the relationship between you and that person, as well as that person's feelings.

2 上下関係を確認する　確認上下關係　Confirm the hierarchical relationship
　 じょうげかんけい かくにん

相手との上下関係をよく考えてみましょう。とくに「年齢」や「社会的地位」は大切です。ただ
あいて　　じょうげかんけい　　　かんが　　　　　　　　　　　　ねんれい　　　しゃかいてきちい　　たいせつ
し、日本では、人、特に女性に年齢を聞くことは失礼なことですから、注意してください。
　にほん　　ひと とく じょせい ねんれい き　　　　　　しつれい　　　　　　　　　ちゅうい

仔細思考與對方的上下關係。要特別注意「年齡」和「社會地位」。但在日本，尋問對方、特別是女性的年齡是失禮之舉，請注意。

Think carefully about your hierarchical relationship with the other person. Age and social standing are particularly important. However, be careful as it is rude in Japan to ask people--especially women--their age.

タスク1 会話を観察してみましょう。
　　　　　かいわ　　かんさつ

①どちらが上ですか。
　　　　　　うえ

②どうしてそれがわかりますか。わかるところに線を引いてみましょう。
　　　　　　　　　　　　　　　　　　　　　　　せん　ひ

③お互いの関係はどんな感じだと思いますか。
　たが　かんけい　　　　　かん　おも

松坂：お疲れー、野村くん。
まつざか　　つか　　　　のむら

野村：お疲れ様でした。松坂さん。
のむら　　つか　さま　　　　まつざか

松坂：今日の課長の話、ちょっと難しかったけど、わかった？
まつざか　きょう　かちょう　はなし　　　　　むずか

野村：あ、はい。だいたいわかりました。先輩はわかりましたか。
のむら　　　　　　　　　　　　　　　　　　　せんぱい

松坂：……いや、ちょっとわからなかったな。
まつざか

野村：ちゃんと聞いててくださいよー。うーん、つまり、「プライドを持って仕事をするよ
のむら　　　　き　　　　　　　　　　　　　　　　　　　　　　　　　　も　　　しごと

　　うに」ってことだったんじゃないですか。

松坂：そういうことか。
まつざか

野村：プライドってどんなものですか。先輩。
のむら　　　　　　　　　　　　　　　　せんぱい

松坂：プライドねー。わからないな……。
まつざか

　　今夜、また飲みながら話すか！
　　こんや　　　の　　　　　はな

野村：いいですね！
のむら

T-114

3　上下関係がなかったら 如果沒有上下關係　If there is no hierarchical relationship
　じょうげ かんけい

会社の同僚同士やアルバイト同士だったら、初めは「敬語スタイル」、そしてだんだん「ですま
かいしゃ　どうりょうどうし　　　　　　　どうし　　　　　　はじ　　　　けいご

すスタイル」に変えましょう。そして、よく様子を見てから「友達スタイル」にしてみましょう。
　　　　　　　か　　　　　　　　　　　　　　ようす　み　　　　　　ともだち

突然「友達スタイル」にすると失礼になることがありますから気をつけてください。スタイルを
とつぜん　ともだち　　　　　　　　しつれい　　　　　　　　　　　　　　き

変えていくとき、ときどき混ざってしまってもいいです。
か　　　　　　　　　　　　ま

👉 対等の関係でも、はじめは「敬語スタイル」または「ですますスタイル」。

慣れたら、「友達スタイル」へ。

即使是同等關係，一開始也應使用「敬語形式」或「ですます形式」。熟悉之後再改為「朋友形式」。

Even in an equal relationship, at first use the "honorific style" or "desu-masu style". When you become acquainted with each other you can switch to the "casual style".

タスク2　会話を観察してみましょう。

①「友達スタイル」が使われているところはどこですか。

　わかるところに線を引いてみましょう。

②お互いの関係はどんな感じだと思いますか。

川村：松本さん、今度のイベントのことなんですけど。

松本：はい。

川村：社長が「お金は気にしないで準備してくれ」って。信じてもいいと思います？

松本：うーん。でも、あとで、「こんなに予算使ったのは誰だ！」とか言われちゃったら、困っちゃいますね。……あ、だったら、節約しておいて、社長にはたくさん使ってるって言っとくのはどうですか。

川村：うん。それがいいかもしれない。

松本：そのほうが安全だし、仕事も楽になるし。

川村：そうしよう、そうしよう。

T-115

 相手をよく見て、相手の気持ちを大切に

仔細觀察對方並體會對方的心情很重要

Observe the other person well and value his or her feelings

人間関係が変化すると、だんだんスタイルも変わります。でも、どんなスタイルで話すかについては、とても気にする人も、全然気にしない人もいます。上下関係や礼儀・言葉づかいを気にしている人かどうか、その人の話し方にも注意してください。どうしても迷ったら、信頼できる人に、言葉づかいについて相談して、自分のスタイルを決めてください。

只要人際關係產生變化，說話形式也會逐漸改變。但是，有些人很在意應用哪種形式說話，也有些人根本不在意。要知道對方是否在意上下關係、禮儀及言談舉止時，也要注意對方的談話方式。如果實在無法判斷，可以請教能夠信賴的人請教用詞相關問題，再決定自己應該使用哪種形式。

When personal relations change, the speaking style gradually changes, too. But some people are very sensitive about what style to speak in, whereas other people are not sensitive at all. Also pay attention to how a person speaks to figure out whether he or she is sensitive about hierarchical relationships or courtesy and word choice. If you end up confused anyway, talk with a person you trust about word choice and decide on your speaking style.

タスク1 の答え

① 松坂さん

② 下の文を見てください

③ 会社の先輩と後輩

松坂：お疲れー、野村くん。

野村：お疲れ様でした。松坂さん。

松坂：今日の課長の話、ちょっと難しかったけど、わかった？

野村：あ、はい。だいたいわかりました。先輩はわかりましたか。

松坂：……いや、ちょっとわからなかったな。

野村：ちゃんと聞いててくださいよー。うーん、つまり、「プライドを持って仕事をするように」ってことだったんじゃないですか。

松坂：そういうことか。

野村：プライドってどんなものですか。先輩。

松坂：プライドねー。わからないな……。今夜、また飲みながら話すか！

野村：いいですね！

タスク2 の答え

① 下の文を見てください

② 会社の同期

川村：松本さん、今度のイベントのことなんですけど。

松本：はい。

川村：社長が「お金は気にしないで準備してくれ」って。信じてもいいと思います？

松本：うーん。でも、あとで、「こんなに予算使ったのは誰だ！」とか言われちゃったら、困っちゃいますね。……あ、だったら、節約しておいて、社長にはたくさん使ってるって言っとくのはどうですか。

川村：うん。それがいいかもしれない。

松本：そのほうが安全だし、仕事も楽になるし。

川村：そうしよう、そうしよう。

付録
ふ　　ろく

附録

Appendix

「話してみましょう」ロールカード　A

場景會話練習　Role Cards

■ 1課

1　お世話になっている近所の人のうちに、国のおみやげを届けてください。玄関で渡したら、すぐ帰ってきてください。

請將本國特產送到平時承蒙照顧的鄰居家。在門口交給鄰居後馬上回來。

Give a neighbor who has been kind to you a gift from your country. Come back soon after you hand it over at their front door.

2　上司のうちに国のおみやげを持っていってください。

請將本國的特產送到上司家。

Take a gift from your country to your boss' home.

■ 2課

あなたは朝、会社の入口で上司に会いました。簡単にあいさつしてください。今日の天気は雨で強く降っています。あなたは昨日、夜遅くまで会議の発表の準備をしました。明日の会議に上司が出席するか聞いてください。原稿ができたら送ると言ってください。わからないことがあったら相談すると言ってください。

早上,你在公司門口遇到上司。請簡單問候。今天下著大雨。你昨天為了準備會議的發表內容而工作到很晚。請問上司是否出席明天的會議,並請告知原稿寫好後會交給上司,如果自己有不太明白的地方會找上司商量。

You have met your boss at the entrance to work this morning. Give a simple greeting. The weather is very rainy today. You worked until late last night preparing a presentation for a meeting. Ask if your boss is going to attend tomorrow's meeting. Say that you will send him your document when it is ready. Say that you will seek advice if there is something you do not understand.

■ 3課

あなたは日本語学校の学生です。再来週、国から友達が来るので、歓迎会をしようと思っています。先生を誘ってください。先生の予定を聞いてからパーティーの日を決めます。

你是日語學校的學生。下下個星期,本國的朋友要來日本,

你想舉辦歡迎會。請邀請老師參加。詢問老師的行程後決定歡迎會的日期。

You are a student at a Japanese language school. A friend from your country will come the week after next, so you would like to have a welcome party. Invite your teacher. Decide on the date of the party after hearing your teacher's schedule.

■ 4課

あなたは大学院に入るために、先生に推薦状を書いてもらわなければなりません。大学の先生にていねいにお願いしてください。提出期限を考えて、いつまでに書いてもらいたいか伝えてください。

為了進研究所,必須請老師寫一份推薦函。請禮貌地向大學的老師提出請求。並考慮提交期限,請求老師應在什麼時候之前寫好。

You need to get a teacher to write a letter of recommendation so you can gain admission to a graduate school. Politely request this from a professor. Think up a submission deadline and tell the professor by when you would like to have the letter written.

■ 5課

1　あなたは来週の月曜日から水曜日まで大阪に出張です。部長に指示をされたら、ていねいに断って、予定を調整してください。

你下星期一到星期三要去大阪出差。接到部長的指令後,請婉拒並調整行程。

You will take a trip to Osaka next week from Monday to Wednesday. After receiving instructions from your department manager, politely refuse the instructions and adjust the timing of the requested task.

2　仕事が終わったあと、課長が、ビールを飲みに行くとあなたを誘います。しかし、明日は会議でプレゼンをしなければなりません。ていねいに断ってください。

下班後,科長約你一起去喝啤酒。但是,你明天要在會議上進行報告。請你婉拒。

After work, Section Chief invites you out to drink beer. However, you have to give a presentation at a meeting tomorrow. Politely decline the offer.

■ 6課

1　あなたは部下です。上司が、あなたの国のことば

168

て書かれた手紙がわからなくて困っています。翻訳を手伝ってください。あなたから話しかけてください。

你是部下。上司正因看不懂用你們國家語言寫的信件而苦惱。請主動向上司提議你要幫忙翻譯。

You are a subordinate. Your boss is having trouble understanding a letter written in your country's language. Help to translate it. You will initiate the conversation.

② あなたは部下です。中国語が話せる人を上司が探しています。あなたは以前北京に住んでいたので、中国語ができます。そして中国のことも少しわかります。担当になりたいと言ってください。

你是部下。上司正在找會說中文的人。你以前在北京生活過，所以懂中文。而且瞭解一點中國的事情。請你自告奮勇，說你想負責那份工作。

You are a subordinate. Your boss is looking for someone who can speak Chinese. You used to live in Beijing, so you can speak Chinese. You also know a bit about China. Tell your boss you would like to take on this assignment.

■7課

① あなたがうちのベランダで、花に水をやっていたら、水がこぼれて、下の部屋の洗濯物がぬれてしまいました。下のうちの玄関に行って、謝ってください。どうして水がこぼれたのかを話して、今後気をつけると言ってください。

你在家裡的陽台上澆花，但是水不小心溢出來，把樓下鄰居家晾的衣服弄濕了。請到樓下鄰居家道歉。說明水溢出來的理由，並表示今後一定會多加注意。

When you watered the flowers on your home's veranda, you spilled the water and it got the laundry on the veranda of the apartment below wet. Go to the front door of your downstairs neighbor and apologize. Explain how the water got spilled and say you will be careful in the future.

② あなたはA社の社員です。A社で作っている部品が不良品だったと、取引先のB社から電話がかかってきました。B社の人はとても怒っています。ていねいにおわびを言ってください。上司と一緒にこれからすぐにおわびに行くと伝えてください。

你是A公司的職員。因為A公司生產的零件是瑕疵品，客戶方的B公司打電話來。B公司的人非常生氣。

請你鄭重地道歉，並告訴對方說將立即與上司一起登門致歉。

You are an employee of Company A. You have received a phone call from a person at Company B, your customer, saying that a part made by your company is defective. The person from Company B is very angry.

Politely apologize and say that you and your boss will soon go visit to apologize in person.

■8課

あなたは日本語学校の学生です。今度学校で旅行に行きますが、どこに集合したらいいか先生と話しています。先生の意見に対して、日本に来たばかりで電車に慣れていない人もいること、学校に集まったほうがいいという反対意見を言ってください。

你是日語學校的學生。這次學校要旅行，你和老師商量在哪裡集合比較好。對老師的意見提出反對意見，理由是有些同學剛來日本還不習慣坐電車 所以在學校集合比較好。

You are a student at a Japanese language school. You are going to go on a school trip. Talk to the teacher about where you should meet up. Give a different opinion from your teacher's by suggesting you meet up at the school because some students have just arrived in Japan and are not used to riding trains.

■9課

① あなたは日本料理店「あすか」でアルバイトをしています。予約の電話を受けてください。

你在日本料理店「あすか」打工。請你應對預約的電話。

You work part-time at Asuka, a Japanese restaurant. Take a reservation over the phone.

• 「さくら」

3,000円／1人 さしみがある、飲み放題がない
有生魚片，但沒有喝到飽的服務。
Includes sashimi. No all-you-can-drink option.

• 「きょうと」

4,500円／1人 豆腐のコース。さしみがない、飲み放題がある
豆腐套餐。沒有生魚片，有喝到飽的服務。
A tofu course. No sashimi and includes an all-you-can-drink option.

• 「ふじ」

8,000円／1人 最高級の日本料理のコース。かにと

さしみがある、飲み放題がない

最高級的日本料理套餐。有螃蟹和生魚片，沒有喝到飽的服務。

A fancy Japanese cuisine course. Includes crab and sashimi and has no all-you-can-drink option.

2 あなたはJRの係の人です。予約の電話を受けてください。

你是JR負責訂票的員工。請你應對電話訂票。

You are a clerk for JR. Take a reservation over the phone.

東京		新大阪	
06:43	のぞみ7号	09:16	
06:50	のぞみ201号	09:26	
07:00	のぞみ203号	09:33	満席
07:10	のぞみ9号	09:43	満席
07:30	のぞみ11号	10:06	

■ 10課

あなたは日本料理店の店員です。お客さんが来たら、たたみの部屋がいいか、いすの席がいいか聞いてください。お客さんが座ったら、食べ物と飲み物の注文を取ってください。

你是日本料理店的店員。客人進到店裡後，詢問客人想要榻榻米的房間，還是有椅子的座位。客人入座後，請為客人點餐。

You work at a Japanese restaurant. When a customer comes, ask whether the customer prefers a tatami room or a seat. When the customer sits down, take an order for food and a drink.

■ 11課

あなたの会社の上司が、あなたの国に出張します。一日休みがあるので、観光したいと言っています。おすすめの場所を紹介してください。

公司的上司要去你的國家出差。出差期間有一天休息，上司想去觀光。請介紹你想推薦的地方。

Your boss at work is going to take a business trip to your country. Your boss will have one free day during the trip and has indicated a desire to go sightseeing. Tell your boss about a good place to go.

■ 13課

1 あなたは会社の採用試験の面接を受けます。面接官の質問に答えてください。

你將接受公司錄用考試的面試。請回答面試官的問題。

You will undergo an interview as part of a company's employment exam. Answer the interviewer's questions.

2 あなたはコンビニのアルバイトの面接を受けます。仕事の内容について店長に聞いてください。あなたの状況を考えながら店長の質問に答えてください。

你要面試便利商店的打工。請詢問店長工作內容。一邊思考自己的情況一邊回答店長的問題。

You will undergo an interview for a part-time job at a convenience store. Ask the manager about the job. Answer the manager's questions according to your real-life situation.

■ 14課

1 あなたは日本ムービー営業部の社員です。電話を取って、伝言をあずかってください。田中課長は中国に出張しています。来週木曜日に帰国する予定です。

你是日本影視營業的職員。請接電話並接受留言。田中科長正在中國出差。預計下星期四回國。

You are an employee in Nihon Movies' Sales Department. Answer the phone and take a message. Section Chief Tanaka is on a business trip to China and is scheduled to return on Thursday of next week.

2 あなたは日本ムービー営業部の社員です。電話を取ってください。橋本部長は今席にいません。どこに行ったかわかりません。あとで電話させると伝えてください。

你是日本影視營業部的職員。請接電話。橋本經理正好不在。也不知道他去了哪裡。請向對方表明稍後會回電給他

You are an employee in Nihon Movies' Sales Department. Answer the phone and take a message. Department Manager Hashimoto is not available at the moment. You do not know where Hashimoto has gone. Tell the caller that Hashimoto will call back later.

■ 15課

1 あなたは日本語学校の学生です。クラスメートにインタビューをします。まず、インタビューの機会をもらったことについてのお礼を言ってください。どうして日本語を勉強しているか聞いてください。

你是日語學校的學生。請採訪你的同學。首先，請先向對方給予此次採訪的機會表達謝意。請問對方學日語的目的是什麼。

You are a student at a Japanese language school. You will interview a classmate. First, thank the interviewee for the opportunity. Then ask why he or she is studying Japanese.

2 最初に、Bさんの趣味を聞いて、質問を考えてください。そして、インタビューをしてください。まず、インタビューの機会をもらったことへのお礼を言ってください。どうしてその趣味を持つようになったか聞いてください。どんなときにその趣味を楽しむか聞いてください。その他、自由に質問をしてください。

請先詢問 B 同學的興趣，並思考如何提問。接下來請採訪 B 同學。首先，請向對方給予此次採訪的機會表達謝意。請詢問對方是如何對其產生興趣的。並詢問在什麼時候享受其興趣。除此之外，請自由提問。

First, listen to Student B about his or her hobby and think of some questions to ask. Then, conduct an interview. First, thank Student B for the opportunity to interview him or her. Next, ask how he or she got into that hobby. After that, ask when he or she enjoys that hobby. Finally, ask any other questions you want.

「話してみましょう」ロールカード B

場景會話練習 Role Cards

■1課

1 近所に住んでいる外国人が、あなたのうちにおみやげを持ってきました。あいさつして、部屋に入ってくださいと言ってください。おみやげをもらってお礼を言ってください。

住在附近的外國人把本國的特產送到你家。請向對方問候之後，邀請對方進到屋裡。請接受禮物並表示謝意。

A foreign resident living in your neighborhood has come to your home with a gift. Greet this person and invite them into your home. Express your gratitude upon receiving the gift.

2 あなたの部下の外国人社員がうちへあいさつに来ます。おみやげを受け取って、うちへ上がるように言ってください。飲み物と料理を出して、おもてなしをしてください。

你的外籍部下來家中拜訪。請你接受禮物並請對方進屋。然後端出飲料和餐點款待客人。

One of the non-Japanese employees under you will come to your home to greet you. Accept a gift and invite the person into your home. Provide hospitality by serving something to drink and eat.

■2課

あなたは朝、会社の入口で部下に会いました。簡単にあいさつしてください。会議のことを話してください。部下は明日の会議で発表します。

早上，你在公司門口遇見部下。請簡單問候，並聊聊會議的話題。部下要在明天的會議上發表。

You have met one of your subordinates at the entrance to work this morning. Give a simple greeting. Talk about a meeting. The subordinate will give a presentation at tomorrow's meeting.

■3課

あなたは日本語学校の先生です。学生があなたを誘います。行きたいと言ってください。再来週の金曜日の夜6時からひまです。飲み物などを買っていくと言ってください。

你是日語學校的老師。學生邀請你參加活動。請你表示願意參加。下下個星期五晚上 6 點以後有空。並請表示自己會買些飲料過去。

You are a teacher at a Japanese language school. A student will invite you to an event. Say that you want to go. You are free on Friday the week after next from 6 p.m. Say that you will bring some drinks and stuff.

■4課

あなたの学生が推薦状を書いてほしいと言ってきました。引き受けてください。いつまでにどこに書けばいいか聞いてください。

你的學生請你寫推薦信。請你接受學生的請求，並問應該在什麼時候之前寫好以及寫給誰。

Your student tells you that he wants you to write a letter of recommendation. Accept the request. Ask when you should write it by and to whom you should address it.

■5課

1 部下に、来週火曜日の営業会議に出席するように伝えてください。部下が忙しかったら、予定を調整してください。

請你通知部下參加下星期二的業務會議。如果部下太忙，

請調整行程。

Tell your subordinate that you want him to attend a sales meeting on Tuesday of next week. If the subordinate is busy, adjust the schedule.

2　仕事が終わったあと、部下をビールを飲みに誘ってください。

下班後，請約部下一起去喝啤酒。

After work, invite a subordinate out to drink beer.

■6課

1　あなたは上司です。外国から手紙が来ましたが、意味がわかりません。いい方法がなくて困っています。

你是上司。收到外國寄來的信件，但是看不懂。正為找不到解決方法而困擾。

You are the boss. A letter has come from a foreign country, but you do not understand its meaning. You are having trouble because you have no idea how to deal with it.

2　今度、中国の北京で展示会をすることになりました。中国語ができる担当者を探してください。あなたからみんなに話しかけてください。

這次要在中國北京舉辦展示會。請你尋找會中文的負責人。請你向大家說明此事。

You are going to hold an exhibition in Beijing, China. Look for an employee who can speak Chinese. Talk to everyone in your search.

■7課

1　あなたが部屋にいたら、急に上の部屋から水がこぼれてきて、ベランダの洗濯物がぬれました。上の人が来たら、話を聞いてください。水だから気にしないでいいと言ってください。

你在屋裡時，突然從樓上的陽台流下水來，把陽台上晾的衣服淋濕了。樓上的鄰居來道歉，請你聽他的解釋後，表示說只是清水不必太介意。

While in your apartment, all of a sudden water spilled down from the apartment upstairs and got the laundry on your veranda wet. When your upstairs neighbor comes over, listen to the explanation. Say not to worry about it because it is only water.

2　あなたはB社の社員です。A社から買った部品が不良品だとわかりました。A社に電話して、怒ってることを伝えてください。

説明してほしいことを伝えて、責任者に来てほしいと言ってください。

你是B公司的職員。知道從A公司購買的零件是瑕疵品後請打電話給A公司，表達自己極度不滿的心情。

並要求對方解釋清楚，而且要求負責人直接過來。

You are an employee of Company B. You have found that a part you bought from Company A is defective. Call Company A and tell them that you are angry.

Say that you want an explanation and that you want the people responsible to come visit you.

■8課

あなたは日本語学校の先生です。今度学生たちを旅行に連れていきますが、どこに集合したらいいか学生と話しています。新幹線の時間が早いし、みんなにとってわかりやすいので、集合場所は東京駅がいいと思っています。

你是日語學校的老師。這次要帶學生們去旅行，正在和學生們商量在哪裡集合比較好。因為要搭乘的新幹線的時間較早，而且東京車站對大家來說都比較容易找，所以認為集合地點定在東京車站比較好。

You are a teacher at a Japanese language school. You are going to take students on a trip. You are talking with a student about where to meet up. The Shinkansen leaves early, so you think Tokyo Station is a good place to meet because it is easy for everyone to find.

■9課

1　あなたは宴会の幹事です。日本料理店に電話して予約を取ってください。来週の金曜日28日18時から、10人です。さしみが食べられない人、お酒をたくさん飲みたい人がいます。「さくら」「きょうと」「ふじ」の3つのコースから1つ選んでください。

你是宴會的幹事。請你打電話向日本料理店預約。時間是下星期五28日從18點開始，人數是10人。因為有的人不吃生魚片，有的人想盡興喝酒。請從「さくら」、「きょうと」、「ふじ」這3種套餐中選擇1種。

You are the organizer for a banquet. Call a Japanese restaurant and make a reservation for 10 people next week at 6 p.m. on Friday the 28th. You have people who can't eat sashimi and people who want to drink a lot of alcohol. Choose one of the following three courses: " さくら ", " きょうと " or " ふじ "

2　JRの窓口に電話して、新幹線の指定席を予約して

ください。必要なのは、東京から新大阪まてです。新
大阪のホテルで、10時から会議があります。

請你打電話向 JR 的服務窗口訂新幹線的指定座位票。需
要買的是從東京到新大阪的車票。10 點開始在新大阪的
飯店有會議。

Call the JR customer service desk and book a reserved seat on
the Shinkansen. You need to travel from Tokyo to Shin-Osaka.
You have a 10 o'clock meeting at a hotel in Shin-Osaka.

東京		新大阪
06:43	のぞみ 7 号	09:16
06:50	のぞみ 201 号	09:26
07:00	のぞみ 203 号	09:33
07:10	のぞみ 9 号	09:43
07:30	のぞみ 11 号	10:06

■ 10 課

あなたは一人で日本料理店に来ました。席を選んて、注
文してください。注文はさしみ定食と茶わん蒸してす。

你一個人來到日本料理店。請你選好座位坐下來點餐。點
的是生魚片套餐和茶碗蒸。

You have come alone to a Japanese restaurant. Select a seating
option and make your order. Your order is the sashimi set and
chawanmushi (steamed egg custard).

■ 11 課

あなたは出張で、部下の出身国に行きます。一日休みが
あるので観光したいです。どこがいいか相談してください。

你將去部下的出身國家出差。期間有一天休息，你想去觀
光。請找部下商量去哪裡好。

You will go to a subordinate's home country on a business
trip. You want to go sightseeing since you have one free day.
Ask your subordinate about where a good place to go is.

■ 13 課

① あなたは面接官です。応募者のAさんに下のよう
に質問してください。

你是面試官。請向應徵者 A 提出以下問題。

You are an interviewer. Ask the following questions to A-san,
the interviewee.

かんたんに自己紹介をお願いできますか。
どのような動機で志望されたんですか。
どのようなテーマで研究されているんですか。

② あなたはコンビニの店長です。Aさんの質問に答
えてください。それから、勤務できる曜日、時間につい
てAさんに質問してください。

你是便利商店的店長。請回答 A 的提問。之後，請詢問
A 可以上班的日期和時間。

You are a convenience store manager. Answer A-san's
questions. Then, ask A-san questions about what days and
hours he or she can work.

■ 14 課

① あなたはさくら広告の社員です。日本ムービーの田中
課長と話したいので、電話をかけてください。来月の会議
のことで話したいです。詳しい内容はメールで送ります。

你是櫻花廣告的職員。想和日本影視的田中科長談下個月會
議的事宜，請打電話給對方。具體內容將以電子郵件傳送。

You are an employee of Sakura Advertising. You want to
speak with Section Chief Tanaka of Nihon Movies, so make a
phone call. You want to talk about next month's meeting. You
will send details via email.

② あなたは東洋映画の社員です。日本ムービーの橋
本部長と話したいので、電話をかけてください。あと
でもう一度電話すると伝えてください。

你是東洋電影的職員。想和日本影視的橋本經理談話，請
打電話給對方。並向對方表示稍後會再打一次電話。

You are an employee of Toyo Movies. You want to speak to
Department Manager Hashimoto at Nihon Movies, so make a
phone call. Tell the person on the other end that you will call
again later.

■ 15 課

① あなたは日本語学校の学生です。Aさんのインタ
ビューに答えてください。

你是日語學校的學生。請配合 A 的採訪並回答問題。

You are a student at a Japanese language school. Answer
questions in an interview with Student A.

② Aさんがあなたの趣味についてインタビューをしま
す。Aさんの質問に答えてください。

A 將詢問你的興趣愛好。請回答 A 的提問。

Student A will interview you about your hobby. Please answer
Student A's questions.

敬語動詞の表
けい ご どう し ひょう

敬語動詞表
Table of Honorific Verbs

	尊敬語　Honorific form	謙譲語　Humble form
行きます	いらっしゃいます／おいでになります	まいります （相手の家や会社へ）伺います
来ます	いらっしゃいます／おいでになります	まいります
います	いらっしゃいます／おいでになります	おります
言います	おっしゃいます	（アレックス・スミスと）申します （意見を）申し上げます
見ます	ご覧になります	拝見します
食べます／飲みます	召し上がります	いただきます
知っています	ご存知です	（今日会議があることを）存じてお ります／知っております （金子部長を）存じ上げております
思います	お思いになります	存じます
します	なさいます	いたします
くれます	くださいます	
あげます		さしあげます
もらいます		いただきます
会います	お会いになります	お会いします／お目にかかります
聞きます	お聞きになります	お聞きします／伺います
あります	おありになります／あります	ございます
寝ます	お休みになります	
着ます	お召しになります	
住んでいます	お住まいです	
持ちます／持っていきます／持ってきます	お持ちになります	お持ちします
死にました	お亡くなりになりました	
～です	～でいらっしゃいます	～でございます
～ています	～ていらっしゃいます	～ております

文型	お [V ~~ます~~] になります お [V ~~ます~~] ください	お [V ~~ます~~] します
かんたん尊敬語	Ⅰ　書きます→書かれます Ⅱ　教えます→教えられます Ⅲ　します→されます 　　来ます→来られます	

よく使う改まった言い方
つか　あらた　　　　い　かた

常用的正式表達方式
Typical Formal Speech

①家族の呼び方
かぞく　よ　かた

私の／うちの わたし	他の人の ほか　ひと （ですますスタイル）	他の方の ほか　かた （敬語スタイル） けいご
父 ちち	お父さん とう	お父様 とうさま
母 はは	お母さん かあ	お母様 かあさま
兄 あに	お兄さん にい	お兄様 にいさま
姉 あね	お姉さん ねえ	お姉様 ねえさま
弟 おとうと	弟さん おとうと	弟様 おとうとさま
妹 いもうと	妹さん いもうと	妹様 いもうとさま
夫／旦那／主人 おっと　だんな　しゅじん	ご主人 しゅじん	ご主人様 しゅじんさま
妻／家内 つま　かない	奥さん おく	奥様 おくさま
子ども こ	お子さん こ	お子様 こさま
息子 むすこ	息子さん むすこ	ご子息 しそく
娘 むすめ	娘さん むすめ	お嬢様 じょうさま

②いろいろな人の呼び方
ひと　よ　かた

ですますスタイル	敬語スタイル けいご	友達スタイル ともだち
わたし	わたくし	わたし／僕／俺 ぼく　おれ
わたしたち	わたくしたち	わたしたち／僕たち／俺たち／うちら ぼく　おれ
皆さん みな	皆様 みなさま	みんな
お客さん きゃく	お客様 きゃくさま	客 きゃく
友人 ゆうじん	ご友人 ゆうじん	友達 ともだち
あの人 ひと	あの方 かた	あいつ／彼／彼女 かれ　かのじょ
お店の人 みせ　ひと	お店の方 みせ　かた	店員 てんいん
係の人 かかり　ひと	係の方 かかり　かた	係 かかり
駅員さん えきいん	駅員さん えきいん	駅員 えきいん
アメリカの人 ひと	アメリカの方 かた	アメリカ人 じん

③役職のある人の呼び方
やくしょく ひと よ かた

自分の会社（ウチ）	他の会社（ソト）
じぶん かいしゃ	ほか かいしゃ
弊社（社長）の田中／うちの田中	田中社長
へいしゃ しゃちょう たなか たなか	たなかしゃちょう
弊社（副社長）の田中／うちの田中	田中副社長
へいしゃ ふくしゃちょう たなか たなか	たなかふくしゃちょう
弊社（部長）の田中／うちの田中	田中部長
へいしゃ ぶちょう たなか たなか	たなかぶちょう
弊社（課長）の田中／うちの田中	田中課長
へいしゃ かちょう たなか たなか	たなかかちょう

④会社や学校の呼び方
かいしゃ がっこう よ かた

	自分の	あなたの
	じぶん	
会社	弊社／わが社／当社	御社／貴社
かいしゃ	へいしゃ しゃ とうしゃ	おんしゃ きしゃ
学校	本校／当校	御校／貴校
がっこう	ほんこう とうこう	おんこう きこう
大学	本学	御学／貴学
だいがく	ほんがく	おんがく きがく

⑤「お」「ご」のつくことば

	「お」のつくことば	「ご」のつくことば
動詞 どうし	お電話します、お約束します、お持ちします でんわ やくそく も など	ご報告します、ご紹介します、ご遠慮します ほうこく しょうかい えんりょ など
形容詞 けいようし	お好き、お嫌い、お元気、お疲れ、お急ぎ す きら げんき つか いそ など	ご健康、ご無理、ご満足、ご不快　など けんこう むり まんぞく ふかい
名詞 めいし	お電話、お写真、お返事、お食事、お手紙、 でんわ しゃしん へんじ しょくじ てがみ お荷物、お持ち物、お名前、お気持ち、 にもつ も もの なまえ きも お金、お礼、おみやげ、お弁当、お風呂 かね れい べんとう ふろ お飲み物、お品物、お手洗い の もの しなもの てあら お見舞い、お祈り、お祝い　など みま いの いわ	ご家族、ご夫妻、ご長男、ご住所、ご印鑑、 かぞく ふさい ちょうなん じゅうしょ いんかん ご予算、ご意志、ご本 よさん いし ほん ご署名、ご注文、ご計画、ご予約、ご招待、 しょめい ちゅうもん けいかく よやく しょうたい ご出席、ご参加、ご登録、ご入金、ご出発、 しゅっせき さんか とうろく にゅうきん しゅっぱつ ご入学、ご結婚、ご関係　など にゅうがく けっこん かんけい

付録
ふろく

⑥時間にかかわることば
じかん

普通の言い方	改まった言い方
今日 きょう	本日 ほんじつ
昨日 きのう	昨日 さくじつ
明日 あした	明日／明日 あす　みょうにち
一昨日 おととい	一昨日 いっさくじつ
明後日 あさって	明後日 みょうごにち
今年 ことし	本年 ほんねん
去年 きょねん	昨年 さくねん
一昨年 おととし	一昨年 いっさくねん
一か月 いっ　げつ	一月 ひとつき

⑦副詞の改まった言い方
ふくし　　あらた　　い　かた

副詞 ふくし	意味 いみ	例 れい
ただいま	今 いま	ただいま、会議中でございまして。 かいぎちゅう
先ほど さき	さっき	先ほどメールをお送りしました。 さき　　　　　　おく
後ほど のち	あとで	後ほどお電話いたします。 のち　　　でんわ
先日 せんじつ	この間 あいだ	先日はありがとうございました。 せんじつ
当日 とうじつ	その日 ひ	当日の集合時間は９時です。 とうじつ　しゅうごうじかん　　じ
間もなく ま	もうすぐ	間もなく１番線に電車がまいります。 ま　　　　ばんせん　でんしゃ
さっそく	あるときから、時間を置かないですぐに じかん　お	それでは、さっそく仕事を始めます。 しごと　はじ
早急に／ さっきゅう 至急 しきゅう	急いで、すぐに いそ	早急にご回答ください。 そうきゅう　　かいとう
ただちに	すぐに	ただちにご連絡申し上げます。 れんらくもう　あ
あらかじめ	前に／前の時点で まえ　　まえ　じてん	あらかじめご了承ください。 りょうしょう
～次第、 しだい	～たらすぐに	到着次第、ご連絡申し上げます。 とうちゃくしだい　　れんらくもう　あ
あいにく	都合が悪く／残念ですが つごう　わる　　ざんねん	あいにく、明日は会議の予定が入っております。 あす　かいぎ　よてい　はい
ぜひ	どうしても　※強い希望 つよ　きぼう	ぜひ、おいでください。
丁重に ていちょう	ていねいに	丁重にお断りします。 ていちょう　ことわ
概ね おおむ	だいたい	概ね了解いたしました。 おおむ　りょうかい
少々 しょうしょう	少し すこ	少々お待ちください。 しょうしょう　ま

177

⑧動詞の改まった言い方

動詞	意味	対象・意味・用法	例
受領する	受け取る／もらう	配達物など	ここに受領のサインをお願いします。
拝受する	受け取る／もらう	配達物、メール、手紙など	メールを拝受しました。
査収する	受け取る／もらう	内容をよく確認して受け取る。自分には使わない	ご査収のほどよろしくお願いいたします。
納める	受け取る／もらう	品物、贈り物など	つまらないものですが、お納めください。
納める	お金を払う	税金など	期日までにお納めください。
送付する	送る	メール、郵便物など	資料をご送付ください。
発送する	送る	配達物など	速達で発送しました。
配付する	配る	用紙など	これから問題用紙を配付します。
入金する	お金を払う	銀行振り込みなど。店での支払いには使わない	25日までにご入金ください。
捺印する	印鑑を押す		ご署名をご捺印をお願いいたします。
使用する	使う	物	ご使用になる前に、説明書をご覧ください。
利用する	使う	物、サービスなど	いつも当店をご利用いただき、ありがとうございます。
希望する	ほしい／したい		Wifiのご利用をご希望ですか。
販売する	売る		ウェブサイトで販売しております。
発売する	売り出す		来月発売予定です。
購入する	買う		現金で購入しました。
求める	買う		きっぷは窓口でお求めください。
拝読する	読む	手紙、メールなど	お手紙を拝読しました。
拝聴する	聞く	意見やスピーチなど	ご意見を拝聴しました。
記入する	書く	申込用紙など	正確にご記入ください。
記す	書く		概要を以下に記します。
通知する	知らせる		結果はメールで通知します。
依頼する	頼む		田中様に撮影を依頼しました。
承る	受ける	命令など	ご予約、承りました。
検討する	考える		少し検討させていただきます。
承知する	わかる		ご依頼の件、承知しました。
了解する	わかる		お知らせについて、了解しました。
了承する	わかる		あらかじめご了承ください。

断念する だんねん	あきらめる		時間がないので、断念しました。 じかん　　　　　　　　だんねん
失念する しつねん	忘れる わす		すみません、すっかり失念しておりました。 しつねん
来日する らいにち	日本に来る にほん　く		昨年4月に来日しました。 さくねん　がつ　らいにち
帰国する きこく	国へ帰る くに　かえ		来年3月に帰国します。 らいねん　がつ　きこく
出社する／ しゅっしゃ 出勤する しゅっきん	会社に行く／来る かいしゃ　い　く	自分の会社に行く じぶん　かいしゃ　い 場合 ばあい	田中は9時に出社する予定です。 たなか　じ　しゅっしゃ　よてい
退社する／ たいしゃ 退勤する たいきん	会社から帰る かいしゃ　かえ		田中は、本日はもう退社しました。 たなか　　ほんじつ　　　　たいしゃ
失礼する しつれい	その場所を去る ばしょ　さ		そろそろ失礼いたします。 しつれい
帰宅する きたく	うちへ帰る かえ		早めに帰宅させていただきます。 はや　きたく
退社する／ たいしゃ 退職する たいしょく	会社をやめる かいしゃ		田中は先月、退職しました。 たなか　せんげつ　たいしょく
開店する かいてん	店を開ける みせ　あ		午前10時に開店いたします。 ごぜん　じ　かいてん
閉店する へいてん	店を閉める みせ　し		閉店時間は午後9時となっております。 へいてんじかん　ごご　じ
来店する らいてん	店に来る みせ　く		どうぞご来店ください。 らいてん
来場する らいじょう	会場に来る かいじょう　く		ご来場をお待ちしております。 らいじょう　ま
かける	座る すわ		どうぞ、こちらにおかけください。

会話のスタイル別表現リスト

不同會話形式一覧表
List of Expressions by Conversation Style

敬語スタイル	ですますスタイル	友達スタイル
先生、客、「ソト」の人、目上の人	同僚、「ウチ」の人、同じか少し上のレベルの人	親しい友達、家族、目下の人
お元気ですか？	元気ですか？	元気？
よろしくお願いいたします／申し上げます。	よろしくお願いします。	よろしく。
かしこまりました。承知しました。	わかりました。	わかった。
ありがとうございます。	ありがとうございます。	ありがとう。
申し訳ありません／ございません。	すみません。	ごめん。
こちらにおかけください。	ここに座ってください。	ここに座って。
後ほどご連絡します。	あとで連絡します。	あとで連絡する。
お待ちしております。	待っています。	待ってる（ね／よ）。
では、そろそろ失礼いたします。	じゃ、そろそろ失礼します／帰ります。	じゃ、そろそろ帰る（ね）。
お気をつけください。	気をつけてください。	気をつけて（ね）。
ご連絡ください。	連絡してください。	連絡して。連絡ちょうだい。
メールをお送りください。	メールを送ってください。	メール送って。メールちょうだい。
ロビーにお集まりください。	ロビーに集まってください。	ロビーに集まって。
かさをお持ちください。	かさを持っていってください。かさを持ってきてください。	かさ、持って（い）って。かさ、持ってきて。
こちらをご覧ください。	こっちを見てください。	こっち（を）見て。
どうぞおっしゃってください。	どうぞ言ってください。	言って。
ご連絡くださいますか／いただけますか？	連絡してくれますか／もらえますか？	連絡してくれる／もらえる？
すみません、ちょっと通していただけますか。	すみません、ちょっと通してもらえますか。	ちょっと通して。
お願いできますでしょうか？	お願いできますか？	お願いできる？
ちょっと教えていただきたいんですが……。	ちょっと教えてもらいたいんですが……。	ちょっと教えてもらいたいんだけど……。
恐縮ですが、代わりに行っていただけないでしょうか？	すみませんが、代わりに行ってくれませんか？	悪いけど、代わりに行ってくれない？
あまり無理をなさらないでください。	あまり無理をしないでください。	あんまり無理しないでね。

敬語スタイル けいご	ですますスタイル	友達スタイル ともだち
お遅れにならないようお願いします。 おく　　　　　　　　　　ねが	遅れないでください。 おく	遅れないで。 おく
お忘れにならないようにしてください。／お忘れなく。 わす　　　　　　　　　　　　　　わす	忘れないようにしてください。 わす 忘れないでください。 わす	忘れないようにして(ね／よ)。 わす 忘れないで。 わす
今日は暑いですね。 きょう　あつ	今日は暑いですね。 きょう　あつ	今日は暑いね。 きょう　あつ
よくお似合いですね。 にあ	よく似合ってますね。 にあ	よく似合ってるね。 にあ
危ないのではないでしょうか？ あぶ	危ないのではないですか？ あぶ	危ないんじゃない？ あぶ
疲れていらっしゃるのではないですか？／お疲れではありませんか？ つか　　　　　　　　　　　　　　つか	疲れているんじゃありませんか？ つか	疲れてるんじゃない？ つか
ご相談いたしましたが、 そうだん	相談しましたが、 そうだん	相談したけど、 そうだん
確かにそうかもしれませんが、 たし	確かにそうかもしれませんが、 たし	確かにそうかもしれないけど、 たし
あまりよくないのではないでしょうか？	あまりよくないんじゃないですか？	あんまりよくないんじゃない？
これは少し高いのではないでしょうか？ すこ　たか	これ、少し／ちょっと 高くないですか？ すこ　　　　　　たか	これ、ちょっと高くない？ たか
社長は会議室にいらっしゃいます。 しゃちょう　かいぎしつ	社長は会議室にいます。 しゃちょう　かいぎしつ	社長は会議室にいる。 しゃちょう　かいぎしつ
田中はただいま外出しております。 たなか　　　　　がいしゅつ	田中さんは今ちょっと外出しています。 たなか　　　いま　　　　　がいしゅつ	田中さんは今ちょっと外出してる。 たなか　　　いま　　　　　がいしゅつ
そのようなことは存じません。 ぞん	そんなことは知りません。 し	そんなこと知らない。 し
明日、田中さんがいらっしゃるとのことです。 あす　たなか	明日、田中さんが来るそうです。 あした　たなか　く	明日、田中さんが来るって。 あした　たなか　く
来週のご都合はいかがでしょうか？ らいしゅう　つごう	来週の予定はどんな感じですか？ らいしゅう　　　　　　かん	来週の予定はどんな感じ？ らいしゅう　　　　　かん
お時間はどういたしましょうか？ じかん	時間はどうしましょう？ じかん	時間はどうする？ じかん
2時はいかがでしょうか？ じ	2時はどうですか？ じ	2時はどう？ じ
どちらがよろしいですか？	どっちがいいですか？	どっちがいい？
それは本当でしょうか？ ほんとう	それは本当ですか？ ほんとう	それ、ほんと？
今、何をなさっていますか／されていますか？ いま　なに	今、何をして(い)ますか？ いま　なに	今、何やってる／何やってんの？ いま　なに　　　　なに
この方をご存じですか？ かた　　ぞん	この人を知っていますか？ ひと　し	この人知ってる？ ひと　し
いえ、存じ上げません。 ぞん　あ	いえ／いや、知りません。 し	いや、知らない。 し
しっかりとご覧になれましたか？ らん	ちゃんと見られましたか？ み	ちゃんと 見られた／見れた？ み
こちらにいらっしゃいますか？	こっちに来ますか？ き	こっちに来る？ く
何というお名前でしょうか？ なん　　　なまえ	何という名前ですか？ なん　　なまえ	何て名前？ なん　なまえ
どなたと行かれるんですか？ い	誰と行くんですか？ だれ　い	誰と行くの？ だれ　い
いつお帰りになったんですか？ かえ	いつ帰ったんですか？ かえ	いつ帰ったの？ かえ
いつも何時ごろにお休みですか？ なんじ	いつも何時ごろに寝ますか？ なんじ　　　ね	いつも何時ごろに寝る？ なんじ　　　ね
どのようなお色がよろしいでしょうか？ いろ	どんな色がいいですか？ いろ	どんな色がいい？ いろ

敬語スタイル	ですますスタイル	友達スタイル
どうしていけないのでしょうか？	どうしてだめなんですか？	なんでだめなの？
どうしていらっしゃらなかったのですか？	どうして来なかったんですか？	なんで来なかったの？
どうしてお召し上がりにならないのですか？	どうして食べないんですか？	なんで食べないの？
どうして言ってくださらなかったのですか？	どうして言ってくれなかったんですか？	なんで言ってくれなかったの？
どうしてお怒りなのですか？ 何をお怒りなのですか？	どうして怒ってるんですか？ 何を怒ってるんですか？	なんで怒ってんの？ 何怒ってんの？
風邪をひいていらっしゃるんですか？	風邪をひいているんですか？	風邪をひいてるの？
何か召し上がりますか（おなかはおすきですか）？	おなははすいて（い）ますか？	おなかすいてる？
そろそろ夕食になさいますか？	そろそろ夕食にしますか？	そろそろ夜ご飯にする？
お飲みになりますか？	飲みますか？	飲む？
コーヒーでよろしいでしょうか？	コーヒーでいいですか？	コーヒーでいい？
お気に召しましたか？	気に入りましたか？	気に入った？
お味はいかがですか？	味はどうですか？	味はどう？
これからお送りいたします。	これから送ります。	これから送る（ね／よ）。
速達でお送りいたしましょうか？	速達で送りましょうか？	速達で送ろうか？
駅までお迎えにまいりましょうか？	駅まで迎えに行きましょうか？	駅まで迎えに行こうか？
お一つさしあげましょうか？	一つ／1個 あげましょうか？	一つ／1個 あげようか？
私がいたしましょうか？	私がしましょうか？	僕／私 がやろうか？
お手伝いいたしましょうか？	手伝いましょうか？	手伝おうか？

答えとスクリプト
こた

正確答案與會話原文

Answers and Transcripts

 **訪問する**
ほう もん

 練習しましょう p.25
れんしゅう

① T-02

1）使う ⇨ お使いください。
　つか　　　つか

2）上がる ⇨ お上がりください。
　あ　　　　あ

3）ソファにかける ⇨ ソファにおかけください。

4）日本語で話す ⇨ 日本語でお話しください。
　にほんご　はな　　にほんご　　はな

5）説明する ⇨ ご説明ください。
　せつめい　　　せつめい

6）紹介する ⇨ ご紹介ください。
　しょうかい　　しょうかい

② T-03

1）コーヒー（を）飲む？
　　　　　　　　　の
　⇨ コーヒーをお飲みになりますか。
　　　　　　　　の

2）新幹線の時間（を）調べた？
　しんかんせん　じかん　しら
　新幹線の時間をお調べになりましたか。
　しんかんせん　じかん　　しら

3）どんな音楽（を）聞く？
　　　おんがく　　き
　⇨ どのような音楽をお聞きになりますか。
　　　　　おんがく　　き

4）明日誰に会う？
　あした だれ あ
　⇨ 明日どなたにお会いになりますか。
　　あす　　　　　あ

5）日本の習慣についてどう思う？
　にほん　しゅうかん　　　　おも
　⇨ 日本の習慣についてどのようにお思いになりますか。
　　にほん　しゅうかん　　　　　おも

③ T-04

1）見る？ ⇨ ご覧になりますか。
　み　　　　らん

2）いる？
　⇨ いらっしゃいますか。／おいでになりますか。

3）明日行く？ ⇨ 明日いらっしゃいますか。
　あした　　　　あす

4）知って（い）る？ ⇨ ご存じですか。
　し　　　　　　　　　ぞん

5）寝た？ ⇨ お休みになりましたか。
　ね　　　　やす

6）食事した？ ⇨ お食事なさいましたか。
　しょくじ　　　しょくじ

④ T-05

1）買います ⇨ 買われます
　か　　　　　か

2）飲みます ⇨ 飲まれます
　の　　　　　の

3）来ます ⇨ 来られます
　き　　　　こ

4）説明します ⇨ 説明されます
　せつめい　　　せつめい

5）出張します ⇨ 出張されます
　しゅっちょう　　しゅっちょう

⑤ T-06

1）このパソコンを使った・先生が
　　　　　　　　つか　　せんせい
　⇨ 先生がこのパソコンを使われました。
　　せんせい　　　　　　　つか

2）新宿でお酒を飲んだ・部長は
　しんじゅく さけ の　　ぶちょう
　⇨ 部長は新宿でお酒を飲まれました。
　　ぶちょう しんじゅく さけ の

3）今夜7時に来る・先生は
　こんや じ く せんせい

⇨ 先生は今夜7時に来られます。
　せんせい こんや じ こ

4）新しいプロジェクトについて説明する・社長が
　あたら　　　　　　　　　せつめい　しゃちょう
　⇨ 社長が新しいプロジェクトについて説明されます。
　　しゃちょう あたら　　　　　　　せつめい

5）昨日から上海に出張した・社長は
　きのう　　シャンハイ しゅっちょう　しゃちょう
　⇨ 社長は昨日から上海に出張されました。
　　しゃちょう さくじつ　シャンハイ　しゅっちょう

 チェックしましょう p.28

①

① いらっしゃいます／おいでになります

② おっしゃいます

③ ごらんになります

④ めしあがります

⑤ ごぞんじです

⑥ おおもいになります

⑦ なさいます

⑧ くださいます

⑨ おあいになります

⑩ おききになります

⑪ おやすみになります

⑫ おめしになります

⑬ おすまいです

⑭ おもちになります

⑮ おなくなりになりました

⑯ でいらっしゃいます

②

1）b

2）① b　② a　③ c
　④ これ、つまらないものですが……

3）召し上がってください／お召し上がりください
　め あ　　　　　　め あ

4）おっしゃってください

5）いらっしゃってください

6）なさってください

7）① お読みになりました／ご覧になりました
　　 よ　　　　　　らん
　　② お読みください／ご覧ください
　　　 よ　　　　　らん

8）お休みになります
　やす

 スタイルを変えてみましょう p.30
　　　　　　　か

T-08

1）日本語は毎日勉強しますか。
　にほんご まいにちべんきょう
　⇨ 日本語は毎日勉強なさいますか。
　　にほんご まいにちべんきょう
　⇨ 日本語、毎日勉強する？
　　にほんご まいにちべんきょう

2）さしみを食べますか。
　　　　　た

⇨さしみを召し上がりますか。

⇨さしみ、食べる？

3）コーヒーを飲みますか。

⇨コーヒーを召し上がりますか／お飲みになりますか。

⇨コーヒー、飲む？

4）学生のとき、どんな本を読みましたか。

⇨学生のとき、どのような本をお読みになりましたか。

⇨学生のとき、どんな本、読んだ？

5）昨日どこへ行きましたか。

⇨昨日どちらへいらっしゃいましたか。

⇨昨日どこ行った？

やってみましょう　p.31

1 〈会話の例〉　 T-09

A：ごめんください。

B：はーい。ああ、アレックスさん。どうも。

A：こんにちは。あの、これ、国の母が送ってくれたお菓子なんです。どうぞ。

B：あ、ごていねいに恐れ入ります。よかったらお茶を飲んでいかない？お上がりください。

A：いいえ、ここで失礼いたします。

B：そうですか。いつもすみませんね。

A：いえいえ、皆さんで召し上がってください。

B：遠慮なくいただきます。

＊2 の会話の例は、「これでOK!」を見てください。

2 簡単にあいさつする

練習しましょう　p.35

1　 T-10

1）社長のかばんを持ちます

⇨社長のかばんをお持ちします。

2）明日もここに来ます

⇨明日もこちらにまいります。

3）使い方について説明します

⇨使い方についてご説明します。

4）先生に国のおみやげをあげます

⇨先生に国のおみやげをさしあげます。

5）先生に会いました

⇨先生にお目にかかりました。

6）田中さんに会って、新しい契約について話しました

⇨田中さんにお目にかかって、新しい契約についてお話ししました。

2　 T-11

1）手伝います

⇨あのー、よろしかったら、お手伝いしましょうか。

2）説明します

⇨あのー、よろしかったら、使い方をご説明しましょうか。

3）貸します

⇨あのー、よろしかったら、私のをお貸ししましょうか。

4）行き方を教えます

⇨あのー、よろしかったら、行き方をお教えしましょうか。

5）車で送ります

⇨あのー、よろしかったら、車でお送りしましょうか。

チェックしましょう　p.37

1

① まいります／うかがいます

② おります

③ （アレックス・スミスと）もうします／（意見を）もうしあげます

④ はいけんします

⑤ いただきます

⑥ （今日会議があることを）ぞんじております／しっております（金子部長を）ぞんじあげております

⑦ （〜と）ぞんじます

⑧ いたします

⑨ さしあげます

⑩ いただきます

⑪ おあいします／おめにかかります

⑫ おききします／うかがいます

⑬ ございます

⑭ おもちします

⑮ でございます

②

① 行きます ⇨ まいります
② 到着する ⇨ 到着される
③ 知らせてください ⇨ お知らせください
④ 渡します ⇨ お渡しします
⑤ 見てください ⇨ ご覧ください
⑥ 送ります ⇨ お送りします
⑦ お願いします ⇨ お願いいたします

③

1）b
2）a
3）b
4）c
5）b

 スタイルを変えてみましょう p.39

T-13

1）かさを貸しましょうか。
　⇨かさをお貸ししましょうか。
　⇨かさ、貸そうか。

2）この書類を翻訳しましょうか。
　⇨この書類を翻訳いたしましょうか。
　⇨この書類、翻訳しようか。

3）スケジュールをメールで送りましょうか。
　⇨スケジュールをメールでお送りしましょうか。
　⇨スケジュール、メールで送ろうか。

4）先週、先生のうちに行きました。
　⇨先週、先生のお宅に伺いました／お邪魔しました。
　⇨先週、先生のうちに行った。

5）昨日、小林先生に会いました。
　⇨昨日、小林先生にお目にかかりました。
　⇨昨日、小林先生に会った。

 やってみましょう p.40

〈会話の例〉
Ａ：おはようございます。

T-14

Ｂ：あ、おはよう。
Ａ：すごい雨ですね。よく降りますね。
Ｂ：そうだな。あ、明日、会議があるよね。発表の準備進んでる？
Ａ：あ、はい。昨日も夜遅くまで準備をしました。
Ｂ：お、がんばってるね。期待してるよ。

Ａ：ありがとうございます。部長は出席されるんですか。
Ｂ：うん、出席するよ。
Ａ：原稿ができたらお送りします。わからないことがあったらご相談に伺います。
Ｂ：いいよ。じゃ、またあとで。
Ａ：失礼いたします。

3 誘う

 練習しましょう p.44

①

1）明日は忙しいですか。

T-15

　⇨明日はお忙しいでしょうか。
2）いつがいいですか。
　⇨いつがよろしいでしょうか。
3）都合はどうですか。
　⇨ご都合はいかがでしょうか。

②

1）ぜひ、パーティーに出席してもらう

T-16

　⇨ぜひ、パーティーに出席していただきたいんですが……。
2）先生にも、ぜひ参加してもらう
　⇨先生にも、ぜひ参加していただきたいんですが……。

③

1）今度のコンサート、山田課長

T-17

　⇨今度のコンサート、山田課長もいかがかと思いまして……。
2）この映画、ご一緒に佐藤さん
　⇨この映画、ご一緒に佐藤さんもいかがかと思いまして……。
3）来月の社員旅行、大山さんの奥さん
　⇨来月の社員旅行、大山さんの奥さんもいかがかと思いまして……。
4）社長はいつも日本酒ですが、たまにはワイン
　⇨社長はいつも日本酒ですが、たまにはワインもいかがかと思いまして……。

チェックしましょう　　　　　　　p.46

1) b
2) a
3) a
4) a
5) a

スタイルを変えてみましょう　p.46

T-19

1) 展覧会、田中さんも見に来てください。
⇨展覧会、よろしかったら田中さんもいかがかと思いまして……。見にいらっしゃいませんか。
⇨展覧会、よかったら田中さんもどう？ 見に来ない？

2) コンサートのチケットが2枚あるから、田中さんも一緒に行ってください。
⇨コンサートのチケットが2枚ありますので、よろしかったら田中さんも一緒にいかがかと思いまして……。いらっしゃいませんか。
⇨コンサートのチケットが2枚あるから、よかったら田中さんもどう？ 行かない？

3) この研究会はとてもおもしろそうだから、田中さんも一緒に参加してください。
⇨この研究会はとてもおもしろそうなので、よろしかったら田中さんも一緒にいかがかと思いまして……。参加なさいませんか。
⇨この研究会はとてもおもしろそうだから、よかったら田中さんも一緒にどう？ 参加しない？

やってみましょう　　　　　　　p.47

1 〈会話の例〉

T-20

A：木村先生、ちょっとよろしいでしょうか。
B：ああ、ユンさん。何ですか？
A：実は再来週、国から友人が来日するので、うちで歓迎会をしようと思っているんです。
B：へえ、そうなんですか。
A：それで、よろしかったら、先生もいかがかと思いまして。いらっしゃいませんか。
B：私が行ってもよければ、ぜひ！ いつですか。
A：先生のスケジュールを伺ってから、決めたいんですが。
B：わかりました。じゃあ、金曜日の6時はどうですか。何か飲み物を買っていきますよ。

A：いえいえ、お気遣いなく。金曜日ですね。それではお待ちしております。
B：楽しみにしています。

2
①よろしければ、先生もいらっしゃいませんか／先生にも来ていただきたいと思っています
②先生のご都合はいかがでしょうか
③お返事をお待ちしております

4 お願いする

練習しましょう　　　　　　　　p.53

1

1) もう一度ゆっくりおっしゃいます

T-21

⇨すみませんが、もう一度ゆっくりおっしゃっていただけませんか。
2) 使い方を教えます
⇨すみませんが、使い方を教えていただけませんか。
3) 明日もう一度いらっしゃいます
⇨すみませんが、明日もう一度いらっしゃっていただけませんか。
4) 一つ送ります
⇨すみませんが、一つ送っていただけませんか。
5) コピーをとります
⇨すみませんが、コピーをとっていただけませんか。

2

1) もう一度初めから説明します

T-22

⇨大変申し訳ないんですが、もう一度初めから説明していただけるとありがたいんですが……。
2) 1時間くらいここで待ちます
⇨大変申し訳ないんですが、1時間ほどこちらで待っていただけるとありがたいんですが……。
3) 直接書類を届けます
⇨大変申し訳ないんですが、直接書類を届けていただけるとありがたいんですが……。
4) 商品のサンプルを準備します
⇨大変申し訳ないんですが、商品のサンプルを準備していただけるとありがたいんですが……。
5) スライドができるパソコンを用意します。
⇨大変申し訳ないんですが、スライドができるパソ

コンを用意していただけるとありがたいんですが
……。

③
1）ここに座ります
　⇨あのー、ここに座ってもよろしいでしょうか。
2）今話します
　⇨あのー、今 話して／お話しして もよろしいでしょ
　　うか。
3）この仕事を明日にします
　⇨あのー、この仕事を明日にしてもよろしいでしょ
　　うか。
4）明日そちらに伺います
　⇨あのー、明日そちらに伺ってもよろしいでしょ
　　うか。
5）今ご相談します
　⇨あのー、今ご相談してもよろしいでしょうか。

 チェックしましょう　　　　　　　p.55

1）①よろしいでしょうか　②b　③a
2）①ねえ、今ちょっといい　②c　③貸してくれない
　　／見せてくれない

 スタイルを変えてみましょう　p.55
T-25

1）書類をチェックする
　⇨申し訳ないんですが、書類をチェックしていただ
　　けませんか。
　⇨すみませんが、書類をチェックしてもらえませ
　　んか。
　⇨悪いけど、書類をチェックしてもらえない？
2）翻訳を手伝う
　⇨申し訳ないんですが、翻訳を手伝っていただけ
　　ませんか。
　⇨すみませんが、翻訳を手伝ってもらえませんか。
　⇨悪いけど、翻訳を手伝ってもらえない？
3）スライドを操作する
　⇨申し訳ないんですが、スライドを操作していただ
　　けませんか。
　⇨すみませんが、スライドを操作してもらえませ
　　んか。
　⇨悪いけど、スライドを操作してもらえない？
4）仕事の担当をかわる

　⇨申し訳ないんですが、仕事の担当をかわっていただ
　　けませんか。
　⇨すみませんが、仕事の担当をかわってもらえませ
　　んか。
　⇨悪いけど、仕事の担当をかわってもらえない？
5）仕事の進め方について相談に乗る
　⇨申し訳ないんですが、仕事の進め方について相談
　　に乗っていただけませんか。
　⇨すみませんが、仕事の進め方について相談に乗っ
　　てもらえませんか。
　⇨悪いけど、仕事の進め方について相談に乗っても
　　らえない？
6）会議の終わりの時間を早くする
　⇨申し訳ないんですが、会議の終わりの時間を早く
　　していただけませんか。
　⇨すみませんが、会議の終わりの時間を早くしても
　　らえませんか。
　⇨悪いけど、会議の終わりの時間を早くしてもらえない？

やってみましょう　　　　　　　p.56

① 〈会話の例〉
A：斎藤先生、おはようございます。
T-26
B：あ、おはよう。
A：ちょっとよろしいでしょうか。
B：うん、どうしたの？
A：いろいろ考えたんですが、来年の４月から大学院
　　に行くことにしまして。
B：あ、そう。
A：実は手続きで出身大学の先生の推薦状が必要な
　　のですが、お書きいただけないかと思いまして。
B：わかりました。書きましょう。
A：ありがとうございます。用紙はこちらです。
B：いつまで？
A：恐縮ですが、来週の金曜日までにお書きいただけ
　　るとありがたいんですが。提出が翌々週ですので。
B：わかりました。
A：よろしくお願いいたします。

②
①お書きいただけないでしょうか
②ご都合がよろしい
③お知らせいただけるとありがたく存じます
④お待ちしております

5 断る
ことわ

練習しましょう
れんしゅう

p.60

1
T-27

1）今度のゴルフ、22日はどうですか。
　こんど　　　　　　にち
　⇨すみません。22日はちょっと……。
　　　　　　　　にち

2）次回の食事会、来月の15日はどうですか。
　じかい　しょくじかい　らいげつ　にち
　⇨すみません。来月の15日はちょっと……。
　　　　　　　らいげつ　にち

3）コーヒーはいかがですか。
　⇨すみません。コーヒーはちょっと……。

4）お酒、飲まれますか。
　さけ　の
　⇨すみません。お酒はちょっと……。
　　　　　　　　さけ

5）ボクシングのチケットがあるんですが……。
　⇨すみません。ボクシングはちょっと……。

2
T-28

1）その日の夕方、友人の結婚式がある
　　ひ　ゆうがた　ゆうじん　けっこんしき
　⇨大変申し訳ないんですが、その日の夕方、友人の結
　　たいへんもう　わけ　　　　　　　ひ　ゆうがた　ゆうじん　けっ
　　婚式がございまして……。
　　こんしき

2）その日の午後、3時から会議がある
　　ひ　ごご　じ　かいぎ
　⇨大変申し訳ないんですが、その日の午後、3時から
　　たいへんもう　わけ　　　　　　　ひ　ごご　じ
　　会議がございまして……。
　　かいぎ

3）翌日にプレゼンテーションがあって、その準備を
　よくじつ　　　　　　　　　　　　　　　　じゅんび
　　している
　⇨大変申し訳ないんですが、翌日にプレゼンテーショ
　　たいへんもう　わけ　　　　　　よくじつ
　　ンがございまして、その準備をしておりまして
　　　　　　　　　　　じゅんび
　　……。

4）その日の午前中は新幹線で移動中だ
　　ひ　ごぜんちゅう　しんかんせん　いどうちゅう
　⇨大変申し訳ないんですが、その日の午前中は新幹
　　たいへんもう　わけ　　　　　　　ひ　ごぜんちゅう　しんかん
　　線で移動中でして……。
　　せん　いどうちゅう

5）その前の週からロサンゼルスに出張中だ
　　まえ　しゅう　　　　　　　　　しゅっちょうちゅう
　⇨大変申し訳ないんですが、その前の週からロサン
　　たいへんもう　わけ　　　　　　　まえ　しゅう
　　ゼルスに出張中でして……。
　　　　　しゅっちょうちゅう

3
T-29

1）クラシックのコンサート、一緒にいかがですか。
　　　　　　　　　　　　いっしょ
　⇨すみません。クラシックはちょっと苦手でして
　　　　　　　　　　　　　　　　　にがて
　　……。

2）おすし、一緒に食べに行きませんか。
　　　　いっしょ　た　い
　⇨すみません。おすしはちょっと苦手でして……。
　　　　　　　　　　　　　　　にがて

3）今夜、ロックコンサートに行きませんか。
　こんや　　　　　　　　　　い
　⇨すみません。ロックはちょっと苦手でして……。
　　　　　　　　　　　　　　にがて

4）週末、ゴルフ、一緒にどう？
　しゅうまつ　　　いっしょ

　⇨すみません。ゴルフはちょっと苦手でして……。
　　　　　　　　　　　　　　　にがて

5）これから一杯飲みに行かない？
　　　　いっぱいの　い
　⇨すみません。お酒はちょっと苦手でして……。
　　　　　　　　さけ　　　　　　にがて

チェックしましょう
p.62

1）①申し訳ありません／申し訳ないんです　②お酒は
　もう　わけ　　　　もう　わけ　　　　　さけ
　ちょっと……　③ございまして……　④誘ってくだ
　　　　　　　　　　　　　　　　　　さそ
　さい／お誘いください
　　　　さそ

2）①今度の日曜日はちょっと……　②a
　こんど　にちようび

スタイルを変えてみましょう
か

p.62
T-31

1）日曜日には会議があってパーティーに行けないん
　にちようび　かいぎ　　　　　　　　　　い
　です。すみません。
　⇨日曜日には会議がございまして、パーティーに伺
　　にちようび　かいぎ　　　　　　　　　　　　うかが
　　えないんです。申し訳ございません。
　　　　　　　　　もう　わけ
　⇨日曜日には会議があって、パーティーに行けないん
　　にちようび　かいぎ　　　　　　　　　　い
　　だ。ごめん。

2）日曜日は英語の学校に通っていて、あまり時間がな
　にちようび　えいご　がっこう　かよ　　　　　　じかん
　　いんです。すみません。
　⇨日曜日は英語の学校に通っておりまして、あまり時
　　にちようび　えいご　がっこう　かよ　　　　　　じ
　　間がないんです。申し訳ございません。
　　かん　　　　　　もう　わけ
　⇨日曜日は英語の学校に通っていて、あんまり時間が
　　にちようび　えいご　がっこう　かよ　　　　　　じかん
　　ないんだ。ごめん。

3）今回は行けないんですが、また今度誘ってください。
　こんかい　い　　　　　　　　　こんどさそ
　⇨今回は伺えないんですが、また今度お誘いくだ
　　こんかい　うかが　　　　　　　こんど　さそ
　　さい。
　⇨今回は行けないんだけど、また今度誘ってね。
　　こんかい　い　　　　　　　　　こんどさそ

やってみましょう
p.63

1 〈会話の例〉
かいわ　れい
T-32

B：アレックスくん。

A：はい。

B：来週の火曜日の会議なんだけど、君も出席していろ
　らいしゅう　かようび　かいぎ　　　　　きみ　しゅっせき
　いろ報告してくれよ。
　　ほうこく

A：部長。申し訳ないんですが、火曜日はちょっと
　ぶちょう　もう　わけ　　　　　　かようび
　……。

B：どうして？

A：来週は月曜日から水曜日まで大阪に出張しており
　らいしゅう　げつようび　すいようび　おおさか　しゅっちょう
　まして……。取材のアポが取れたんです。
　　　　　　しゅざい　　　　と

B：あ、そう。いつ帰ってくるの？
　　　　　　　かえ

A：東京には水曜日の午後に帰ってまいります。

B：わかった。予定を調整しよう

A：すみません。お願いいたします。

② 〈会話の例〉 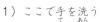 T-33

B：アレックスさん。

A：はい。

B：今日は早く終わったから、ビール飲みに行かない？
新橋の駅の前にいいお店があるんだ。

A：ビールですか……飲みたいですけど……課長、申し
訳ないんですが、今日はちょっと……。

B：だめ？

A：ええ。明日の会議でプレゼンをしなければなりませ
んので。

B：そうか。残念。

A：また今度誘ってください。

③

①国の両親が来日することになっておりまして、成田
空港まで迎えに行く予定でございます／予定です

②伺えません／参加できません

③また今度お誘いください

 **6** **申し出る**

 練習しましょう p.68

①

 T-34

1）コートを預かる
⇨コートをお預かりいたしましょうか。

2）お茶をいれる
⇨お茶をおいれいたしましょうか。

3）電話で連絡する
⇨電話でご連絡いたしましょうか。

4）インターネットで調べる
⇨インターネットでお調べいたしましょうか。

5）新製品のパンフレットを送る
⇨新製品のパンフレットをお送りいたしましょうか。

6）簡単に説明する
⇨簡単にご説明いたしましょうか。

7）何か飲み物を持ってくる
⇨何か飲み物をお持ちいたしましょうか。

②

 T-35

1）ここで手を洗う
⇨ここで手を洗わせていただいてもよろしいでしょうか。

2）ここでパソコンを使う
⇨ここでパソコンを使わせていただいてもよろしいで
しょうか。

3）カメラで撮影する
⇨カメラで撮影させていただいてもよろしいでしょ
うか。

4）早めに帰宅する
⇨早めに帰宅させていただいてもよろしいでしょうか。

5）少し検討する
⇨少し検討させていただいてもよろしいでしょうか。

6）インタビューを録音する
⇨インタビューを録音させていただいてもよろしいで
しょうか。

チェックしましょう p.70

1）a

2）b

3）b

4）b

5）a

6）c

スタイルを変えてみましょう p.70 T-37

1）私から部長に話しておきましょうか。
⇨私から部長にお話ししておきましょうか。
⇨私から部長に話しておこうか。

2）料理を運ぶのを手伝いましょうか。
⇨料理を運ぶのをお手伝いいたしましょうか。
⇨料理を運ぶのを手伝おうか。

3）出張のスケジュールのことは、私が説明しましょ
うか。
⇨出張のスケジュールのことは、私がご説明いたし
ましょうか。
⇨出張のスケジュールのことは、私が説明しようか。

4）私が行って、様子を見てきましょうか。
⇨私が行って、様子を見てまいりましょうか。
⇨私が行って、様子を見てこようか。

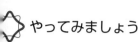

やってみましょう

p.71

T-38

① 〈会話の例〉

A：部長、どうされましたか。お困りのようですね。

B：そうなんだ。この手紙、フランス語で書いてあるんだよね。読めなくて。

A：あ、そうですか。じゃあ、よろしかったら私が翻訳いたしましょうか。

B：助かるよ。ありがとう。簡単にメモをつけておいてくれればいいから。

A：承知いたしました。

② 〈会話の例〉

T-39

B：皆さん、今度中国で展示会をすることになったんですが、誰かその担当になってもらえませんか。中国語を使う仕事ですけど……。

A：あ！ それは私に担当させてください。以前北京に住んでおりましたし、中国のことは少しわかりますから。

B：じゃあ、お願いします。期待していますよ。

---

7 おわびする

練習しましょう

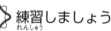

p.74

①

T-40

1）お待たせした

⇨ お待たせしてしまいまして、大変申し訳ございませんでした。

2）時間を間違えた

⇨ 時間を間違えてしまいまして、大変申し訳ございませんでした。

3）遅い時間に電話した

⇨ 遅い時間に電話してしまいまして、大変申し訳ございませんでした。

4）遅い時間までお邪魔した

⇨ 遅い時間までお邪魔してしまいまして、大変申し訳ございませんでした。

②

T-41

1）待ってくれたのに、行けなかった

⇨ お待ちくださいましたのに、伺えませんで、失礼いたしました。

2）わざわざ連絡してくれたのに、うちにいなかった

⇨ わざわざ連絡してくださいましたのに、自宅におりませんで、失礼いたしました。

3）せっかく誘ってくれたのに、ご一緒できなかった

⇨ せっかく誘ってくださいましたのに、ご一緒できませんで、失礼いたしました。

チェックしましょう

p.76

①申し訳あり ②b ③a ④b ⑤ご迷惑 ⑥b

スタイルを変えてみましょう

p.76

T-43

1）すみません。時間を間違えてしまって……。

⇨ 申し訳ありません。時間を間違えてしまいまして……。

⇨ ごめん。時間、間違えちゃって……。

2）すみません。時間に遅れてしまって……。

⇨ 申し訳ありません。時間に遅れてしまいまして……。

⇨ ごめん。時間に遅れちゃって……。

3）すみません。名前の読み方を間違えてしまって……。

⇨ 申し訳ありません。お名前の読み方を間違えてしまいまして……。

⇨ ごめん。名前の読み方、間違えちゃって……。

4）すみません。借りたかさをなくしてしまって……。

⇨ 申し訳ありません。お借りしたかさをなくしてしまいまして……。

⇨ ごめん。借りたかさ、なくしちゃって……。

5）すみません。カメラを落として壊してしまって……。

⇨ 申し訳ありません。カメラを落として壊してしまいまして……。

⇨ ごめん。カメラ、落として壊しちゃって……。

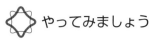

やってみましょう

p.77

1 〈会話の例〉

A：ごめんください。上のユンですが。

T-44

B：……あ、はい。

A：申し訳ありません。ベランダで花に水をやっていたら、水をこぼしてしまいまして……。下を見たら、洗濯物がぬれていたので、おわびに伺いました。

B：ああ、そうでしたか……でも、水でしょう？

A：ええ、水ですけど……。

B：水なら大丈夫ですよ。気にしないでください。

A：そうですか。今後は気をつけますので、ご迷惑をおかけして申し訳ありませんでした。

2 〈会話の例〉

A：東京機械営業部でございます。

T-45

B：大阪自動車の佐々木ですが。実は先週お届けくださった部品なんですが、いくつも不良品がありましてね。

A：え?! それは、まことに申し訳ありません！

B：お客様から「事故が起きたらどうするんだ」と厳しいおことばをいただきましてね。今、対応中なんですが。

A：おわびの申し上げようもございません。ただちに担当上司に連絡を取りまして、おわびに伺います。

B：至急、事情の説明にいらしてください。とりあえずお待ちしていますので。

A：はい、承知いたしました。本当に、ご迷惑をおかけして申し訳ありません。

8 意見を言う

練習しましょう

p.80

1

T-46

1）楽しくお酒を飲む・お酒が苦手な人のことも考えたほうがいい・料理を楽しむパーティーにする

⇨ 楽しくお酒を飲むのはいいことだと思いますが、お酒が苦手な人のことも考えたほうがいいのではないでしょうか。それよりも、料理を楽しむパーティーにしたほうがいいと思いますが、いかがでしょうか。

2）早く製品を届ける・この忙しいスケジュールだとしっかりチェックできない・少し遅れても、質のいい製品をお届けする

⇨ 早く製品を届けるのはいいことだと思いますが、この忙しいスケジュールだとしっかりチェックできないのではないでしょうか。それよりも、少し遅れても、質のいい製品をお届けしたほうがいいと思いますが、いかがでしょうか。

3）日本語を自分一人で勉強する・練習する相手がいないのはよくない・たまには外でいろいろな人と日本語を使って話をする

⇨ 日本語を自分一人で勉強するのはいいことだと思いますが、練習する相手がいないのはよくないのではないでしょうか。それよりも、たまには外でいろいろな人と日本語を使って話をしたほうがいいと思いますが、いかがでしょうか。

4）仕事熱心だ・働きすぎて体を壊したら意味がない・土日は休みをしっかり取る

⇨ 仕事熱心なのはいいことだと思いますが、働きすぎて体を壊したら意味がないのではないでしょうか。それよりも、土日は休みをしっかり取ったほうがいいと思いますが、いかがでしょうか。

2

T-47

1）会議の時間を短くする

⇨ 会議の時間を短くしたらどうかと思いますが……。

2）スケジュールを延ばす

⇨ スケジュールを延ばしたらどうかと思いますが……。

3）お客さんに入口で記念品を渡す

⇨ お客さんに入口で記念品を渡したらどうかと思いますが……。

4）おみやげをあげるなら自分の国のお菓子だ

⇨ おみやげをあげるなら自分の国のお菓子がいいかと思いますが……。

3

T-48

1）契約は少し延ばしたほうがいい・まだ予算がはっきりしない・生産のスケジュールも心配だ

⇨ 契約は少し延ばしたほうがいいのではないでしょうか。というのは、まだ予算がはっきりしませんし生産のスケジュールも心配ですので……。

2）サンプルは少し多めに準備しておいたほうがいい・何人来るかわからない・会社に持ち帰って検討したいという人がいるかもしれない

⇨ サンプルは少し多めに準備しておいたほうがいい
のではないでしょうか。というのは、何人来るかわ
かりませんし、会社に持ち帰って検討したいという
人がいるかもしれませんので……。

 チェックしましょう　　　p.83

① b　② a　③ b　④ a　⑤ c

 スタイルを変えてみましょう　p.83　 **T-50**

1）新幹線より飛行機を予約する
⇨ 新幹線より飛行機を予約したらいいと思いますが、
いかがでしょうか。
⇨ 新幹線より飛行機を予約したらいいと思うけど、どう？
2）書類はメールで送る
⇨ 書類はメールで送ったらいいと思いますが、いかが
でしょうか。
⇨ 書類はメールで送ったらいいと思うけど、どう？
3）温泉があったほうがいいので、ふじホテルにする
⇨ 温泉があったほうがいいので、ふじホテルにしたら
いいと思いますが、いかがでしょうか。
⇨ 温泉があったほうがいいから、ふじホテルにしたら
いいと思うけど、どう？
4）この準備は今日じゃなくて、明日にする
⇨ この準備は本日ではなくて、明日にしたらいいと
思いますが、いかがでしょうか。
⇨ この準備は今日じゃなくて、明日にしたらいいと思
うけど、どう？

 やってみましょう　　　p.84

①〈会話の例〉　　　**T-51**

B：今度の京都旅行のことなんだけど、集合する場所
をどこにしようか考えているんだ……新幹線の時間
が7時半でしょ？東京駅がいいと思うけど、どう？
A：そうですね……。日本に来たばかりで、電車に慣れ
ていない人もいるのではないでしょうか。
B：そう？でも、東京駅ならみんなわかる駅だし大丈
夫じゃない？
A：それはそうですが、7時半の新幹線なら、学校に
集まってから東京駅に行っても間に合うと思います
が、いかがでしょうか。

B：そうだね。わかった。じゃあ、学校で。ありがとう。
A：いいえ。

②
① フランス料理は一人ひとりの席が離れていて、みん
なで話すことができないのではないでしょうか。
② 人数がまだ決まっていないとのことですが、それな
ら人数が変わっても大丈夫な中華料理がいいと思
います。
③ 今度のお客様はアジアからのお客様が多いと伺って
おりますので、アジアの料理のほうが慣れていてい
いのではないでしょうか。

9 予約を受ける

 練習しましょう　　　p.89

①　　　**T-52**

1）橋本さん
⇨A：失礼ですが、橋本様でいらっしゃいますか。
　B：はい、橋本でございます。
2）加藤部長
⇨A：失礼ですが、加藤部長でいらっしゃいますか。
　B：はい、加藤でございます。
3）アレックス・スミスさん
⇨A：失礼ですが、アレックス・スミス様でいらっしゃ
いますか。
　B：はい、アレックス・スミスでございます。
4）ABC商事のカーソンさん
⇨A：失礼ですが、ABC商事のカーソン様でいらっ
しゃいますか。
　B：はい、カーソンでございます。

②　　　**T-53**

1）パーティーの会場は8階
⇨ パーティーの会場は8階でございます。
2）先生のお兄様はエンジニア
⇨ 先生のお兄様はエンジニアでいらっしゃいます。
3）これは妹の写真
⇨ これは妹の写真でございます。
4）社長の奥様はイギリスの方
⇨ 社長の奥様はイギリスの方でいらっしゃいます。

③

1) これは先生のご家族の写真?
⇨ これは先生のご家族の写真ですか。

2) 失礼ですが田中先生?
⇨ 失礼ですが田中先生でいらっしゃいますか。

3) これは日本製? ⇨ これは日本製ですか。

4) 失礼ですが日本の方? ⇨ 失礼ですが日本の方でいらっしゃいますか。

 T-54

④

1) A：日本ムービーのアレックスです。
⇨ B：日本ムービーのアレックス様でいらっしゃいますね。

2) A：東洋映画の佐々木ですが。
⇨ B：東洋映画の佐々木様でいらっしゃいますね。

3) A：来週の木曜日にお願いします。
⇨ B：来週の木曜日ですね。

4) A：午後7時からお願いします。
⇨ B：午後7時からですね。

T-55

⑤

1) こちらで WiFi が使えます
⇨ こちらで WiFi がお使いいただけます。

2) 図書室が利用できます
⇨ 図書室がご利用いただけます。

3) 午後3時から部屋に入れます
⇨ 午後3時から部屋にお入りいただけます。

T-56

⑥

1) 明日はクラスを休みます
⇨ 明日はクラスを休ませていただきます。

2) ちょっとコンピューターを使います
⇨ ちょっとコンピューターを使わせていただきます。

3) 先生の論文を参考にします
⇨ 先生の論文を参考にさせていただきます。

4) 学校の前に車を止めてもいいですか
⇨ 学校の前に車を止めさせていただいても いい／よろしい でしょうか。

T-57

 チェックしましょう　p.92

1) いらっしゃいます
2) でいらっしゃいます
3) でございます
4) おります
5) なさいます

 スタイルを変えてみましょう　p.92 T-59

1) このレストランは世界中のお酒が飲めます。
⇨ このレストランは世界中のお酒がお飲みいただけますよ。
⇨ このレストランは世界中のお酒が飲めるよ。

2) このパーティーは誰でも参加できます。
⇨ このパーティーはどなたでもご参加いただけますよ。
⇨ このパーティーは誰でも参加できるよ。

3) 他の日でも予約できます。
⇨ 他の日でもご予約いただけますよ。
⇨ 他の日でも予約できるよ。

4) ここから国際電話が利用できます。
⇨ ここから国際電話がご利用いただけますよ。
⇨ ここから国際電話が利用できるよ。

 やってみましょう　p.93 T-60

① 〈会話の例〉

A：毎度ありがとうございます、あすかでございます。

B：あ、あの、予約をお願いしたいんですが。

A：はい、承ります。お日にちは?

B：来週28日の18時からです。

A：はい。何名様でしょうか。

B：10人です。

A：はい。お名前、お電話番号をお願いいたします。

B：アレックスと申します。電話番号は080-1234-5678です。

A：アレックス様ですね。ご予約ありがとうございます。確認させていただきます……28日金曜日の18時から10名様の、アレックス様のお名前でご予約をお取りしました。

B：で、お料理なんですが、「さくら」「きょうと」「ふじ」のコースがあるんですよね。

A：はい。

B：実はお客様の中にさしみが食べられない人がいるんです。さしみがないコースはありますか。

A：はい、それでしたら、「きょうと」はお豆腐のお料理のコースでございますので、召し上がっていただけると思いますが。

B：これは飲み放題ですか。

A：はい。飲み放題です。

B：コース料金はいくらですか。

A：4500円でございます。

B：わかりました。それではそちらをお願いします。

A：かしこまりました。ありがとうございます。では、お待ちしております。

2 〈会話の例〉
T-61

A：毎度ありがとうございます。新幹線予約カウンターでございます。

B：予約をお願いしたいんですが。

A：はい、承ります。お日にちは？

B：来週21日金曜日の午前9時30分ぐらいに新大阪に着く「のぞみ」をお願いします。

A：ご出発の駅は？

B：東京です。

A：はい。それですと、新大阪に9時16分着、9時26分着の「のぞみ」がございます。

B：そのあとの新幹線は？

A：9時33分新大阪着はすでに満席でございまして。

B：では、26分のをお願いします。

A：承知いたしました。1名様でよろしいでしょうか？お名前、お電話番号をお願いいたします。

B：アレックス・スミスと申します。電話番号は080－1234－5678です。

A：ありがとうございます。では、2月21日金曜日7時ちょうど東京発、9時26分新大阪着のぞみ201号をお取りいたしました。

B：ありがとうございます。

10 サービスの敬語

練習しましょう
p.96

T-62

1）〈相手が〉急いでいます・〈私が〉すぐに送ります
➡お急ぎでしたら、すぐにお送りいたします。

2）〈相手が〉疲れています・〈私が〉代理で東洋映画に行きます
➡お疲れでしたら、代理で東洋映画にまいります。

3）〈相手が〉インターネットの使用を希望しています・〈私が〉準備します
➡インターネットのご使用をご希望なら、ご準備いたします。

2
T-63

1）先生が使っていらっしゃる辞書
➡先生がお使いの辞書

2）先生が着ている服 ➡先生がお召しの服

3）入場券をお持ちになっていらっしゃるお客様からお入りください。
➡入場券をお持ちのお客様からお入りください。

3
T-64

1）少し待ってください。➡少々お待ちくださいませ。
2）至急連絡してください。➡至急ご連絡くださいませ。
3）好きなものを選んでください。➡お好きなものをお選びくださいませ。

4
1）出張のスケジュールはどうしますか。
➡出張のスケジュールはいかがいたしましょうか。
2）パーティーのプログラムはどうしますか。
➡パーティーのプログラムはいかがいたしましょうか。
3）宴会の料理はどうしますか。
➡宴会の料理はいかがいたしましょうか。

チェックしましょう
p.98

1）b
2）a
3）b
4）c
5）c

スタイルを変えてみましょう
p.98
T-67

1）すみませんが、今食事しています。
➡恐縮ですが、ただいま食事中でございまして……。
➡ごめん。今、食事してるんだ。

2）すみませんが、4時まで会議をしています。
➡恐縮ですが、4時まで会議をしておりまして……。
➡ごめん。4時まで会議をしてるんだ。

3）すみませんが、来週は大阪に出張しています。
➡恐縮ですが、来週は大阪に出張しておりまして……。
➡ごめん。来週は大阪に出張してるんだ。

4）すみませんが、今電車で移動しています。
➡恐縮ですが、ただいま電車で移動中でございまして……。
➡ごめん。今、電車で移動してるんだ。

やってみましょう　p.99

 T-68

〈会話の例〉

A：いらっしゃいませ。

B：6時に予約した山田ですが。

A：山田様でいらっしゃいますね。お待ちしておりました。2名様ですね。

B：はい。

A：たたみのお部屋といすの席がございますが、どちらがよろしいでしょうか。

B：たたみの席をお願いします。

A：こちらへどうぞ……お決まりになりましたらお呼びくださいませ。

B：あ、注文、お願いします！ さしみ定食と茶わん蒸しを2つずつ。

A：かしこまりました。茶わん蒸しは少々お時間をいただきますが。お飲み物はいかがいたしましょうか。

B：あ、じゃあ、ビールを2つ。

A：ご注文を確認させていただきます。

（11）相談を受ける

 練習しましょう　p.102

①

1）どんなところへ行きたいですか。
　⇨どのようなところがお好きですか。

 T-69

2）どんなものを買いたいですか。
　⇨どのようなものがお好きですか。

3）どんなスポーツをしたいですか。
　⇨どのようなスポーツがお好きですか。

②

1）ご家族におみやげを買う・このお菓子
　⇨ご家族におみやげをお買いになるなら、このお菓子はいかがでしょうか。

T-70

2）海と温泉を楽しむ・このホテル
　⇨海と温泉をお楽しみになるなら、このホテルはいかがでしょうか。

3）パソコンでグラフを作る・このソフトを使う
　⇨パソコンでグラフをお作りになるなら、このソフトをお使いになったらいかがでしょうか。

4）夜景を見る・東京スカイツリーへ行く
　⇨夜景をご覧になるなら、東京スカイツリーへいらっしゃったらいかがでしょうか。

③

1）先生のお宅のご住所
　⇨A：先生のお宅のご住所をご存じですか。
　　B：はい、存じております。

T-71

2）先生のお父様
　⇨A：先生のお父様をご存じですか。
　　B：はい、存じ上げております。

3）先生の研究テーマ
　⇨A：先生の研究テーマをご存じですか。
　　B：はい、存じております。

4）社長のお書きになった本
　⇨A：社長のお書きになった本をご存じですか。
　　B：はい、存じております。

5）鈴木社長
　⇨A：鈴木社長をご存じですか。
　　B：はい、存じ上げております。

 チェックしましょう　p.10

1）c

2）b

3）b

4）① c　② c

 スタイルを変えてみましょう　p.104

T-73

1）田中先生を知っていますか。
　⇨田中先生をご存じですか。
　⇨田中先生、知ってる？

2）浅草にはたくさんのお店があるのを知っていますか
　⇨浅草にはたくさんのお店があるのをご存じですか。
　⇨浅草にはたくさんのお店があるの、知ってる？

3）日本のおみやげを買いたかったら、浅草に行ったらどうですか。
　⇨日本のおみやげをお買いになるなら、浅草にいらっしゃったらいかがでしょうか。
　⇨日本のおみやげを買いたかったら、浅草に行ったらどう？

4）四国へ行きたいなら、大阪から出るフェリーはどですか。

⇨ 四国へいらっしゃるなら、大阪から出るフェリーは
いかがでしょうか。

⇨ 四国へ行きたいなら、大阪から出るフェリーはど
う？

やってみましょう　　　p.105

T-74

1 〈会話の例〉

B：あ、陳さん！　今度出張で、また台北に行くことに
なったんですよ。

A：そうですか。

B：仕事大変なんだけど、一日休みがあるから、どこか
いいところはないかな。

A：台北は何度もいらっしゃったことがおありですよ
ね。部長はどんなものがお好きですか。

B：そうね……。最近、お茶の道具を集めているんだけ
どね。安く買えるところがいいな。

A：お茶の道具をご覧になるなら、鶯歌はいかがでしょ
うか。

B：おうか？

A：ええ、台北駅から電車で 40 分なんですけど、古い
町でお茶の道具を売っているお店がいっぱいあるん
です。ご存じですか？

B：ううん、知らない……鶯歌ね？　行ってみる。あり
がとう。

2

①日本人がよく食べている食べ物をお買いになったらい
かがでしょうか

②日本の普通の食べ物が懐かしいと思われると

12 スピーチをする

練習しましょう　　　p.110

1

1）私の国の料理・話す

T-75

⇨ 今日は私の国の料理についてお話しします。

2）私の国の文化・紹介する

⇨ 今日は私の国の文化についてご紹介します。

3）日本と私の国の交流の歴史・説明する

⇨ 今日は日本と私の国の交流の歴史についてご説明
します。

4）スライドの上手な作り方・紹介する

⇨ 今日はスライドの上手な作り方についてご紹介し
ます。

2

1）漢字はおよそ 2000 年前に日本に来た・言う

T-76

⇨ 漢字はおよそ 2000 年前に日本に来たと言われて
おります。

2）この本の作者は実は女性だった・考える

⇨ この本の作者は実は女性だったと考えられており
ます。

3）この作品は日本の漫画の原点だ・評価する

⇨ この作品は日本の漫画の原点だと評価されており
ます。

4）竹取物語は日本で一番古い物語だ・する

⇨ 竹取物語は日本で一番古い物語だとされています。

5）高尾山は紅葉が美しい山だ・言う

⇨ 高尾山は紅葉が美しい山だと言われております。

チェックしましょう　　　p.112

①ご覧ください　②知られて　③言われて　④ご紹介
いたします／ご紹介します

スタイルを変えてみましょう　p.112

T-78

1）この料理は、私の国では、お祭りのときに家庭で
作られている。

⇨ この料理は、私の国では、お祭りのときに家庭で
作られております。

2）「この料理を食べると風邪をひかない」と言われて
いる。

⇨ 「この料理を食べると風邪をひかない」と言われて
おります。

3）今日はこの料理について紹介したいと思う。

⇨ 本日はこの料理についてご紹介したいと思います。

やってみましょう　　　p.113

T-79

1 〈スピーチの例 1〉

今日は、①日本の「鍋料理」について②ご紹介します。
皆様、①「鍋料理」を③ご存じですか。
どうぞこの写真を④ご覧ください。

①日本の鍋料理、有名なすきやきの写真です。
⑤皆さんもとても寒いとき、温かい料理をたくさん食べて、温まりたいと思われるでしょう。どこの国にもこのような料理があります。日本では、魚やシーフード、鶏肉、ときには、牛肉や豚肉、そして野菜をたくさん入れて、鍋料理を作ります。場所によって、鍋の作り方が少しずつ違います。
……今日は、①日本の「鍋料理」について、⑥ご紹介いたしました。

ご清聴⑦ありがとうございます。

〈スピーチの例２〉 **T-80**
今日は私が住んでいる町、池袋についてお話ししたいと思います。
皆様、池袋へ行ったことはおありですか。池袋で何をなさいましたか。買い物ですか。それともお酒でしょうか。
こちらの写真をご覧ください。池袋の中心、池袋駅です。
池袋駅は一日に270万人もの人に利用されております。これは新宿の次に多くて、世界第２位だそうです。
東口にも西口にも大きいデパートがあって、夜までとてもにぎやかです。
歴史についてご紹介しましょう。駅ができたのは、今から100年以上も前の1903年です。
……皆様も、機会があったらぜひ一度池袋にいらっしゃってください。

② 〈スピーチの例〉 **T-81**
本日は、お招きいただきありがとうございます。
一言ごあいさつを①申し上げます。
②私の国ソレイユは、日本から遠い国です。初めて日本へ行くことを聞いたとき、日本はどこか遠いアジアの国だというイメージしかございませんでした。でも、来てみると、日本の方々はとても親切で、私の国ソレイユにも興味を持ってくださいました。日本の方々と話すうちに、日本の皆様の気持ちが私の国ととてもよく似ていることに気づきました。日本とソレイユは、人々がまじめで、困っている人に親切な国なのです。私は日本がとても好きになりました。
私の国は③日本と同じように太陽がのぼる国と言われております。
機会がありましたら、一度④いらっしゃってください。そのときはどうぞ⑤ソレイユの有名なところをご案内させてください。
本日は本当に、⑥ありがとうございました。

13 面接を受ける

練習しましょう
p.118

1
1）目的で・留学した **T-82**
 ⇨どのような目的で留学されたんですか。
2）論文を・書いた
 ⇨どのような論文を書かれたんですか。
3）服を・デザインした
 ⇨どのような服をデザインされたんですか。
4）新商品を・開発した
 ⇨どのような新商品を開発されたんですか。
5）理由で・前の会社を辞めた
 ⇨どのような理由で前の会社を辞められたんですか。
6）方法で・この作品を作った
 ⇨どのような方法でこの作品を作られたんですか。

2
1）今日は自宅で準備してきた **T-83**
 ⇨本日は自宅で準備してまいりました。
2）この５年間、日本で日本人の生活を観察してきた
 ⇨この５年間、日本で日本人の生活を観察してまいりました。
3）去年ヨーロッパでいくつかの工場を見学してきた
 ⇨昨年ヨーロッパでいくつかの工場を見学してまいりました。
4）研究が進んで、昔はわからなかったことが明らかになってきた
 ⇨研究が進んで、昔はわからなかったことが明らかになってまいりました。

チェックしましょう
p.12

①まいりました
②私が使っております
③手掛けていらっしゃる
④伺って
⑤大変興味深く
⑥開発できたらと考えております

スタイルを変えてみましょう　p.120　 T-85

1）子どものときから、電車などの乗り物がすごく好きでした。

⇨子どものときから、電車などの乗り物について大変興味深く感じました。

2）たたみの文化がおもしろいと思いました。

⇨たたみの文化について大変興味深く感じました。

3）日本に来て5年ですが、日本の着物文化がすごくおもしろいです。

⇨日本に来て5年ですが、日本の着物文化について大変興味深く感じます。

4）私の国の文化を、日本の人々に紹介したいです。

⇨私の国の文化を、日本の人々に紹介できたらと考えております。

5）日本にいる間に、いろいろなことに挑戦したいです。

⇨日本にいる間に、いろいろなことに挑戦できたらと考えております。

6）日本語が上手になるように、毎日少しでも勉強を続けていきたいです。

⇨日本語が上手になるように、毎日少しでも勉強を続けていけたらと考えております。

やってみましょう　p.121

2 〈会話の例〉　 T-86

B：ご応募ありがとうございます。

A：よろしくお願いいたします。さっそくですが自己紹介をさせていただきます。ライナーと申します。日本人の夫との結婚で、5年前に来日して、現在、平成大学経済学部で経営理論を勉強しています。あのー、こちらのお仕事の内容についてお聞きしたいのですが……。

B：そうですね。特にお願いしたいのは、商品を並べることなんです。販売は店員がしますので、足りなくなったところを、商品を倉庫から出して、並べてください。

A：わかりました。

＊1の会話の例は、「これでOK！」を見てください。

14 電話の敬語
でんわ　けいご

練習しましょう　p.127

1 T-87

1）「さくら広告、中田」から「橋本部長」へ

⇨さくら広告の中田と申しますが、橋本部長、いらっしゃいますか。

2）「東京証券、川口」から「田中課長」へ

⇨東京証券の川口と申しますが、田中課長、いらっしゃいますか。

3）「富士旅行、本田」から「中村みどり」へ

⇨富士旅行の本田と申しますが、中村みどり様、いらっしゃいますか。

2 T-88

1）A：橋本部長、いらっしゃいますか。

B：会議 ⇨ 橋本はただいま会議中でございまして……。

2）A：山田係長、いらっしゃいますか。

B：接客 ⇨ 山田はただいま接客中でございまして……。

3）A：渡辺様、いらっしゃいますか。

B：海外に出張 ⇨ 渡辺はただいま海外に出張中でございまして……。

3 T-89

1）A：林マネージャー、いらっしゃいますか。

B：席をはずしている ⇨ 林はただいま席をはずしておりまして……。

2）A：本田チーフ、いらっしゃいますか。

B：外に出ている ⇨ 本田はただいま外に出ておりまして……。

3）A：大山様、いらっしゃいますか。

B：休暇を取っている ⇨ 大山はただいま休暇を取っておりまして……。

チェックしましょう　p.129

①c　②a　③c　④b

スタイルを変えてみましょう　p.129 T-91

1）A：木村様はいつ休暇から戻られますか。
　B：8月26日 ➡ 木村は8月26日に戻る予定です。
2）A：金子部長は明日何時に出社なさいますか。
　B：10時 ➡ 金子は明日10時に出社する予定です。
3）A：橋本部長は明日の会議に出席なさいますか。
　B：はい ➡ はい。橋本は明日の会議に出席する予定です。
4）A：スミス様は来週どちらにいらっしゃいますか。
　B：大阪支店に出張 ➡ スミスは来週大阪支店に出張する予定です。

 やってみましょう　p.130

① 〈会話の例〉　T-92
A：日本ムービー営業部でございます。
B：いつもお世話になっております。さくら広告の中田と申しますが、田中課長、いらっしゃいますか。
A：あ、田中は、ただいま中国に出張中でございまして……。
B：あ、そうですか。
A：来週の木曜日に帰国する予定です。
B：そうですか。来月の会議のことでお電話したんですが、詳しいことはメールでお送りいたします。ご連絡がありましたら、メールをご覧いただくようお伝えください。
A：承知いたしました。
B：よろしくお願いいたします。

② 〈会話の例〉　T-93
A：日本ムービー営業部でございます。
B：いつもお世話になっております。東洋映画の川口と申しますが、橋本部長、いらっしゃいますか。
A：あ、橋本は、ただいま席をはずしておりますが。
B：あ、そうですか。
A：すぐ戻ると思いますが、戻りましたら折り返し電話させましょうか。
B：いえ。では11時ごろにもう一度お電話いたしますとお伝えください。
A：承知いたしました。

---

 15 インタビューをする

 練習しましょう　p.134

①　T-94
1）毎朝、ジョギングしているんですよ。
　➡ えっ、毎朝、ジョギングしていらっしゃるんですか。
2）娘が3人いるんですよ。
　➡ えっ、娘さんが3人いらっしゃるんですか。
3）インドネシアに行ったんですよ。
　➡ えっ、インドネシアにいらっしゃったんですか。

②　T-95
1）A：どのような本を読まれますか。
　B：中国の小説 ➡ そうですね。中国の小説を読んでいます。
2）A：いつごろ日本へお帰りになりますか。
　B：11月ごろ ➡ そうですね。11月ごろ帰ります／帰る予定です。
3）A：毎晩だいたい何時にお休みになりますか。
　B：12時までに ➡ そうですね。12時までに寝ます／寝るようにしています。

③　T-96
1）A：もう新幹線の予約、されましたか。
　B：ええ ➡ ええ、もう予約しました。
2）A：昼ご飯、召し上がりましたか。
　B：いいえ ➡ いいえ、まだ食べていません。
3）A：おわかりになりましたか。
　B：ええ、よく ➡ ええ、よくわかりました。
4）A：チケットはお持ちですか。
　B：ええ ➡ ええ、持っています。

 チェックしましょう　p.136

① a　② b　③ b　④ b

 スタイルを変えてみましょう　p.136 T-98

1）A：大学のときたくさん外国語を習ったんだ。
　B：何語 ➡ そうですか。何語を習われたんですか。
2）A：息子が結婚したんだ。
　B：いつ ➡ そうですか。いつ結婚されたんですか。
3）A：僕はお酒が好きなんだ。

B：どのような ⇨ そうですか。どのようなお酒が
　お好きなんですか。

4）A：昨日新宿駅で東洋映画の人に会ったよ。
　　B：どなた ⇨ そうですか。どなたに会われたんで
　　　　すか。

5）A：先週、ホーチミンへ出張に行ったんだ。
　　B：どうして ⇨ そうですか。どうして出張に行か
　　　　れたんですか。

A：どうして一人旅のご趣味をお持ちになったんですか。
B：前にとても忙しくて、ゆっくりいろいろなことを
　考える時間がなかったんです。東京で働いている
　と、次々にいろいろな仕事が飛んできて……。
B：それで、一人旅をしたいと思うようになられたんで
　すね。
A：ええ。

やってみましょう p.137

T-99

① 〈会話の例〉

A：本日はお忙しい中、インタビューに応じていただ
きましてありがとうございます。アレックスと申し
ます。どうぞよろしくお願いいたします。さて、タ
ムさん、今私たちはクラスで一緒に日本語を勉強
しているんですが、一つお聞きしたいと思います。
タムさんはどうして日本語を勉強なさってるんです
か。

B：そうですね。実は、来年から大学院で建築を学びた
いと思っているんですよ。

A：建築を学ばれるんですか。

B：ええ。私の国では経済が発展して、今インフラの
整備が進んでいるんです。橋とか道路とかについて
研究したいと考えています。

A：でも、建築と日本語？ 何か関係があるとお考えで
すか。

B：論文を読むときには必要です。それに、研究する
とき、実際に日本のあちこちに橋や道路の見学に行
くと思うんですが、地元の人に直接日本語でいろい
ろお聞きしてみたいと考えておりまして。

A：日本語で本当のところをお聞きになりたいんですね
……そうですか。

〈会話の例〉 **T-100**

A：マリアさん、突然で失礼ですが、今日はマリアさん
の趣味についてお話をお聞かせください。マリアさ
んはどのようなご趣味をお持ちでしょうか。

B：そうですね。私の趣味は……一人旅ですね。

A：一人旅？

B：ええ。ちょっと時間ができると、すぐどこかに出か
けています。

A：お時間ができるとすぐにお出かけになる……。

B：一人旅というより……貧乏旅行です。

16 報告をする

練習しましょう p.140

T-101

①
1）この町・地図で見る・わかる・公園がたくさんあり
ます

⇨この町は、地図でご覧いただくとおわかりのように、
公園がたくさんございます。

2）このペン・使う・わかる・持ちやすいデザインになっ
ています

⇨このペンは、使っていただくとおわかりのように、
持ちやすいデザインになっております。

3）「モナリザ」・実際に見る・わかる・それほど大きい
絵ではありません

⇨「モナリザ」は、実際にご覧いただくとおわかりの
ようにそれほど大きい絵ではありません。

②
1）課長は大阪でお客さんに会いました **T-102**
⇨課長は大阪でお客さんに会われたとのことです。

2）部長はあとでもう一度来ます
⇨部長はあとでもう一度いらっしゃるとのことです。

3）お客さんは午後にもう一度電話してきます
⇨お客さんは午後にもう一度電話してこられるとの
ことです。

4）林さんはデザインでアジアの民族衣装をテーマに
しました

⇨林さんはデザインでアジアの民族衣装をテーマに
なさったとのことです。

5）アレックスさんの日本の最初の印象はみんなが忙
しそうにしていたことです

⇨アレックスさんの日本の最初の印象はみんなが忙
しそうにしていたことだとのことです。

3
1）次に・その結果・伝える

⇨次に、その結果についてお伝えします。
2）その次に・調査の分析方法・説明する

⇨その次に、調査の分析方法についてご説明します。
3）最後に・今回の調査でわかったこと・報告する

⇨最後に、今回の調査でわかったことについてご報告します。

 チェックしましょう　　p.142

1）①b　②c　③a　④a
2）されたとのこと／なさったとのこと
3）c
4）b

 スタイルを変えてみましょう　p.142

T-105

1）田中さんはお酒をあまり飲まないそうです。

⇨田中さんはお酒をあまり召し上がらないとのことです。

⇨田中さんはお酒をあまり飲まないって。
2）加藤さんは7時の飛行機で到着するそうです。

⇨加藤さんは7時の飛行機で到着されるとのことです。

⇨加藤さんは7時の飛行機で到着するって。
3）田中課長は加藤さんに会えなかったそうです。

⇨田中課長は加藤さんにお会いになれなかったとのことです。

⇨田中課長は加藤さんに会えなかったって。
4）林さんはアジアの民族衣装を参考にするそうです。

⇨林さんはアジアの民族衣装を参考にされるとのことです。

⇨林さんはアジアの民族衣装を参考にするって。
5）林さんはよくアジアの大都市に出かけるそうです。

⇨林さんはよくアジアの大都市に出かけられるとのことです。

⇨林さんはよくアジアの大都市に出かけるって。

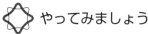 やってみましょう　　p.143

T-106

〈報告の例〉

これから、①浅田かおりさんへのインタビューの結果について、ご報告いたします。まず、②浅田さんがお好きな観光地について伺いました。この質問に対しては、③静岡県の清水が一番お好きだとのことです。
こちらの写真をご覧になるとおわかりのように、清水からは富士山も見られますし、お茶やみかんも有名です。清水の港には、大きな魚のマーケットがあるとのことです。⑤ですから、清水の町にはたくさんのおすしの店があって、ご覧のようなおいしいまぐろのおすしが、安く食べられるとのことでした。清水の場所はこちらの地図をご覧ください。
……以上で報告を終わります。
ご質問がおありの方はどうぞ。はい。石田さん、お願いします。

 17 司会の敬語
しかい　けいご

 練習しましょう　　p.148
れんしゅう

1
1）お客様が玄関で待っています。

T-10

⇨お客様が玄関でお待ちです。
2）社長は今お客様と話しています。

⇨社長は今、お客様とお話しです。
3）先生は大学で動物について研究しています。

⇨先生は大学で動物についてご研究です。
4）山田さんはいろいろな分野で活躍しています。

⇨山田さんはいろいろな分野でご活躍です。
2
1）みんなそろっているからスピーチを始めよう。　T-10

⇨皆さんおそろいですからスピーチを始めましょう。
2）先生はまだお客さんと話しているから、待とう。

⇨先生はまだお客さんとお話しですから、お待ちしましょう。
3）先生がロビーで待っているから、お茶を出そう。

⇨先生がロビーでお待ちですから、お茶をお出ししましょう

202

③
T-109

1) スピーチを先生にお願いする
　　せんせい　　ねが
　⇨スピーチを先生にお願いしたいと思います。
　　　　　せんせい　　ねが　　　　おも

2) ここで乾杯する ⇨ここで乾杯したいと思います。
　　　かんぱい　　　　　かんぱい　　　　　おも

3) 次に進む ⇨次に進みたいと思います。
　つぎ　すす　　つぎ　すす　　　　おも

4) そろそろお開きにする
　　　　　　ひら
　⇨そろそろお開きにしたいと思います。
　　　　　　　ひら　　　　　　おも

④
T-110

1) チョウです・今日、発表をします
　　　　　　きょう　はっぴょう
　⇨本日、発表をいたしますチョウと申します。
　　ほんじつ　はっぴょう　　　　　　　　　もう

2) ライナーです・さっき、ご紹介いただきました
　　　　　　　　　　　　しょうかい
　⇨先ほど、ご紹介いただきましたライナーと申します。
　　さき　　　しょうかい　　　　　　　　　　　もう

3) 株式会社アスクです・プレゼンテーションをします
　　かぶしきがいしゃ
　⇨プレゼンテーションをさせていただきます株式会社
　　　　　　　　　　　　　　　　　　　　かぶしきがいしゃ
　　アスクでございます。

チェックしましょう
p.151

1) a

2) お作りです
　　つく

3) a

4) a

5) ①c　②b

スタイルを変えてみましょう
か
p.151
T-112

1) スピーチを株式会社アジア映画の山田さんにお願
　　　　　　かぶしきがいしゃ　　えいが　やまだ　　　　ねが
　　いします。
　⇨スピーチを株式会社アジア映画の山田様にお願いし
　　　　　　　かぶしきがいしゃ　　えいが　やまださま　ねが
　　たいと思います。
　　　　おも

2) 渡辺さんは大学で日本の音楽について研究してい
　わたなべ　　だいがく　にほん　おんがく　　　　けんきゅう
　　ます。
　⇨渡辺様は大学で日本の音楽についてご研究でい
　　わたなべさま　だいがく　にほん　おんがく　　　　けんきゅう
　　らっしゃいます。

3) 今日の主役が来ていますから、拍手で迎えましょう。
　きょう　しゅやく　き　　　　　　　　はくしゅ　むか
　⇨本日の主役がお見えですから、拍手でお迎えしま
　　ほんじつ　しゅやく　み　　　　　　　　はくしゅ　むか
　　しょう。

4) それでは次のプログラムに進みます。
　　　　つぎ　　　　　　　すす
　⇨それでは次のプログラムに進みたいと思います。
　　　　　つぎ　　　　　　　すす　　　　おも

5) そろそろお開きにします。
　　　　　　ひら
　⇨そろそろお開きにしたいと思います。
　　　　　　　ひら　　　　　　おも

やってみましょう
p.152
T-113

〈あいさつの例〉

皆さん、こんにちは。Aクラスの①マイケルです。本日は、
みな　　　　　　　　　　　　　　　　　　　　ほんじつ
新しいクラスメートをお迎えするために、パーティー
あたら　　　　　　　　むか
を準備しました。
じゅんび

②ジョンさんをご紹介いたします。②ジョンさんは、
しょうかい
③中国の北京からいらっしゃいました。④今、ＩＴ関
ちゅうごく　ペキン　　　　　　　　　　　　いま　　　　かん
係の会社にお勤めです。日本語のクラスは7時からな
けい　かいしゃ　つと　　　にほんご　　　　　じ
ので、仕事が終わってからです。駅から走って学校にい
しごと　お　　　　　　　えき　　はし　　がっこう
らっしゃるとおっしゃっていました。

皆さん、どうぞよろしくお願いいたします。
みな　　　　　　　　　　ねが
簡単ですが、これで⑤ご紹介を終わります。
かんたん　　　　　　　しょうかい　お
それでは②ジョンさんのご活躍を⑥お祈りして、乾杯を
かつやく　　いの　　　かんぱい
したいと思います。
おも
乾杯！
かんぱい

18 メールの敬語
けいご

練習しましょう
れんしゅう
p.157

①

1) 皆様ご一緒に来場する
　みなさま　いっしょ　らいじょう
　⇨皆様ご一緒にご来場いただきますようお願い申し
　　みなさま　いっしょ　らいじょう　　　　　　　　ねが　もう
　　上げます。
　　あ

2) ご迷惑をおかけいたしますが、了承する
　　めいわく　　　　　　　　　りょうしょう
　⇨ご迷惑をおかけいたしますが、ご了承いただきま
　　めいわく　　　　　　　　　りょうしょう
　　すようお願い申し上げます。
　　　　ねが　もう　あ

3) 注意事項をご理解の上、利用する
　ちゅういじこう　りかい　うえ　りよう
　⇨注意事項をご理解の上、ご利用くださいますよう
　　ちゅういじこう　りかい　うえ　りよう
　　お願い申し上げます。
　　ねが　もう　あ

②

1) 明日までに返事します
　あす　　　へんじ
　⇨明日までにお返事いたします。
　　あす　　　へんじ

2) 金曜日までには必ず返します
　きんようび　　　　かなら　かえ
　⇨金曜日までには必ずお返しいたします。
　　きんようび　　　　かなら　かえ

3) コンピューターは私のほうで用意します
　　　　　　　　わたし　　　　ようい
　⇨コンピューターは私のほうでご用意いたします。
　　　　　　　　　わたし　　　　ようい

③

1) 連絡先を通知します
　れんらくさき　つうち
　⇨下記の通り、連絡先をご通知申し上げます。
　　かき　とお　れんらくさき　つうちもう　あ

2）イベントの場所を案内します
⇨ 下記の通り、イベントの場所をご案内申し上げます。
3）スケジュールを伝えます
⇨ 下記の通り、スケジュールをお伝え申し上げます。

 チェックしましょう　p.159

①お忙しい　②下記の通り　③お待ちしております／
お待ち申し上げます　④なお

 やってみましょう　p.159

1　〈メールの例〉
東洋映画株式会社　営業部
部長　加藤陽子様

いつも大変お世話になっております。
先日はお忙しい中、毎日センターで行われました、「春
の話題の映画」イベントにご出席くださいまして、あ
りがとうございました。

おかげさまで、当日はたくさんのお客様においでいた
だき、おすすめしたい映画も数多くご紹介できて、に
ぎやかにイベントを終了することができました。

今後とも日本ムービーの配給作品にご期待ください。
よろしくお願いいたします。

株式会社日本ムービー　営業部
アレックス・スミス

2　〈メールの例〉
金子広幸部長

いつもお世話になっております。
さて、本日は一つご相談したいことがございまして、メー
ルをさしあげます。

最近、アメリカでも古い日本映画のストーリーをもとに
したものや、日本が舞台の映画が制作されております。
私は、このような新作映画についての情報をできるだ
け早く手に入れて、営業に役立てることができたらと
考えてまいりました。

まだ簡単な考えしかございませんが、一度金子部長に
お聞きいただきたいと考えております。
お時間をいただけませんでしょうか。

部長のご都合のよい時間をお教えください。
お返事をお待ちしています。
どうぞよろしくお願いいたします。

アレックス・スミス

おわりに

　2006 年に、『初級が終わったら始めよう　にほんご敬語トレーニング』が刊行されてから、私の新しい世界が始まりました。世界中の大学、日本語学校、地域のボランティア教室、プライベートクラス、独学の学習者の皆さんが、この本を使ってくださり、多くの方々、とくに読者の皆さんから、数多くの貴重なご意見をいただきました。それらを通して、私自身も敬語などについてより深く観察・考察できるようにもなりました。そして、現代の日本語の社会が今後の日本語教育をどのようにとらえているかを実感することもできました。

　改訂版執筆にあたって、言葉づかいに厳しかった家族に、また、いつも相談に乗ってくださった田中るり子さん、藤橋帥子さん、山形美保子さん、遠藤輝雄さんに、
　桜美林大学の先生方、図書館の皆さま、同級生の皆さん、職場の同僚として惜しみないご助言をくださった東京大学、日本大学の日本語教師の皆さま、日本語クラスの学生の皆さん、2013 年に調査に協力してくださった 150 名以上の皆さまに、
　さらに、いつも原稿を待ち続け、私が迷うと、新しいアイデアをたくさん提供して、しっかりサポートしてくださった編集者、東郷美香さんに、
　この場を借りて心底より厚く御礼申し上げます。

　ありがとうございます。

　今は遠くからお見守りくださる土岐哲先生に、本書を捧げます。

　これからもさらに多くの方々に、この本を通して、日本語・敬語の世界を知っていただけたら幸いに存じます。

2014 年 2 月　東京が大雪の日に
金子広幸

金子 広幸 （かねこ ひろゆき）

1987 年より日本語教師となる。台湾台北の永漢国際教室日語部、日中学院日語課、日本大学本部国際課日本語講座、東京大学大学院工学系研究科日本語教室、日本大学国際関係学部派遣交換留学・ISEP 留学中期滞在留学生対象特別授業日本語クラスなどで非常勤講師として教鞭をとる。また、東京大学留学生センター留学生相談室での相談指導、ヒューマンアカデミー日本語教師養成講座、朝日カルチャーセンター日本語教師養成講座などでの教師養成にも従事。

さらに、関東を中心とした地域のボランティア日本語支援の場では、「日本語の教え方」ではなく、学習者が日本語をどのように習うかということに着目した「日本語の習い方」を紹介し、講演活動をしている。松戸市国際交流協会日本語ボランティア会養成講座講師。

桜美林大学大学院言語教育研究科日本語教育専攻修士課程修了。修士「日本語教育」。

著作に『人と人とをつなぐ日本語クラスアクティビティ 50』（共著、アスク出版）。

ツイッターアカウント　@kanekonihongo

本書原名 –「初級が終わったら始めよう　新にほんご敬語トレーニング」

新日本語敬語運用表達

2015 年（民 104）3 月 15 日　第 1 版　第 1 刷　發行

定價 新台幣：320 元整

著　　　者　金子広幸
授　　　權　株式会社アスク出版
發 行 人　林　　寶
責任編輯　陳 盈 卉
封面設計　龐 卉 媗
發 行 所　大新書局
地　　　址　台北市大安區（106）瑞安街 256 巷 16 號
電　　　話　(02)2707-3232・2707-3838・2755-2468
傳　　　真　(02)2701-1633・郵 政 劃 撥：00173901

香港地區　香港聯合書刊物流有限公司
地　　　址　香港新界大埔汀麗路 36 號　中華商務印刷大廈 3 字樓
電　　　話　(852)2150-2100
傳　　　真　(852)2810-4201